Dreiecksplatz

Von Joan Bovell-Eberhardt sind außerdem erschienen:

Miss Sophie's Past and Other Stories
Pandora's Package and Other Stories
Isabel's Choice
Triangle Square

Dreiecksplatz

Joan Bovell-Eberhardt

Roman

aus dem Englischen von
Christel Müller

Die englische Originalausgabe *Triangle Square*
erschien 1999 im Verlag The Pentland Press Ltd.

ISBN 3-8311-1220-7

Umschlaggestaltung und Layout: Helge Eberhardt
Herstellung: Libri Books on Demand
1. Auflage 2001

Für meinen Sohn Pete

Mein besonderer Dank gilt Petra Weidgen und Dr. Dieter Mühlhoff, ohne deren Unterstützung dieses Buch nicht geschrieben worden wäre.

Mein Dank geht auch an Meike, Helge, Pete, Alice, Annegret, Barbara, Christel, Heide, Reinhard und Wolf für ihre Hilfe, ihr Verständnis und ihre Geduld.

Kapitel 1

Erinnerung

Ein riesiges schwarzes Auto, so groß wie ein Haus, mit hoch angebrachten Fenstern, das nach altem Leder und Öl roch, nach Frauenparfum und Puder in diesem Halbdunkel, das zu heiß und gleichzeitig zu kalt war. Das Mädchen wimmerte vor Angst, dann - als Reaktion auf den krampfhaften Griff, mit dem die linke Hand ihrer Mutter ihre eigene umklammerte, - verschloss sie ihre Furcht in ihrem Innern und blieb stumm.

Herr und Frau Wang setzten sich besorgt links und rechts neben mich, ernst und erwartungsvoll. Ich konzentrierte mich auf das komplizierte Muster des Damast-Tischtuchs; sie beobachtete mich freundlich durch ihre runden, randlosen Brillengläser; er sah mich über seine halbmondförmigen, schwarzgerahmten an.

„Wir sehr traurig, Frau Franzen", murmelte Herr Wang.

„Sehr traurig. Sie sehr traurig, wir auch sehr traurig", flüsterte seine Frau sanft und wandte ihre Augen ab. „Ihre Mutter alte Dame? Ihre Mutter vielleicht krank?" Ich nickte zweimal und nahm einen weiteren Schluck von meinem Jasmin-Tee, dem besten Tee in der ganzen Stadt, wie ich Frau Wang jedes Mal sagte, wenn sie mir die winzige Tasse und die dazu passende Teekanne auf einem ovalen Holztablett vorsetzte.

Herr Wang bediente mich persönlich mit meiner Lieblingskomposition aus Putenfleisch, Cashew-Kernen und duftendem Reis, und ich aß das meiste davon auf wie ein wohlerzogenes Kind. Es wurde nichts weiter gesagt. Die Atmosphäre war friedlich und beruhigend, das Grau in mir verebbte; ich bemerkte sogar die anderen Gäste, die mit für mich verwirrender Normalität aßen, tranken, rauchten, ihre Zeitung lasen oder in ihren Zähnen stocherten.

Ich hatte vor zwanzig Minuten das Lotusblüten-Restaurant betreten, meinen Regenmantel aufgeknöpft und aufgehängt, hatte mich wie üblich an meinen Einzeltisch gesetzt und hatte Frau Wang regelrecht mit den Sätzen überfallen: „Meine Mutter ist tot. Deshalb war ich länger nicht hier."

Sie hatte ihre Hände ineinander gelegt, sanft geseufzt und ihren Mann geholt. Die Folge davon war unsere Unterhaltung gewesen, die wie immer durch den Mangel an Vokabeln begrenzt, aber aufrichtig war und nicht durch überflüssige Redewendungen beeinträchtigt wurde.

„Sie jetzt wieder im Dienst?" Frau Wang ergriff geschickt die silberne Wärmeplatte, die Reisschüssel und den Teller mit den Überresten meiner Mahlzeit. Es war eine Frage - gerade noch. Es hätte ebenso die leichteste aller Ermahnungen sein können. „Ja, viel zu tun," ich verfiel wieder in die ansteckende Gewohnheit, hier unnötige Verben zu vermeiden.

„Nicht viel Zeit." Ob sich das nun auf das Essen oder auf das Arbeiten bezog, war nicht wichtig. „Nein." Ich schlüpfte schnell in meinen Regenmantel, bevor die winzige Frau Wang mir behilflich sein konnte, und bewegte mich in Richtung der von Drachen bewachten Tür.

„Kommen Sie bald wieder?" Herr Wang erschien und trocknete seine Hände in der Schürze ab. Beide begleiteten mich zur Tür und beobachteten mich, als ich die Straße hinunterging, so drehte ich mich um, winkte und fühlte mich getröstet.

Ich kannte die Wangs seit ungefähr zwei Jahren. Sie waren aus Hamburg gekommen, und dieses war ihr erster Versuch mit einem eigenen Restaurant in Kiel. In Hamburg hatten sie geholfen, ein offenbar imponierendes, erfolgreiches Lokal zu betreiben, das dem Vater des Herrn Wang gehört hatte, einem fähigen Geschäftsmann und Patriarchen, der über seinen Sohn und seine Schwiegertochter ein strenges Regiment geführt hatte. Herr Wang Junior sagte wenig über seine Mutter; wenn ich seine vorsichtigen Erklärungen richtig verstand, war sie unter tragischen Umständen gestorben, als die Familie noch in Hongkong lebte.

Als sein Vater plötzlich an einem Herzinfarkt starb, stellte sich heraus, dass für die Miete des Restaurants in Hamburg derart astronomische Summen zu zahlen waren, dass sich die hinterbliebenen Wangs entschlossen, ihr Glück etwa 100 km weiter nördlich in Kiel zu versuchen, das mittlerweile meine Heimatstadt geworden war.

Wir sprachen ein begrenztes Deutsch, da mein Mandarin sich auf „Nin Hao" beschränkte, was grob übersetzt bedeutete: „Wie geht es Ihnen?" Anfangs hatte ich erwartet, dass wir Englisch sprechen würden, jedoch zogen Herr und Frau Wang es vor, das nicht zu tun - es gab möglicherweise politische Gründe für ihr unveränderlich höfliches Bestehen darauf, Deutsch zu sprechen - wie mühsam es auch sein mochte. Nur bei einer einzigen Gelegenheit sprach Herr Wang Englisch, nach seiner Erzählung über Hamburg.

„So we came to Triangle Square." Wegen des Effekts dieses Wortspiels hielt er inne, dann erkannten seine Frau und ich den Spaß und lachten mit ihm. Das deutsche Wort ,Platz' bedeutet ,square' wie z. B. „Leicester Square", und dieser besondere Platz auf dem Gipfel der Bergstraße in Kiel hat tatsächlich die Form eines Dreiecks. Das Lotusblüten-Restaurant liegt an einer der langen Seiten des architektonischen gleichschenkligen Dreiecks, das voller Läden und Geschäfte ist, von denen einige schon in der zweiten oder dritten Generation von derselben Familie betrieben werden. Alle befinden sich in ziemlich hohen Gebäuden mit vier oder mehr Stockwerken, die zur Zeit Kaiser Wilhelms errichtet wurden.

Ich wohnte nicht am Dreiecksplatz, aber er war für mich ein nützlicher Anlaufpunkt zum Einkaufen, Mittagessen und für meine täglichen Besorgungen geworden, weil ich in der einige hundert Meter die Bergstraße abwärts gelegenen Schule arbeitete. An den meisten Tagen ging ich während meiner Mittagspause zum Platz hinauf, sogar nur, um einfach umherzuwandern, um zu sehen, ob es Veränderungen gab, um Menschen zuzunicken, die ich vom Sehen kannte, oder einfach nur, um andere Auspuffgase einzuatmen, als die, die in mein Bürofenster eindrangen.

Später an diesem Tag, als ich nach Hause fuhr, nachdem ich Wangs vom Tode meiner Mutter erzählt hatte, kamen wieder die Tränen, ungebeten, rannen hinter meinen Brillengläsern hinunter wie Regentropfen an der Windschutzscheibe.

Ich hatte vergessen, ob die Wangs noch ihre Mütter und Väter hatten, ich hatte nicht einmal Interesse dafür gezeigt, ich hatte lediglich ihr Mitgefühl absorbiert. Wenn ich mich wieder „mehr wie ich selbst" fühlen würde, wie meine Mutter gesagt hätte, würde ich mich besser mit ihnen unterhalten können. Bis dahin war ich froh über den Kokon, als den ich mein Auto empfand, mit den beregneten Scheiben, die mir so etwas wie Privatsphäre vermittelten. Aus dem Radio erklang Händels Wassermusik und machte alles nur noch nasser, und ich saß da in meinem Elend und wurde vom Schluckauf geplagt.

3

Offensichtlich ging das Leben weiter für mich, Laura Colbourne Franzen, fünfzig Jahre alt, wohl etabliert, verheiratet mit zwei erwachsenen Kindern, in einem Beruf arbeitend, den ich liebte. Und doch, obgleich mein Leben ausgefüllt war, vermisste ich schmerzlich meine Mutter, die einfach immer da gewesen war am anderen Ende der Telefonleitung und damit gleichsam ein Teil meiner täglichen Routine geworden war. Dies klingt vielleicht seltsam und prosaisch, aber es ist die einzige Möglichkeit, es zu beschreiben. Ich funktionierte zu Hause und im Dienst, obgleich für mich im Augenblick die meisten Dinge ermüdend oder langweilig oder beides waren, und ich würde jeden Abend Inventur machen und mir gratulieren, wenn ich während des ganzen Tages keine Träne vergossen hatte. Dann würde ich anfangen, meine Zähne zu putzen, oder ich würde den Flur entlang gehen, um die Haustür abzuschließen - irgendetwas so Triviales und dann dabei entdecken, dass ich schon wieder weinte. Während der Nacht zog ich immer noch die wiederholte Vision des kleinen mit Blumen bedeckten Sarges der Betäubung durch Schlaftabletten vor, die mich für die Tagesstunden zum Zombie machten.

Ich war seit Jahren schriftstellerisch tätig, nun war ich nicht in der Lage, auch nur das Geringste auf dem Bildschirm meines Computers erscheinen zu lassen. So schaltete ich also, nachdem ich gelegentlich ein halbherziges Patience-Spiel gemacht hatte, das Gerät unzufrieden aus. Ich erinnerte mich an die beharrliche Neugier meiner Mutter. - Schreibst Du noch? - Sie hatte diese Frage regelmäßig gestellt, und ich hatte geantwortet - Ja, natürlich. Es ist eine Lebensweise. Schriftstellerische Blockade? Ich nicht. Aber nun war sie da. Ich mied meinen Computer und mein Arbeitszimmer und hatte inzwischen das Stadium: Und wenn ich nie wieder ein Wort schreibe, wen kümmert es? erreicht. Dann brachen junge Vandalen in unser Haus ein, die auf der Suche nach Geld für Drogen waren. Sie kippten jede Schublade aus, fegten Schränke leer und ließen neben anderen Dingen Manuskripte - glücklicherweise alte Kopien - , Disketten und Briefe in Haufen auf dem Fußboden zurück. Ich war zornig, rachsüchtig, verletzt - aber nicht länger müde und gleichgültig. So räumte ich alles auf, warf ungeheure Mengen von Papier weg, startete den unschuldigen Computer an, schaltete ihn an und schrieb an mich selbst. In der Tat: eine seelische Erleichterung! Ich war der Meinung, dieses Schreiben in der Zwischenzeit

4

gelöscht zu haben, habe es aber gerade überraschend auf meiner Festplatte wiedergefunden:

Es gibt im Moment Zeiten, in denen ich weiß, dass ich nicht recht bei Sinnen bin. Ich halte mich an irgendetwas fest, buchstäblich, bis der Anfall von Schwäche vorüber ist. Vielleicht hilft es, wenn ich darüber schreibe.

Ich habe das Gefühl, auf See zu sein und keinen Horizont zu sehen. Weil ich so verzweifelt bin, muss ich stärker rudern oder schneller schwimmen, (was lächerlich ist, weil ich in Wirklichkeit nicht schwimmen kann), um nicht durch die starke, gefährliche Strömung davongetragen zu werden.

Gestern rutschte die Kühlschranktür aus ihren Angeln - etwas, das leicht zu reparieren ist. Ich war jedoch zu aufgebracht, um normal damit umzugehen. Heute morgen brachte ich einen überbelichteten Film zum Entwickeln und stellte dem Verkäufer eine harmlose Frage, bekam jedoch eine unhöfliche, dumme Antwort.

In meiner Hilflosigkeit hätte ich heulen können wie ein Kind.

Als ich zum wiederholten Male mit meiner Chefin über eine Gehaltserhöhung sprach, die mir bereits seit Jahren in Aussicht gestellt worden war, spürte ich ihre Ungeduld und ihren Mangel an Interesse und hörte aus meinen Worten meine eigene Bitterkeit heraus. Sollen sie nur alle so weitermachen. Es ist mir gleichgültig. Aber natürlich ist es das nicht, sonst würde es nicht so weh tun. Nun gut. Was brauche ich, um mich besser zu fühlen? Anerkennung meiner Leistungen im Dienst? Vielleicht. Mein Selbstwertgefühl ist nicht mehr intakt. Warum nicht? Wer nahm sie mir? Niemand. Natürlich wäre es sehr nett, wenn jemand etwas besonders Positives sagte. Aber diese mir lieben und teuren Personen, die dafür in Frage kämen, haben ihre eigenen Probleme. Das sehe ich ein. Meine Arbeit? Verglichen mit den langen Stunden, die ich im Büro verbringe, zeigt sie nicht gerade viel her. Meine Schreiberei? Ha, da passiert nicht viel. Der Rausch des ersten Erfolges vom Jahresbeginn ist verflogen. Aber gestern habe ich wieder mit dem Schreiben begonnen. Und wie lief es? Gut. Entflieht Laura so ihrer grauen Traurigkeit?

Ich bin besorgt, weil sich die Handlung in Jenny's House (das ist der Roman, an dem ich zur Zeit arbeite) nicht recht weiter entwickeln will.

Aber andererseits – muss es dabei unbedingt mehr Fortschritt und Action geben? Es gibt schließlich so viele ruhige Bücher.

Einmal insgesamt betrachtet:

Wer sagte, das Glück liege in einem selbst? Ich.

Wer sagte, es sei wichtig, sich seine Heiterkeit zu bewahren? Ich.

Wer weiß sehr wohl, dass er eine kleine sehr konstante Flamme der Hoffnung in sich trägt? Ich.

Wer kann sich auf seinen gesunden Humor verlassen? Ich.

Wer zitiert unbekümmert Shakespeare als Beweis seiner eigenen Philosophie? Ich.

Dann, um Gotteswillen, lausche in dich hinein. Du kennst selbst am besten den Rat, den du brauchst, die Art von Trost, die für dich persönlich so nützlichen Strategien. Gut, im Augenblick sieht alles etwas grau aus. Denke mal darüber nach. Grau ist eine deiner Lieblingsfarben. „Colour me beautiful" sagt sogar, dass es eine Farbe ist, die dir gut steht. Grau ist auch eine ruhige Schattierung, hervorragend geeignet als Hintergrund für andere Farben. Vielleicht solltest du einfach nur diese Ruhe, diese Passivität akzeptieren, ihr erlauben, in dir zu wirken, bis sich neue Kraft und Energie bildet.

Pax, sagten wir als Kinder, wenn wir außer Atem waren und kapitulieren mussten, weil andere schneller oder fitter waren. Pax heißt Frieden, kann aber auch Gelassenheit und Freude bedeuten. Davon abgeleitet: ruhige Betrachtung. Im Runen-Alphabet soll das Symbol P als „Frieden in Stille" verstanden werden.

Ich hoffe, dass aus diesem Frieden bald meine Freude und meine Kraft neu entstehen werden.

Als ich das geschrieben hatte, druckte ich es aus, faltete das Blatt und legte es in meinen Organiser, ein Familienausdruck für den ledergebundenen Planer und Terminkalender, den ich vor Jahren geschenkt bekommen hatte. Wenn ich mich schwach und elend fühlte, nahm ich diese Zeilen heraus und überflog sie. Es half.

Während mehrerer Monate nach dem Tode meiner Mutter erzählten einige Freunde und viele Bekannte ausführlich von Verlusten, die sie persönlich erlitten hatten. Hatte ich je zuvor so genau zugehört? Hatten sie jemals so offen über vertrauliche Dinge gesprochen? Es war für mich zunächst störend, befremdend - dann entstand allmählich ein Gefühl der

Solidarität. So viele, die zu den Menschen in meiner Umgebung gehört hatten, waren gestorben und hatten Hinterbliebene zurückgelassen, die sie betrauerten und die einen ‚modus vivendi' gefunden hatten, so dass sie dort fortfahren konnten, wo jene nicht länger Lebenden aufgehört hatten. Eine erstaunliche neue Perspektive war, dass wir alle Charakter- und Persönlichkeitsfacetten in uns tragen, die uns von den Toten ‚vermacht' wurden, an die wir uns immer mit Liebe erinnern. Zu Beginn meiner ‚mittleren Jahre' bemerkte ich Züge in mir, die ganz offensichtlich von meiner geliebten Großmutter an mich weitergegeben worden waren; nicht nur ihre Kurzsichtigkeit sondern auch ihr Unbehagen gegenüber zuviel Landleben und ihre Liebe zu Städten als bevorzugtem Aufenthaltsort. Es war ganz sicher ein guter Gedanke, dass unsere Toten in uns weiterleben. „Ja", stimmte mir ein Cousin zu, „jedoch ist es auch eine gewisse Verantwortung, deren Gewicht gelegentlich unsere eigene Art zu leben leicht beeinträchtigen kann". „Eine merkwürdige Ansicht," dachte ich, als er mir über seine persönliche Einstellung erzählte. Dann schob ich diese Idee zur Seite. Ich nahm mir vor, darüber in den kommenden Monaten weiter nachzudenken.

Eine gute Freundin erzählte mir, dass sie so böse war, als ihre Mutter starb, dass dieses Gefühl jede Form von Trauer für lange Zeit ausschloss. Eine andere Frau stellte im Nachhinein fest, dass sie ihre Mutter zum Zeitpunkt ihres Todes nicht vermisst hatte; der eigentliche Schmerz und die Traurigkeit waren viele Jahre später eingetreten, als das letzte ihrer drei Kinder das Elternhaus verlassen und sie dadurch Zeit hatte, zurückzudenken.

Männer im mittleren Alter, die vorher eher zurückhaltend gewesen waren, offenbarten, wie sehr sie gelitten und auch geweint hatten. Als ich ihnen zuhörte, verblassten meine Trauer und meine Einsamkeit ein wenig. Andere Leute hatten also dieselben Gefühle, und ich war dankbar dafür, dass sie bereit waren, sie mit mir zu teilen.

Allmählich war ich in der Lage, auf meine eigene Vergangenheit zurückzublicken und an Erzählungen aus der Zeit vor meiner Geburt, wozu ich durch Fotos, Briefe und Dokumente angeregt wurde, die ich aus England mit nach Deutschland zurückgebracht hatte. Ich dachte über meine Großeltern, Tanten, Onkel, Vettern, meinen Schwiegervater (der sechs Wochen vor meiner Mutter gestorben war) und andere angeheiratete Verwandte nach. Alle tot. Aber merkwürdigerweise überfiel mich erst, als ich einen abgenutzten, verblichenen Schnappschuss von Nicky, meiner geliebten Katze aus meiner Kindheit, entdeckte, eine erneute Welle der Traurigkeit und des Weinens. Sie waren alle gegangen - tot, beerdigt, verbrannt, für immer und ewig aus meinem Leben verschwunden. Diesmal brachten die Tränen Erleichterung, und ich schlief gut in dieser Nacht, ohne Tabletten und ohne Träume.

Am folgenden Tag erinnerte ich mich an eine Geschichte, die ich kurz vor dem letzten Besuch meiner Mutter für einen Literatur-Wettbewerb geschrieben hatte. Sie hatte mich gefragt, ob ich etwas Neues geschrieben hätte, und ich hatte ihr das Manuskript gereicht, leicht zögernd und mit einem etwas unguten Gefühl, weil sie selbst - mit einigen grundlegenden Änderungen - das Vorbild für die Mutter in der Geschichte war. Sie setzte sich in ihren Sessel und las die Geschichte sofort ohne Unterbrechung durch, dann verließ sie hastig das Zimmer und putzte sich energisch die Nase.

Kapitel 2

Erinnerung

Auf Großmutters Rasen im Kreise umhertanzen. Ein vierjähriges Mädchen singt immer und immer wieder: „Ich bin so glücklich!" Die Großmutter ergreift die Hände des kleinen Mädchens, tanzt mit ihr und singt dabei: „You are my sunshine, my only sunshine, you make me happy when skies are grey." Großmutter hält die Enkelin in einer warmen, sicheren Umarmung.

Die Kurzgeschichte

ES IST ZEIT

„Es ist Zeit," sagte die Großmutter, als sie die kleine Anna zu der Treppe führte; sie trug ein Bündel frisch von der Leine genommener Laken über dem Arm. Anna protestierte wie an jedem Abend im Sommer.

„Aber es ist nicht spät, sieh nur, wie hell es draußen noch ist!" Bei der ersten Stufe gab ihr Großmutter einen sanften Klaps auf den Po.

„Wenn schon! Es ist nach acht Uhr, Zeit für dich, in die Badewanne zu gehen. Du musst um halb neun im Bett sein, das weißt du ganz genau, sonst kann du kein großes, starkes Mädchen werden." Es war immer dasselbe, obgleich Ferien waren. Und Anna war schon neuneinhalb, und die anderen Kinder im Dorf durften aufbleiben, solange sie wollten.

Es war spaßig im Bad; die alte Badewanne stand auf lustig geschwungenen Füßen, sie war außen grau und innen gelblich weiß. Einmal hatte die Familie sie für eine ganze Woche nicht benutzen können, weil sie neu angemalt worden war, aber das war lange her, und nun konnte Anna lange gummiartige Streifen Farbe davon abreißen, während Großmutter annahm, dass sie sich abseifte, und den Sand zwischen ihren Zehen mit einem unpraktisch dicken Waschlappen entfernte.

Zeit war für Gran, wie Anna ihre Großmutter nannte, von höchster Wichtigkeit. Wenn Anna nach vielen Jahren zurückblickte, fand sie es merkwürdig, dass Gran nie eine Armbanduhr trug. Sie schien die Tageszeit einfach zu spüren und irrte sich selten, obwohl sie sich lautstark beschwerte, wenn die Uhren umgestellt wurden. Es war ‚deren' törichte Idee; wie sollten kleine Babys und Kühe damit fertig werden? Sie murmelte diese Kommentare, während sie strickte, abwartend, ob einer im Raum es wagen würde, ihr zu antworten. ‚Sie' waren natürlich alle Politiker, eine anonyme Masse von inkompetenten Männern weit weg in London. Weibliche Politiker, wenn es zu der Zeit solche Kreaturen gegeben hätte, wären nie auf die Idee gekommen, solchen Uhren-Unsinn anzufangen.

Als wenn sie ihren Standpunkt unterstreichen wollte, blickte Gran auf die kleine Kastenuhr aus Messing, eine Uhr von der Art, wie sie früher in Kutschen Verwendung fand. Sie tickte zuverlässig und unbeachtet auf dem Kaminsims. Als Kind fragte Anna die Großmutter immer wieder, ob sie die Uhr aufziehen dürfte, hatte jedoch nie Erfolg. Sie musste damit zufrieden sein, zu beobachten, wie Gran am Samstag Abend die kleine zierliche Glastür an der Rückseite öffnete, den schlanken Schlüssel herausnahm, ihn in eine winzige Öffnung steckte und ihn mit gemessener Bedächtigkeit gegen den Uhrzeigersinn drehte.

Die Kutschenuhr war ein Hochzeitsgeschenk gewesen. Sie wurde wie ein Schatz behandelt, ihr Messinggehäuse poliert, ihre geschliffenen Glasscheiben wurden angehaucht und gerieben, bis sie glänzten. „Und Mach nicht überall Fingerabdrücke darauf!" Diese Ermahnung wurde bei späteren Gelegenheiten wiederholt, als Anna für alt und vernünftig genug gehalten wurde, die Uhr selbst zu putzen.

Mit der Hilfe dieser zierlichen Uhr konnte die Tagesroutine präzise geplant werden. Die Großmutter stand um sieben Uhr auf und ging um viertel nach zehn ins Bett.

Für die einzelnen Wochentage gab es ebenfalls einen genauen Plan: Am Montag war Waschtag mit einem kalten Mittagessen pünktlich um 12.30 Uhr; am frühen Dienstag Nachmittag kam Mr Turner mit seinem Gemüsewagen, der von einem knochigen, lethargischen Pferd gezogen wurde.

„Gran, glaubst du, dass das Pferd bald sterben wird? Vielleicht ist ihm der Wagen zu schwer."

Anna nahm, wie in jeder Woche, eine Banane entgegen und wartete auf Großmutters Antwort.

„Nein, nein. Mach' dir darüber keine Sorgen. Das Tier sieht nur alt aus. Pferde können so lange leben, dass sie älter werden, als du jetzt bist!"

Um das Kind abzulenken, zeigte sie ihm, wie man einer Banane Fragen stellt.

„Jetzt wollen wir deine Banane etwas fragen, ja?" Sie nahm das Gemüsemesser von der Spüle. Anna liebte dieses Spiel und stellte meine Frage: „Kommt Mr Turners Pferd nächste Woche wieder?" Gran schnitt die Spitze vom Ende der Banane ab, und sie konnten braune Striche im Inneren sehen; man konnte ganz leicht das ‚Y' für ‚Yes' erkennen, und Anna war sehr erleichtert. Merkwürdigerweise ergab dieser Schnitt nie ein ‚N' für ‚No'. Na bitte, bestätigte ihr die Kinder-Logik.

Mittwoch war Markttag, ein Genuss, und die beiden gingen in den Sommerferien immer zum Markt, sogar wenn nichts gebraucht wurde. Dieses geschah viele Jahre, bevor Anna entdeckte, dass Großmutters Geld sehr sorgfältig eingeteilt werden musste. Zu jener Zeit bemerkte sie es nicht. Sie war völlig gefesselt von lebenden Kaninchen, Hühnern und Enten, die in kleinen Ställen saßen oder kratzten. Fische schwammen träge in grünlichem Wasser in Emaillebehältern. Für Anna waren sie alle potentielle Haustiere, und Gran sagte nichts Gegenteiliges. Einmal erlaubte sie ihr, zwei Münzen von ihrem Sommertaschengeld für zwei Goldfische auszugeben, von denen einer am selben Nachmittag starb. Das große Weckglas war jedoch geräumig genug für Harry, den Überlebenden, der ein hohes Alter erreichte.

Donnerstag war der Tag, den Anna am wenigsten mochte, weil sie den ganzen Sommer hindurch jede Woche an diesem Tag Mr und Mrs Reid besuchten. Dieses Ehepaar wohnte in einem dunklen, alten, modrig riechenden Haus unten am Kanal in der Nähe des Gaswerks. In der Schule hatte Anna schon einige wenige Kapitel von *Oliver Twist* gelesen, und bei den Reids kannte ihre Einbildungskraft keine Grenzen. So, wie es hier war, stellte sie sich den Ort vor, wo der böse Fagin, der kleine Kinder quälte, gelebt haben musste, in derselben trüben, übelriechenden Dunkelheit, neben so einem rußigen Herd, in dem die Kohlen blaurot brannten und doch keine Wärme abzugeben schienen, und wo der alte Kater sie anfauchte, obgleich sie ihn nur streicheln wollte.

Und sie musste immer mit Gran dorthin gehen. „Wo solltest du wohl bleiben, wenn ich unterwegs bin? Ich muss zu Mr und Mrs Reid gehen, sie sind alt, und es geht ihnen nicht gut. Wir müssen ihnen einen Topf Suppe und ein wenig Kuchen bringen. Ja, ich weiß, es ist nicht sehr interessant für dich, aber es ist Donnerstag, Zeit sie zu besuchen."

11

Am Abend hatte Anna sich für eine weitere Woche bewiesen, wie tapfer sie war. Freitags erledigte Gran das Saubermachen. Anna konnte nie einsehen warum, denn die Gardinen waren immer schneeweiß und dufteten nach Lavendel, die kupfernen Töpfe und Pfannen glänzten wie blassrosa Spiegel in der weiß gestrichenen Küche, als wenn Heinzelmännchen sie über Nacht poliert hätten. Anna kam zu dem Schluss, dass Gran wahrscheinlich ihre Zeit einfach gern auf diese Weise verbrachte; sie hingegen genoss ihre Freiheit, weil Gran sie beim Saubermachen zwischen ihren Füßen nicht haben wollte. So lief sie davon und spielte mit ihren Freunden aus dem Dorf, Marie und Christopher, auf dem schmalen Weg neben dem Fluss. Dort lernte sie angeln; versuchte, auf Stelzen zu gehen, und von ihrer schwindelerregenden Höhe fiel sie kopfüber in die Brennnesseln und schrie vor Schmerz und Schreck. Gran war höchst erleichtert darüber, dass sie nicht zur anderen Seite des Weges ins Wasser gefallen war, weil sie dann hätte ertrinken können.

Am selben Abend nahm sie, nachdem sie Annas Brandblasen mit Natron behandelt hatte, ihr Strickzeug zur Hand und kündigte an:

„Es wir jetzt Zeit für dich, schwimmen zu lernen. Mrs Wilson wird dich unterrichten. Gegen Ende ihres zehnten Sommers konnte Anna gut genug schwimmen, um wenigstens bei kleinen Unfällen im und am Wasser überleben zu können.

Sonnabends geschah meistens nichts Entscheidendes, ein bisschen Bakken, Einkaufen und Radiohören vor dem Schlafengehen. Am Sonntag morgen gingen die beiden in die Kirche, beteten für die Armen und die Kranken, und für Annas Seele, und die Musik war nicht schlecht. Bei den Liedern sang Anna fröhlich die Melodie, während Gran, die über eine klare Altstimme verfügte, die Zweitstimme sang und sie anlächelte, wodurch alles noch besser zu klingen schien. Am Nachmittag machten sie gewöhnlich einen langen Spaziergang und einen Picknick. Alles, was Anna im späteren Leben über Wildblumen, Singvögel und Insekten wusste, stammte aus dieser Zeit.

Das Wetter war nicht immer sonnig und warm, aber regnerische Sonntage boten auch was Besonderes, zum Beispiel Puppenköpfe aus Pappmaché basteln, Törtchen backen, alte Fotos ansehen oder Grans Schmuck zum Reinigen in Whisky tauchen (der ansonsten nur medizinischen Zwecken diente). Anschließend wurden Ringe, Broschen und Ketten kunstvoll auf einem schwarzen Stück Samt ausgebreitet.

Während des ganzen Sommers hatte Gran nur für Anna Zeit, abgesehen von den wöchentlichen Stunden bei den Reids. Das kleine Mädchen war der Liebling ihrer Großmutter, ihr Sonnenschein, wie sie jeden Abend wiederholte, bevor sie mit ihrem linken Zeigefinger das Zeichen des Kreuzes auf ihre Stirn zeichnete. Sie war Linkshänderin, und Anna erinnerte sich noch Jahre später daran, wie ihr Ehering (der in England links getragen wird) glänzte, wenn sie ihre Hand zurückzog, um Anna zuzudekken.

Als Anna vierzehn war, starb ihr Vater. Die Großmutter hatte zwei Söhne, von denen Annas Vater der jüngere war. Ihr älterer Sohn war im Zweiten Weltkrieg gefallen. Sie liebte Annas Vater genau so, wie sie auch Anna liebte, unmerklich, aber bedingungslos. Annas Mutter litt sehr und weinte viel; Gran übernahm den Haushalt und tröstete sie, weil nach Grans Ansicht ihre Schwiegertochter als Witwe Vorrang hatte. Nach der Beisetzung bewirtete Gran die Gäste mit Tee und Sandwiches, gelassen wie immer. Anna war gebeten worden, etwas aus der Küche zu holen, und als sie Gran dort mit dem Teekessel in der Hand sah, begann sie plötzlich erneut an zu weinen – vor Schmerz und Zorn. Als sie versuchte, die Arme um das Mädchen zu legen, fuhr Anna sie mit gedämpfter Stimme an: „Lass mich in Ruhe! Du hast überhaupt nicht geweint, kein einziges Mal, und wir haben alle geglaubt, dass du Vater so sehr lieb hattest!"

Sie antwortete nicht, sondern sah Anna eine Ewigkeit lang mit ihren trockenen, blassblauen Augen an und ging ins Wohnzimmer zurück. Als Anna an jenem Abend ins Bett ging, unfähig, das alles zu verstehen und völlig erschöpft, lag auf ihrem Kopfkissen ein Päckchen. Als sie es öffnete, fand sie ein kleines, ledergebundenes Buch – die Bibel ihres Vaters – und ein graues liniertes Blatt. Es enthielt nur wenige Zeilen, und Großmutters Schrift war merkwürdig ungleichmäßig.

Liebe Anna,
Dein Vater war kein Kirchgänger, aber er las regelmäßig in seiner Bibel. Das Gelesene führte oft zu langen Diskussionen, die über Tage und manchmal auch Nächte andauerten. Ich glaube, er würde sich gewünscht haben, dass Du nun dieses ‚kluge Buch' (seine eigenen Worte) bekommst. Vielleicht hilft es Dir, ganz besonders jetzt. Die Tatsache, dass Du mich nicht weinen gesehen hast, bedeutet nicht,

dass ich meinen Sohn nicht geliebt habe. Trotz allem habe ich eine Enkelin, die ein ganz besonderer junger Mensch ist.

In Liebe,

Gran

Annas Hals und Kopf schmerzten. Sie konnte nicht mehr weinen, und ihre Hände bewegten sich ungewöhnlich langsam, als sie die Bibel öffnete. Als Lesezeichen lag ein dunkelblaues Band zwischen ausgesuchten Seiten des Alten Testaments. Am Rand der linken Seite sah sie einen feinen Bleistiftstrich neben dem Text:

Ein jegliches hat seine Zeit,
und alles Vornehmen unter dem Himmel hat seine Stunde.
Geboren werden und sterben, pflanzen und ausrotten, was gepflanzt ist,
Würgen und heilen, brechen und bauen,
weinen und lachen, klagen und tanzen,
Steine zerstreuen und Steine sammeln,
herzen und ferne sein von Herzen,
suchen und verlieren, behalten und wegwerfen,
zerreißen und zunähen, schweigen und reden,
lieben und hassen, Streit und Friede hat seine Zeit.

Sie las die acht markierten Verse und war allmählich wieder imstande, ruhig zu atmen. Mit dem Buch in der Hand schlief sie ein. Irgendwann in der Nacht erwachte sie, zog ihre dunkle Kleidung aus, schlüpfte in ihr weiches Nachthemd, das zart nach Lavendel duftete, und fiel wieder in einen festen Schlaf.

Annas Mutter hätte es gern gesehen, wenn die Großmutter zu ihnen gezogen wäre; die drei Frauen kamen gut miteinander aus, und das Haus war groß genug. Großmutter würde nicht jünger und könnte vielleicht Hilfe gebrauchen, war das Argument. Nein, sagte Gran, es sei sehr freundlich von ihrer Schwiegertochter – dieses Wort wurde leise betont, aber sie wolle nicht in die Stadt ziehen, das kleine Haus in Glossop sei ihr Heim, und außerdem, und hier wurde Anna in die Diskussion gebracht, sei es nur eine Eisenbahnstunde entfernt. Sie könnten sich alle jederzeit besuchen. Obendrein hätte diese Entscheidung ihr Gutes für Anna, denn für ein heranwachsendes Mädchen seien die frische Luft, das Obst und Gemüse aus dem Garten von Nutzen. Die Mutter gab auf und war in der tat über ihre Niederlage nicht traurig, als sie vier Jahre später einen netten Witwer heiratete, der mit ihrem Mann befreundet gewesen war.

Wenn Anna Jahre später an diese Zeit zurückdachte, wunderte sie sich, dass diese Heirat in der kleinen Familie so wenige Störungen verursachte. Der Mann, Thomas Fisher, war freundlich, sah im Alter von fünfundfünfzig Jahren noch recht passabel aus, betrachtete Anna als erwachsene Tochter des Hauses und mischte sich nicht ein.

Ihre Mutter sah plötzlich um Jahre jünger aus und hatte kaum Zeit für ihre Tochter, Glück im Unglück für ein achtzehnjähriges Mädchen. Etwa um die Zeit fing Anna mit dem Studium an und wohnte nicht mehr zu Hause, hatte jedoch keinen Grund, sich Sorgen darüber zu machen, ob die Mutter sie auch nicht zu sehr vermisste. Gran akzeptierte Tom, sie war wahrscheinlich erleichtert darüber, dass ihre (Schwieger-) Tochter einen netten Menschen gefunden hatte, mit dem sie ihr Leben teilen konnte. Außerdem war Gran scharfsinnig genug um zu erkennen, dass Annas Mutter nicht allein leben konnte.

Das erzählte sie Anna behutsam auf einem ihrer langen Spaziergänge.

„Ich mag deine Mutter sehr gern; ich hatte nie eine eigene Tochter, und sie ist eine freundlicher und liebenswürdiger Mensch. Es ist nur so, dass wir völlig unterschiedlich sind, sie und ich, und so soll es ja auch sein. Stell' dir vor, du hättest zwei identische Großmütter oder zwei identische Mütter! Eine unerträgliche Vorstellung!"

Da Anna nicht mehr zu Hause wohnte, wurden die Dinge so organisiert, dass sie alle das Weihnachtsfest zusammen verbringen konnten. Es war ein Abkommen, über das niemals diskutiert wurde. Es war einfach so, und alle waren zufrieden, einschließlich Großmutter, obwohl sie etwas finster murmelte, dass während ihrer Abwesenheit die Rohre in ihrem alten Haus einfrieren würden, oder das Hauptwasserrohr platzen könnte. Eines Abends fuhr Tom, ohne etwas zu sagen, zu Grans Haus, stellte fest, dass alles in Ordnung war und brachte ihr als Beweis dafür einen Kaktus aus ihrer Küche mit, weil der gerade in voller Blüte stand. Tom meinte, es sei zu schade, wenn Gran diesen Anblick versäume. Gran war über diese Geste sehr gerührt und umarmte ihn vor Dankbarkeit, etwas, was sie vorher noch nie getan hatte.

15

Das Weihnachtsfest war eine Sache, die Sommerferien eine andere. Natürlich wäre es schön gewesen, wochenlang bei Gran zu faulenzen, zu lesen oder Karten zu spielen. Aber so waren die Sommer in der Kindheit verlaufen. Inzwischen war Anna erwachsen geworden, und es gab so viele neue, aufregende Erwachsenendinge, die man in den Ferien unternehmen konnte und die selbstverständlich sehr viel unterhaltsamer waren als irgend etwas, was ein verschlafenes Dorf bieten konnte. In einem langen Brief erklärte Anna ihrer Großmutter aus welchen Gründen sie nicht zu ihr kommen würde und rechtfertigte sich wortreich. Sie schrieb, sie würde sie sehr bald besuchen und fuhr in einem alten Wohnmobil nach Thassos in Griechenland. Im nächsten Jahr war Malaga das Ziel, dann Jugoslawien. Und meistens dachte sie daran, ihr eine Postkarte zu schicken.

Während eines Sommers in der Provence durchfuhr sie plötzlich der Gedanke, dass sie seit Weihnachten weder etwas von Gran gehört, noch mit ihr gesprochen hatte. Gran schickte ihre Briefe immer an die Anschrift von Annas Mutter, und im Laufe der Zeit schrieb sie nur noch an sie. Dabei ließ sie allerdings immer ihre Liebe zu Anna durchblicken und ließ Grüße ausrichten.

Wie auch immer. Anna erwachte an einem gewitterschwülen Morgen in der Nähe von Nîmes und hatte nur einen Gedanken: „Ich muss sofort Gran anrufen!" Weil das einzige Telefon auf dem Campingplatz außer Betrieb war, zögerte sie nicht, einen verkaterten jungen Dänen zu bitten, ihr sein Fahrrad zu leihen. Wie vom Teufel verfolgt und so schnell sie es wagte, fuhr sie mit dem für sie übergroßen Sportrad in Richtung Stadt.

Schließlich kam sie zur Post und begann in einer Telefonzelle, die wie ein Pissoir stank, ihren Kampf mit dem französischen Telekommunikations-system. Weit, weit entfernt klingelte das Telefon. Konnte ein Kabel das Geräusch von Wellen übertragen? Unsinn. Eine Ewigkeit lang klingelte es weiter, während Anna das Zifferblatt ihrer Uhr studierte. Halb neun, es war in England also erst halb acht. Eine unverwechselbare Stimme fragte lebhaft:

„Hallo, wer ist da?"

„Gran? Ich bin's, Anna. Ich rufe aus Frankreich an. Wie geht es dir?"

„Du, Anna? Ich bin vollkommen in Ordnung, mir geht es gut. Ist etwas passiert, mein Kind?"

Sie konnte nur stammeln, dass – nun ja – dass sie nur anrufen wollte, um zu hören, wie es ihr ginge. Gran beruhigte sie und fügte dann etwas spitz dazu, es sei besser, beim nächsten Mal etwas später anzurufen.

„Sonst fängt mein Herz beim nächsten Anruf in aller Frühe an zu stolpern und hört womöglich auf zu schlagen!"

„Ja, ich weiß, es tut mir leid!" Anna hielt den schmutzigen Hörer krampfhaft in der linken Hand. „Ich wollte dir nur sagen, ich weiß, dass ich dich schon viel früher hätte anrufen sollen, Gran!"

„Du hast recht. Es wurde wirklich Zeit, dass du dich meldest, aber jetzt ist alles gut. Genieße deine Ferien und erzähle mir davon, wenn du zurück bist."

Das eingeworfene Geld ging zu Ende, und das Telefon begann, beunruhigende Pieptöne von sich zu geben.

„Gran! Ich habe dich lieb!"

Anna hoffte, dass sie auch die letzten Worte gehört hatte, aber wenn nicht, würde sie es auch so wissen. Dessen war sie sicher.

Eine Weile vor ihrem fünfundzwanzigsten Geburtstag hatte Anna angefangen, an einem Plan zu arbeiten. Sie wollte eine Familienfeier organisieren, alle Verwandten und Freunde sollten dabei sein. Alle würden sich noch Jahre später an dieses Fest erinnern. Es würde dazu beitragen, die Familientradition aufrecht zu erhalten. Sogar als Kind hatte Anna sich schon auf diesen besonderen Geburtstag gefreut. Ihr Vater hatte immer gelacht und ihre Begeisterung geteilt. Sie war traurig, weil er nun nicht mehr da sein würde. Es war so: In diesem Jahr wurde Anna fünfundzwanzig, ihre Mutter fünfzig und ihre Großmutter fünfundsiebzig. Annas Geburtstag war der letzte, im August, nach dem der Mutter im April und Grans im Mai.

Im Geiste sah sie schon eine Party mit Pavillonzelten auf dem rasen. Rosen würden in schlanken Vasen auf langen, mit weißem Damast gedeckten Tischen stehen. Ein kaltes Büfett würde kulinarische Genüsse bieten, und alle würden Champagner aus hohen Kristallgläsern trinken.

Vielleicht würde unten am Teich im Sommerhäuschen, da im allgemeinen prosaisch ‚die Laube' genannt wurde, ein Streichquartett Musik von Schubert spielen? Jetzt, im Februar, in der dunklen Einzimmerwohnung in Leeds, starrte Anna auf die Notizen über die Vorträge des vorigen Semesters, die ein Teil der Vorbereitung für ihr Examen waren. Sie las sie nicht, sie träumte von der Feier. Gegenüber im Schaukelstuhl saß Neil. Ihre wunderschöne Beziehung hatte im Jahr davor begonnen. Es war wohl Liebe, überlegte sie und lächelte ihm zu, als er von seinem Buch aufsah und fragend die Augenbrauen hob. Sie schüttelte den Kopf, weil sie ihre jeweiligen Gedanken nicht unterbrechen lassen wollte. Neil las weiter, und Anna fuhr fort, ihren Traum zu träumen. Am Abend würden sie Papierlaternen in die Apfelbäume hängen; die jüngeren Gäste – ihre – würden die ganze romantische Nacht lang tanzen. Sie schloss Neil in den Traum mit ein. Vielleicht würde er ihr einen Heiratsantrag machen? Halt, warte! Eine sachliche innere Stimme meldete sich. „Gehst du nicht zu schnell zu weit? Hast du eventuell in deiner Arbeit an der Abhandlung über die Romantiker in Musik und Literatur übertrieben?" „Möglicherweise," entgegnete eine zweite Stimme, „aber vergiss es jetzt!"

Es war an der Zeit, Mutter und Großmutter von ihrem Vorhaben zu erzählen, denn sie müssten anfangen zu planen.

Anna war über Ostern zu Hause und erklärte Mutter, Tom und Großmutter in allen Einzelheiten was sie sich überlegt hatte. Tom lächelte ermutigend, aber die beiden Damen waren merkwürdig schweigsam. Ihre Argumente, die vernünftig waren, dämpften Annas Begeisterung. Was tun bei Regen? Die Mutter räusperte sich leise und sprach über die zu erwartenden Kosten und erwähnte, dass sie sich eine Party wie diese für ihre Hochzeit vorstellen könne, aber nur für einen Geburtstag? Mit großer Geduld legte Anna noch einmal ihre Argumente dar. Sie würden immerhin ein Vierteljahrhundert, ein halbes Jahrhundert und Dreiviertel eines Jahrhunderts feiern, eine Art Jubiläum, sozusagen. Hatten sich die beiden gegen sie verbündet? Kurz nach dieser Unterhaltung kam die Mutter zu Anna in die Küche, wo sie gerade eine Tasse Tee zubereitete.

„Weißt du, Anna, ich bin nicht sicher, ob Großmutter bei deiner Feier so im Rampenlicht stehen möchte. Unter uns gesagt: Ich glaube nicht, dass sie es gern hätte, wenn jeder genau weiß, wie alt sie ist. Verstehst du, was ich meine?"

„Nein," entgegnete Anna leicht verärgert. Sie goss genau die richtige Menge Milch in ihren Becher. „Die meisten Leute kennen ihr Alter sowieso."

„Ja, aber es ist etwas anderes, wenn es öffentlich erwähnt wird. Ich würde dir raten, sie direkt zu fragen, bevor du weiter planst." Ihre Mutter war sicher, diese Runde gewonnen zu haben und küsste sie auf die Wange.

„Es tut mir leid, wenn ich dich geärgert habe, Mutter. Ich werde mit Gran reden, und wenn sie ganz und gar dagegen ist, findet eine Party nicht statt, jedenfalls keine so große."

Nach Grans Nachmittagsschläfchen, das als solches nicht genannt werden durfte, entschloss sich Anna, mit ihr zu sprechen. Anna betrat das Zimmer, und Gran nahm ihre Brille ab, die sie wie gewöhnlich nicht im geringsten gestört hatte, als sie für eine Weile sanft vor sich hin geschnarcht hatte.

„Da bist du ja, Anna. Komm' her und setze dich neben mich. Ich habe gerade die ,Derbyshire Times' fertig gelesen. Ich möchte mit dir über diese Geburtstagsfeier reden." Anna atmete tief ein, bereit, ihren Eröffnungszug zu machen, als ihre Großmutter mit gebieterischer Geste die Hand hob. „Lass' mich erst etwas sagen. Ich kenne deine Überzeugungskraft!" Anna schwieg. „Es ist so: Deine Mutter hat ein Alter erreicht, in dem man besonders empfindlich ist, also sie ist in den Wechseljahren. Bis jetzt war sie eine junge Frau, und in meinen Augen ist sie es noch immer, doch kann es möglich sein, dass sie dieses halbe Jahrhundert nicht gerade öffentlich bekannt machen möchte. Kannst du das verstehen?" Anna sagte immer noch nichts, denn ihr Gehirn lief auf Hochtouren. Sollte sie mit beiden zusammen reden? Spielte die eine sich gegen die andere aus? War jede nur übertrieben stark auf die Gefühle der anderen bedacht? Großmutter sah Anna erwartungsvoll an, und diese murmelte irgendeine Antwort; dann verkündete sie entschlossen, dass sie alles mit Mutter genau besprechen würde.

Diese Diskussion kam nie zustande. Am nächsten Morgen beim Frühstück saßen die beiden Damen mit ernster Miene Anna gegenüber. Sie waren zu einem Entschluss gekommen: Anna sollte ihre Geburtstagsfeier bekommen; soweit es sie anging, mit allem, was dazu gehörte, da ihre Hochzeit wohl in naher Zukunft noch nicht stattfinden würde - bei diesen Worten fing sie einen diskreten Blick von Gran auf. Sie könnten sich eine wunderschöne Gartenparty vorstellen, und es sei eine gute Gelegenheit, Einladungen zu erwidern, die die Familie von Freunden und Verwandten erhalten hatte. Es gab dabei nur eine Bedingung: Es sollte ausschließlich Annas Feier sein. Wenn jemand bemerken sollte, dass dieses Jahr auch ein Meilenstein in Mutters und Großmutters Leben war, schön und gut. Es sollte aber kein Drama daraus gemacht werden. Anna gab nach. Tom, der neben Mutter saß und Honig auf seinen Toast strich, sagte nichts, nahm seine Zeitung und brachte sie in eine gute Leseposition. Offensichtlich hatte er an dieser Lösung mitgewirkt und versucht, soviel wie möglich für seine Stieftochter zu erreichen. „Danke, Tom," sagte ihre innere Stimme.

Zu den Geburtstagen im April und Mai ließ Anna den beiden Damen jeweils durch Fleurop Blumen schicken: gelbe und weiße Rosen für ihre Mutter, rosa Nelken mit hellvioletten Freesien für ihre Großmutter. Da sie mitten im Examen war, fuhr sie nicht nach Hause, sondern rief an. Beide waren in guter Stimmung und freuten sich darüber, dass ihnen so viele Leute zum Geburtstag gratuliert hatten. Hatte jemand an die ‚Meilensteine' gedacht? Nein, sie waren nicht erwähnt worden, und in jedem Falle war es ja auch in diesem Alter (fünfzig und fünfundsiebzig) besser, nicht davon zu reden.

Endlich war der fünfte August gekommen. Es hatte tagelang geregnet, und sie waren alle angespannt und nervös, besonders Anna, weil das Ganze ihre Idee gewesen war. Sie erwachte früh um sechs Uhr, aufgeregt wie ein Kind. Der Himmel war noch grau, aber im Westen hinter den Blutbuchen sah sie einen blauen Flecken in der Größe einer Briefmarke, der langsam breiter wurde. Groß genug, um ein Matrosenhemd daraus zu nähen, wie Gran manchmal sagte. Gegen Mittag war alles perfekt. Die Sonne schien, als sei sie extra für diesen Tag beauftragt worden. Als Anna ihre Familie in ihrem Sonntagsstaat sah, kam es ihr in den Sinn, dass es eigentlich schade war, dass es doch nicht ihr Hochzeitstag war. Neil konnte erst später kommen, aber es würde sicher nicht zu spät sein, um möglicherweise die Gäste mit einer tollen Neuigkeit zu überraschen.

Alles verlief, wie Anna es erhofft hatte, das heißt fast alles. Es gab Weißwein anstelle von Champagner, Himbeeren statt Erdbeeren, ihr Lieblingscousin konnte nicht kommen, dafür war ein entfernter Onkel erschienen, den sie nicht besonders schätzte und der nur daran interessiert war, engen Kontakt zu einer Flasche Whisky zu pflegen. Alles in allem war das Fest ein Erfolg. An Abend gab es Musik, Tanzmusik aus einer Hifi-Anlage, die hinter den Rhododendron-Büschen versteckt war. Annas Freunde von der Uni tanzten beschwipst und lachend auf den Rasen; sogar Tom und Annas Mutter führten im Innenhof einen flotten Quickstep vor, und alle applaudierten. Großmutter sagte, dass sie einen Wienerwalzer getanzt hätte, wenn ihr Richard noch dabei gewesen wäre. Alle waren in außerordentlich guter Laune, außer Anna, denn Neil war immer noch nicht da. Ihre Gäste versuchten, sie abzulenken, indem sie harmlose Scherze über seine Abwesenheit machten, und Anna gab vor, nicht besorgt zu sein.

Gegen einundzwanzig Uhr winkte ihre Freundin Sally Anna von Hauseingang zu, von wo sie gerade ihre Jacke holen wollte.

„Anna, komm schnell! Neil ist am Telefon!" Annas Herz setzte den sprichwörtlichen Schlag aus, und sie lief ins Arbeitszimmer. Es war nicht der Anruf, den sie erwartet hätte, nicht die Mitteilung, dass Neil auf dem Wege zu ihr war. Nein. Neils Stimme war heiser. Er wisse, es sei nicht der richtige Moment, es ihr zu sagen, aber er wolle ihr nicht länger etwas vormachen. Neil hatte eine neue Freundin, „Es war, als seien sie beide vom Blitz getroffen worden" (Anna wünschte, das wäre tatsächlich der Fall!) Es tat ihm wirklich leid, aber es war einfach passiert, aus heiterem Himmel, und er meinte, es sei am besten, es Anna sofort zu sagen (sofort!) Er würde sie nie vergessen. Was er sonst sagte, nahm sie nicht mehr auf.

Nach einigen Minuten entgegnete sie nur:

„Ja, es ist alles in Ordnung." Dann legte sie sehr vorsichtig den Hörer auf.

Der Rest des Abends verlief ohne Störung. Anna trank einige Gläser ‚vinho verde' in rascher Folge und war sogar fähig, eine Weile mit Sallys Bruder zu flirten, nachdem sie alle darüber informiert hatte, dass Neil und sie sich eine Zeitlang nicht sehen würden, weil sie eine Pause brauchten. Nein, es war weiter nichts los, alles o.k.

Mitten in der Nacht überkam es sie. Sie weinte sich die Augen aus, mehr aus verletztem Stolz als aus wirklicher Traurigkeit. Als die Sonne aufging, war das Schlimmste vorbei. Die wahre Liebe würde später kommen, wie Anna nicht lange danach entdecken würde. Ihre innere Stimme hatte es ihr in jener Nacht verraten, und langsam verebbte der Schmerz.

So waren sie ein ‚Triumfeminat': Mutter, Großmutter und Anna, Frauen der Welt. Sie akzeptierten Tom, sie mochten ihn, sie liebten ihn sogar; es war eben nur so, dass er nicht zu ihrer ‚Frauenwelt', wie Anna sie nannte, gehörte. Er begnügte sich mit der Rolle, die sie ihm zuwiesen; er war immer für sie da, im Garten, oder hinter seiner Zeitung, oder nicht weit entfernt in seinem Rotary Club.

In ihrem neuen Job in London gab es für Anna eine Menge von aufregenden Dingen zu tun. Weil sie nicht oft nach Derbyshire fahren konnte, rief sie ihre ‚Damen' regelmäßig an. An einem Samstag im November des Geburtstagsjahres versuchte sie mehrfach, Gran zu erreichen, aber niemand ging ans Telefon. Als sie sie bis zum Abend nicht erreicht hatte, rief sie ihre Mutter an. Ja, war die Antwort auf ihre Frage, Großmutter sei bei Tom und ihr, weil sie sich in den letzten Tagen nicht wohl gefühlt habe. Der Arzt habe eine Kreislaufschwäche festgestellt; sie brauche Pflege und

Zuwendung. Es sei bei ihrem Alter nicht überraschend, nicht wahr? Krankenhaus? Nein, der Doktor glaube, sie werde sich schnell wieder erholen. Anna fragte ihre Mutter, ob sie kommen solle. Sie entgegnete, es sei wahrscheinlich nicht notwendig; sie würde sie auf dem laufenden halten. Dann versprach sie, Anna am folgenden Abend anzurufen, damit sie mit Gran sprechen könne; im Moment schlafe sie.

„Gut, Mutter. Bitte, gib ihr einen Kuss von mir und sage ihr, dass sie bald wieder gesund werden soll."

Immer noch leicht besorgt überlegte Anna, ob Gran tatsächlich krank sein könnte. Sie war nie ernstlich krank gewesen; sie nahm morgens irgendwelche Herztabletten, aber welcher Mensch über siebzig tat das nicht? So sah Anna es, in reifen Alter von immerhin einem Vierteljahrhundert.

Sie versuchte zu lesen, dann zappte sie durch die Fernsehprogramme, aber nichts konnte sie von der nagenden Sorge ablenken. Mitten in einer italienischen Seifenoper klingelte das Telefon. Es war ein Kollege, der dann und wann mit ihr Badminton spielte. Paul wollte nur das nächste Treffen absagen, weil er sich an der Schulter verletzt hatte, und sie begannen, sich zu unterhalten. Weil Anna noch einmal in Derbyshire anrufen wollte, wollte sie das Gespräch beenden und erklärte Paul die Situation.

Er hörte aufmerksam zu und rief dann:

„Ich mache dir einen Vorschlag. Pack' deine Sachen. Ich hole dich in einer halben Stunde ab. Wir fahren sofort nach Derbyshire." Anna protestierte, aber er bestand darauf. Er wolle seinen Bruder in Buxton sowieso besuchen; weshalb sollten sie also nicht auf der Stelle losfahren?

Sie fuhren in Pauls bequemem Auto durch den Winterabend – er arbeitete schon länger beim Verlag als Anna, daher das Auto – und sie unterhielten sich während der ganzen Fahrt. Anna erinnerte sich später nicht mehr darüber, aber als sie darüber nachdachte, wusste sie nur noch, dass alles interessant und wichtig war.

Kurz vor Mitternacht bog Paul in die Einfahrt ein. Anna vergaß Paul völlig, lief ins Haus und kollidierte mit Tom.

„Anna, meine Liebe, wie kommst du hierher?" In dem hellen Licht war sein Gesicht grau, seine Augen lagen tief in den Höhlen, er trug seine Brille nicht.

„Was ist passiert, Tom?" fragte sie ungeduldig.

„Es ist deine Großmutter. Ihr Zustand hat sich verschlechtert. Deine Mutter und Dr. Fielding sind jetzt bei ihr." Er legte seinen Arm um sie, aber er konnte sie nicht zurückhalten. „Sie ist im vorderen Schlafzimmer," fügte er hinzu. Anna hörte die Resignation in seiner Stimme. Auf der obersten Stufe blieb sie stehen, um wieder durchzuatmen, bevor sie das große Schlafzimmer betrat. Es war so schrecklich hell, als ob sie alles eingeschaltet hatten, was sich nur einschalten ließ. Ihre Mutter stand am Fußende des Bettes, Dr. Fielding, den Anna seit ihrer Kindheit kannte, beugte sich über Gran. Sie atmete mit Schwierigkeiten. Obgleich es ihr schlecht ging, sah sie Anna sofort und flüsterte ihren Namen.

„Gran, was ist los?" Anna hatte Angst, ihr einen Kuss zu geben, aber sie setzte sich auf die Bettkante, sehr vorsichtig, um sie so wenig wie möglich zu stören. Sie nahm ihre Hand, die sehr kalt war; die Haut erinnerte sie an weiches Seidenpapier.

„Anna," ihre Stimme war überraschend kräftig, bis sie qualvoll zu husten begann.

„Ich bin hier, Gran! Und ich bleibe hier, bis es dir besser geht." Anna fing instinktiv an, die dünnen, kalten Finger zu reiben. Sie bemerkte, dass ihre Mutter mit ihr sprechen wollte, stand auf, ging zu ihr, und sie nahm sie in den Arm.

„Ich habe den ganzen Abend versucht, dich zu erreichen, aber es nahm niemand ab. Wie kommt es, dass du hier bist, Liebling?" Anna erklärte es ihr, und plötzlich fiel ihr Paul wieder ein. Was mochte aus ihm geworden sein? Tom musste meine Gedanken gespürt haben, denn er erschien auf einmal an ihrer Seite, lächelte liebenswürdig und sagte, sie solle sich keine Gedanken machen; er würde sich um Paul kümmern.

Dr. Fielding berührte Annas Kinn mit seinem Daumen, sowie er es auch immer getan hatte, als sie klein war, und sagte:

„Es ist gut, dass du hier bist, Anna." Er blickte auf seine Hände, bevor er ihr in die Augen sah. „Sie kann es nicht sehr viel länger aushalten, aber sie musste dich noch sehen."

Anna setzte sich wieder zu Gran, sie war kein bisschen ängstlich, sie wollte nur bei ihr sein.

„Anna?" Nach der Spritze, die Dr. Fielding ihr gerade gegeben hatte, atmete sie nun leichter.

„Anna, komm näher." Anna kam mit ihrem Gesicht dichter an ihres. Unter Schwierigkeiten hob sie die linke Hand und zog das Zeichen des Kreuzes auf Annas Stirn. „Es ist Zeit, Anna."

Für einen Moment wandte sie ihren Blick von Annas Gesicht und schaute zur Kutschenuhr auf dem Nachtschrank hin. Das Ticken war kaum zu hören. Sie ging etwa eine Stunde nach, vielleicht war sie nicht umgestellt worden. Mit großer Anstrengung sah Gran Anna noch einmal an, bevor ihre Hand auf der blauen Steppdecke ganz still wurde und sie das Bewusstsein verlor. Eine halbe Stunde später starb sie.

Anna küsste ihre Wange und verließ das Zimmer. Ihre Mutter und Dr. Fielding blieben noch ein paar Minuten.

Paul und Tom sahen Anna an und wussten nicht, wie sie ihr helfen oder was sie sagen sollten. Sie ging zu Tom, der sie in die Arme nahm und ihr dann, ohne etwas zu sagen, ein Glas Brandy reichte. Sie nahm einen Schluck, dann umarmte sie Paul, und während er sie festhielt und die Tränen kamen, sagte sie ihm:

„Es ist alles vorbei. Gran hat gesagt: ‚Es ist Zeit.'"

Kapitel 3

Erinnerung

Das kleine Mädchen öffnete ihr in Seidenpapier eingepacktes Geschenk auf einer Gondel, weil ihre Mutter und ihr Stiefvater anlässlich ihres siebten Geburtstages mit ihr nach Venedig gefahren waren. Sie sah ehrfürchtig auf die schmale rechteckige Uhr mit den römischen Zahlen und dem taubengrauen Armband, in das ein neues Loch gebohrt werden musste, damit es passte.

Etwa vierzig Jahre später gelangte die Kutschenuhr, die in der Geschichte eine Rolle spielte, in meinen Besitz. Sie stand in ihrer neuen deutschen Umgebung auf einem niedrigen Teakholztisch neben einem Blumenstrauß und wirkte dort gleichzeitig vertraut und fremd. Sie gehörte dorthin und auch wieder nicht. Vielleicht spielte mir meine Phantasie einen Streich, aber sie kam mir vernachlässigt und abgenutzt vor, und sie ging nicht mehr. Nachdem meine Großmutter gestorben war, hatte die Uhr im Hause meiner Eltern ‚gelebt', zusammen mit anderen Stücken, die wir liebten, und hatte dort einen Ehrenplatz zwischen zwei gleichen Doulton-Vasen gehabt, die groß, eindrucksvoll, wertvoll und hässlich waren - im Gegensatz zu der hübschen kleinen Uhr. Sie hatte vor Jahren aufgehört zu ticken, und die Zeitanzeige war von einer zweckmäßigen Wanduhr mit batteriebetriebenem Quarz-Werk übernommen worden, so dass das allwöchentliche Aufziehen der Vergangenheit angehörte. Nun, in meinem Haus, schien die schweigende Messinguhr mit ihren geschliffenen Glasscheiben mich vorwurfsvoll anzusehen, obgleich ich an ihrem jetzigen Zustand nicht schuld war. Ich reinigte den Rahmen mit Messing-Reiniger und dem weichsten aller Tücher, polierte das Glas liebevoll, und doch war dies nur eine minimale Verbesserung. Ich setzte sie wieder neben ihre Blumen und vermied es, sie anzusehen. Vielleicht wäre es besser, sie in den Glasschrank zu stellen, damit niemand ihren Mangel an Aktivität bemerken könnte? Tatsächlich bemerkte niemand etwas, außer mir. Seufzend arrangierte ich Taufbecher und zarte Schalen von Wedgwood und Royal Worcester neu und stellte die Uhr auf einen passenden Platz neben einen anderen Zeitmesser, eine goldene Taschenuhr, die dem Vater meines Vaters gehört hatte. Doch auch das gefiel mir nicht. Das rechteckige weiße Zifferblatt mit seinen römischen Zahlen leuchtete unheimlich durch die leicht getönten Scheiben. Ich die Uhr also wieder heraus, wickelte sie in eines der Tücher, die ich zum Putzen benutzt hatte und stellte sie aufrecht in meine Bürotasche. Jetzt oder nie. Morgen würde ich herausfinden, ob die Uhr meiner Großmutter wieder zum Leben erweckt werden konnte.

Das Uhrmacher- und Juweliergeschäft ist an einem der am weitesten entfernten Punkte des Dreiecksplatzes, und ich ging in der Mittagspause dorthin. Herr Schrader, ein schmächtiger älterer Mann mit einem portweinfarbenen Muttermal an der Seite seiner Nase, stellte die Uhr auf eine schwarze Samtmatte, trat einen Schritt zurück und sah sie aus dieser Entfernung prüfend an. Sein Verhalten erinnerte mich an die letzten zehn Minuten eines James Bond Films, in dem sich die Helden - möglicherweise vergebens - bemühen, eine Zeitbombe auszuschalten. Hielt er die Uhr für gefährlich, oder, noch schlimmer, glaubte er, sie sei gestohlen? Ich erzählte die Geschichte meiner Uhr, während er schwieg. Er hob sie an ihrem verschnörkelten Henkel in das Halogenlicht, das jedes Schmuckstück in einem Juweliergeschäft kostbar und begehrenswert erscheinen lässt, und sagte mit ehrfurchtsvoller Stimme: „Sie ist in einem extrem schlechten Zustand," und klemmte sein Augenglas in die linke Augenhöhle. „Sie müsste ordentlich behandelt werden." Es gab nicht viel, was ich dazu sagen konnte. Wenn ich mich selbst durch die Erklärung entschuldigt hätte, dass ich sie erst in der vorigen Woche geerbt hatte, würde das ein schlechtes Licht auf die Art meiner Mutter, ihre Besitztümer zu behandeln, geworfen haben, und wieder bildete sich der altbekannte Klumpen in meinem Hals.

„Ja, natürlich, das beabsichtige ich, aber zuerst möchte ich gern wissen, ob sie repariert werden kann." Ich hatte nun der Uhr gegenüber irgendwie ein schlechtes Gewissen, drängte ihn aber, sich zu äußern.

„Ich muss sie nur einmal mitnehmen in den hinteren Raum." Herr Schrader schwang sie an ihrem zarten Henkel vom Ladentisch, sah meinen alarmierten Gesichtsausdruck und lächelte freundlich. „Ich bin sofort zurück, haben Sie keine Angst. So ein schönes Stück muss mit besonderer Sorgfalt behandelt werden." Bei diesen Worten hätte ich weinen können. Statt dessen setzte ich mich auf einen der zierlichen, unbequemen Stühle und runzelte die Stirn über einige sehr teure, aber bemerkenswert hässliche goldene Halsketten.

26

Herr Schrader kam zurück und lächelte so selig, dass ich tatsächlich zum ersten Male seine arme rote Nase nicht bemerkte.

„Wenn Sie uns diese bedauernswerte Uhr anvertrauen würden, wären wir entzückt, sie zu restaurieren und ihr zu ihrem früheren Glanz zu verhelfen." Er hustete diskret. „Man müsste nur über die Kosten solch einer Reparatur sprechen; wir nehmen an, dass wir mindestens zwanzig Stunden dafür brauchen werden, und dazu kommen die Teile, die ersetzt werden müssen." Er ließ mir Zeit, diese Sätze erst einmal zu begreifen, bevor er einen Preis nannte, der mich tief einatmen ließ. „Ja, aber zum Trost kann ich Ihnen versichern, dass sich der Wert der Uhr dadurch verdoppeln, wenn nicht sogar verdreifachen wird. Vielleicht möchten Sie es sich erst einmal überlegen und uns dann benachrichtigen?" Ich überlegte etwa zehn Sekunden lang. Plötzlich war es für mich unbedingt notwendig geworden, meine kostbare Uhr reparieren zu lassen.

„Ja, bitte reparieren Sie sie für mich. Es hat keine Eile, ich meine, sie wird doch vorsichtig behandelt, nicht wahr?" Ich fühlte, wie ich errötete, was von Herrn Schrader taktvoll übersehen wurde.

„Wir werden sie außerordentlich sorgfältig behandeln, und Ihre Uhr wird jeden Abend in unseren Safe eingeschlossen. Wenn Sie unseren Geschäftsbedingungen zustimmen, werden wir Sie anrufen, wenn die Reparatur beendet ist."

Danach musste ich ihm nur noch meine Telefonnummer geben. Meinen Namen wusste er schon, aber ich hatte eine neue Identität erhalten: Ich war nun ‚die Dame mit der antiken englischen Uhr'.

Am Ende dieser Woche hatte ich genug Vertrauen gewonnen, um zum Geschäft des Uhrmachers zurück zu gehen, diesmal mit dem Verlobungsring meiner Mutter. Herr Schrader war gern bereit, ihn für mich einige Nummern kleiner zu machen. Er wollte prüfen, ob alle Diamanten von ihren Weißgold-Krappen richtig festgehalten wurden. Dann setzte er wieder sein magisches Auge ein, neigte den Kopf zur Seite, um auf den Ring zu sehen, und schließlich informierte er mich darüber, dass dieser tatsächlich sehr wertvoll war. Ich überließ ihn seinen großen, fähigen Händen. Draußen auf dem Bürgersteig lächelte ich ein wenig zögernd, eine beschlossene Ausweitung meines geistigen Rahmens. Was die Uhr und den Ring betraf, so fing ich an, mich wie ein Mitglied von Fagins Bande zu fühlen. Und die goldene Taschenuhr?

Am nächsten Abend ging ich wieder in das Geschäft, mit einem weiteren gelbbraun eingepackten Päckchen.

„Guten Abend, Herr Schrader. Ich komme Ihnen sicher merkwürdig vor, aber ich habe hier ein weiteres Stück. Ich bitte Sie, es sich einmal anzusehen." Er hob seine Augenbrauen fast unmerklich, bereit für alles, was von dieser exzentrischen aber vermutlich harmlosen Frau kommen würde. Als er die Uhr sah, war er sehr beeindruckt. Eilig versicherte ich ihm, dass ich keineswegs beabsichtigte, die Uhr zu verkaufen.

„Hm". Es war unmöglich, zu sagen, ob er erleichtert oder enttäuscht war. „Sie ist sehr schön." Vorsichtig drehte er die abgenutzte Krone und wurde mit leichtem, regelmäßigen Ticken belohnt. „Sie funktioniert!"

„Oh ja." Das hätte ich ihm auch sagen können - ich hatte ihm nur etwas Gutes tun wollen. „Ich möchte trotzdem gern, dass Sie sich die Uhr ansehen. Wie Sie sehen, fehlt das Glas, ich hätte gern ein neues." Herrn Schraders Gesicht wurde lang, er rieb die Spitze seiner rosigen Nase mit dem Handrücken, bevor er antwortete.

„Sehr schwierig. Vielleicht ist es sogar unmöglich. Sehen Sie, diese Uhr ist über einhundert Jahre alt, und ein Glas, das zu diesem Zifferblatt passt, müsste extra angefertigt werden. Heute ist alles, was man bekommt, synthetisch, Plastik-Material. Das wäre ein Sakrileg, und es würde auch nicht in dieses feine Gehäuse passen."

Er runzelte die Stirn, als ob ich gewagt hätte, dies zu bezweifeln, jedoch ich hatte nicht die Absicht. Und nun? Er zögerte merklich, mir die wertvolle alte Taschenuhr zurückzugeben.

„Vielleicht gibt es eine Chance. Haben Sie ein paar Minuten Zeit? Ich möchte etwas herausfinden. Nehmen Sie Platz, wenn Sie möchten. Katja!" Eine junge Frau steckte den Kopf zwischen den Vorhängen hindurch, die den hinteren Teil des Ladens vor den Blicken der Kunden schützten. „Katja, bringe dieser Dame bitte eine Tasse Kaffee, ja?" Er ging schnell fort, ohne mir mehr zu sagen, und gleichzeitig brachte Katja mir ein dampfendes Getränk in einer hohen Rosenthal-Tasse auf einer olivgrünen Untertasse. Sie lächelte mit einem leichten Blinzeln.

„Ich hoffe, der Kaffee ist in Ordnung. Der Chef trinkt ihn immer so; ohne Zucker und mit einem Spritzer Sahne. Er glaubt, dass ihn jeder so mag." Sie schob eine Strähne blonder Haare, die sich in ihr Gesicht verirrt hatte, hinter ihr Ohr.

„Nein, er ist wirklich in Ordnung, er ist perfekt." Und das war er.

Während ich auf Herrn Schraders Rückkehr wartete, kamen diverse Kunden herein, die von der tüchtigen Katja bedient wurden. Sie legte eine abgerissene Halskette in eine winzige Papiertüte und stellte eine Quittung aus; sie wechselte die Batterie einer bunten Armbanduhr aus, sie veranlasste einen Vertreter, ziemlich schnell wieder zu gehen, indem sie ihm höflich aber bestimmt sagte, dass Herr Schrader im Moment nicht gestört werden dürfe. Ob der Herr netterweise anrufen und einen Termin vereinbaren würde? Gut. Und sie schloss die Tür hinter dem Mann im Nadelstreifen-Anzug.

Katja entfernte meine leere Tasse sofort, als Herr Schrader aus dem hinteren Teil des Ladens zurückkam und eine schäbige Holzkiste etwa in der Größe eines kleinen Koffers trug.. Er schloss die Kiste auf und hob den Deckel, so dass Reihen über Reihen runder Glasstücke sichtbar wurden, die in flaschengrünen Samt eingebettet waren. Brillen? Monokel?

„Nun, sehen Sie, dieses sind alles Deckgläser für die Zifferblätter von Uhren. Und wenn wir sehr viel Glück haben, werden wir eins finden, das genau in die Uhr Ihres Großvaters passt."

Als er die glänzenden Scheiben hochnahm und wieder zurücklegte, erzählte er mir die Geschichte der Uhrglaskiste.

Lange Zeit war Kiel zum Glück vom zweiten Weltkrieg unberührt geblieben. Es waren hauptsächlich die Städte in Mittel- und Ostdeutschland, die von Bomben verwüstet worden waren, wie Herr Schrader aus Wochenschauen erinnerte, die er als Zwölfjähriger im Kino gesehen hatte. Er erwähnte die Gräueltaten der Nazis nicht und machte daher auch keinen Versuch, zu erklären, wieso seine zahllosen älteren Verwandten nichts über das gewusst hatten, was vorging. Für mich war dies bezeichnend. Ich bin eine Adoptiv-Deutsche und habe meine englische Staatsangehörigkeit behalten. In früheren Jahren hatte ich meine eigenen schmerzlichen, forschenden Gedanken gehabt, daraus hatte sich dann meine persönliche Einstellung zur Kollektivschuld ergeben, in Bezug auf die jüdische und andere Fragen. Einer der Gründe dafür, dass ich mich in Schleswig-Holstein, dem nördlichsten Bundesland, wohlfühlte, war möglicherweise, dass hier weniger Gräueltaten stattgefunden hatten. Viele der heutigen Einwohner waren ehemalige Flüchtlinge und ihre Nachkommen aus Osteuropa, die große Verluste erlitten hatten, sicher eine Art von Sühne für wenigstens einige der kollektiven Kriegssünden. Nichtsdestoweniger war es eine Erleichterung, festzustellen, dass Herr Schrader in der Zeit dieser Geschichte nur ein Junge gewesen war.

Das Geschäft, das den Namen ‚*Uhrmacher und Juwelier Schrader*' trug, war seit dem Krieg von 1914 - 1918 ein Familienunternehmen gewesen. Großvater Schrader hatte ein ordentliches, bescheidenes Haus in der Holtenauer Straße in der Nähe des damaligen Ladens gekauft. Gustav Schrader und seine Frau Alwine, ihre zwei Söhne und eine Tochter hatten über dem Geschäft gelebt und waren beim An- und Verkauf von second hand Gold und Juwelen mäßig erfolgreich gewesen. An diesem Punkt seiner Erzählung hatte ich den Eindruck, dass sie außerdem eine Pfandleihe betrieben hatten, obgleich es nicht ausdrücklich erwähnt wurde. Auf jeden Fall hatte Gustav entschieden, dass der ältere Sohn Uhrmacher werden sollte, während der jüngere soviel wie möglich über den Diamantenhandel lernen und außerdem den Beruf des Goldschmieds ergreifen sollte.

Vermutlich waren die Söhne fügsam gewesen, denn diese Anordnung wurde ordnungsgemäß befolgt, und der winzige Laden wurde zu einem blühenden Unternehmen in größeren Geschäftsräumen. Ich unterbrach Herrn Schrader, um nach der Tochter der Familie zu fragen. Er machte eine Pause und rieb seine Nase mit dem Handrücken, eine Geste, die ich inzwischen als ein Zeichen von Verlegenheit erkannte. Gertrud Schrader hatte, wie jetzt verlautete, dem Familiennamen dadurch Schande gebracht, dass sie mit einem Möchtegern-Künstler aus Schlesien fortlief und nie zurückkam. Es war offenbar ein Thema, über das man nicht sprach, deshalb bat ich ihn, mit seiner Erzählung fortzufahren.

Friedrich-Wilhelm Schrader reparierte und reinigte sämtliche Uhren der Kieler Bürger der Mittel- und Oberschicht sowie der hochgeschätzten Marine-Offiziere, während Hans-Heinrich Juwelen an die Damen dieser Gentlemen verkaufte (und sie gelegentlich diskret zurückkaufte). Ich vermutete, dass diese Formulierung Verwandte, Ehefrauen, Geliebte und sonstige interessante weibliche Wesen einschloss, wagte es aber nicht, den erfreulichen Fluss der Erzählung zu unterbrechen, um weitere Einzelheiten zu hören. In der Blütezeit der Firma Uhrmacher und Juwelier Schrader wurde ‚mein' Herr Schrader als einziges Kind von Hans-Heinrich und seiner Frau Charlotte geboren. Der Uhrmacher Friedrich-Wilhelm heiratete nie, obgleich er anscheinend den Frauen sehr zugetan war. Zusammen mit seinen Söhnen regierte der alte Gustav immer noch, eine freundliche ‚graue Eminenz', er polierte wertvolle Metalle und Steine, zog Uhren auf, überprüfte die Bücher und war froh, seinen klugen Söhnen von Nutzen sein zu können. Es verwendete besonders liebevolle Fürsorge für die Uhrwerke, Zeiger und Gläser ihres ansehnlichen Sortiments an Uhren. Einer seiner Freunde aus früheren Tagen, ein Glas-Spezialist, versorgte sie mit nach Maß gefertigten Gläsern, und Gustav hatte viele dankbare Kunden, die zu ihm kamen, um ihre Uhren wieder mit vollkommen genau passenden Gläsern versehen zu lassen. „Er war wie ein flinkes, altes, graues Eichhörnchen mit buschigen Brauen," schwelgte Herr Schrader in seiner Erinnerung. „Wenn einer seiner Stammkunden hereinkam, kletterte mein Großvater die hintere Treppe hinunter, um seinen Gläser-Vorrat durchzusehen. Es war Ehrensache, in der Lage zu sein, ein Uhrglas sofort zu ersetzen, wenn es überhaupt möglich war." Einerseits war Gustav seinen Kunden mit Unterwürfigkeit alter Schule begegnet, andererseits war er den Leuten näher gewesen als seine beiden Söhne, mehr wie ein Handwerker im wirklichen Sinne des Wortes. Friedhelm Schrader wurde wieder nachdenklich und konzentrierte sich auf die Auswahl eines Glases für meine Uhr.

„Ja, seine zwei Söhne. Mein Vater kam in der Nähe von Scapa Flow um, und mein Onkel war in russischer Kriegsgefangenschaft. Er kam sechs Jahre nach dem Ende des Krieges zurück, aber seine Gesundheit war in einem so schlechten Zustand, dass er einige Monate später starb. Im Jahre 1944, als die Bombenangriffe auch Kiel erreichten, waren es meine Mutter und meine Großmutter, die das Geschäft führten und uns einen dürftigen Lebensunterhalt verdienten. Großvater war kein richtiger Geschäftsmann mehr, und so ließen sie ihn einfach herumwerkeln und für seine Uhren sorgen."

„Meine Großmutter war religiös, und deshalb wollte sie gern, dass wir einen Vortrag mit Musik in der Nikolai-Kirche besuchten. Meine Mutter bestand darauf, dass ich mitging, aber sie konnten Großvater nicht gut dazu zwingen, weil an diesem Tag sein Rheumatismus besonders schlimm war. Es ist merkwürdig, wie klar ich mich daran erinnern kann, dass ich mich über den langen Weg zur Kirche in der Kälte beschwerte und maulte, weil ich nicht bei Großvater bleiben durfte. Es war ein düsterer, bigotter Vortrag über etwas, das mit den Hansestädten zusammenhing, und dann folgte langweilige Orgelmusik, und als es dann endlich vorbei war, mussten wir noch den langen Rückweg - die Bergstraße hoch - machen. Ich war hungrig - ich scheine in jenen Tagen immer hungrig gewesen zu sein - und richtig brummig. Mutter und Großmutter versuchten, mir Mut zu machen, mich anzufeuern; es sei noch etwas Suppe übriggeblieben, sagten sie, und sie würden ein paar Kartoffeln hineintun. Heute weiß ich, dass sie oft hungerten, um mir ein bisschen mehr zu geben, aber in der Zeit war ich ein kleiner Egoist.'

„Als wir noch etwa hundert Meter vom Geschäft entfernt waren, war überall Rauch. Meine Mutter begann zu laufen; meine Großmutter konnte nicht laufen, so ging sie, so schnell sie konnte. Sie forderte mich auf, auch zu laufen, aber mir war, als ob etwas an meinen Füßen zog, und ich hatte schreckliche Angst. Als wir dort ankamen, hatte sich der Rauch gerade so weit verzogen, dass wir die Ruine des Hauses sehen konnten, die durch die Feuer ringsum erleuchtet wurde. Mutter und Großmutter klammerten sich weinend aneinander. Ein Mann in Uniform kam zu mir und fragte nach meinem Namen. Dann führte er mich zu etwas, das wie ein Haufen Kleidung aussah. Der Mann zog die Ecke einer Decke weg, und ich erkannte Großvaters Gesicht mit seltsam versengten geschwärzten Augenbrauen. Er war einer der 2.263 Menschen, die bei den Bombenangriffen auf Kiel getötet wurden, wie wir sehr viel später erfuhren. Ich starrte den Haufen Kleidung lange, sehr lange an, ohne mich zu bewegen - der Mann hatte Großvater wieder zugedeckt - dann versuchte er, mich dazu zu bewegen, zu meiner Mutter zu gehen. Es ist merkwürdig, ich fühle noch seine Finger, die meinen Oberarm so fest umspannten, dass es beinahe schmerzte. Ich riss mich los und nahm wieder die Decke von Großvaters Gesicht.; ich berührte seine schmutzige Stirn, und die Haut war noch nicht einmal kalt. Dann zog ich die Decke weiter zurück, weil ich wusste, dass ich ihn genau sehen musste. Er lag auf der Seite, ein Arm war ausgestreckt, als wenn er versucht hatte, etwas festzuhalten, das ich in der Dunkelheit nicht richtig erkennen konnte. Ich hob seinen Arm vorsichtig hoch, so wie man es macht, wenn jemand schläft, und hob eine hölzerne Kiste hoch, seine Kiste, diese Kiste hier." Herr Schrader machte wieder eine Pause, runzelte die Stirn beim Anblick eines Uhrglases, bevor er es wieder in seine samtige Mulde zurücklegte, und lächelte traurig.

„Es war diese Kiste, und alle Gläser waren heil. Einige sind inzwischen nicht mehr da, weil hin und wieder, eigentlich sehr selten, eine Uhr wie Ihre hierher gebracht wird." Er nahm nun ein anderes Glas, vielleicht das sechste oder siebente, prüfte die Größe und strahlte vor Zufriedenheit „Dieses ist das Richtige!" Seine Melancholie war verschwunden, seine Geschichte war beendet, das Glas war gefunden. Gustavs Schatz war es wert gewesen, aufgehoben zu werden. Ein Schweigen entstand, lange genug, um uns beiden Zeit zu geben, uns zu erholen.

„Nun nehmen Sie diese schöne Uhr mit nach Hause und legen sie an einen sicheren Platz." Während er das sagte, wickelte er sie in Watte und legte sie in eine kleine Pappschachtel. Ungeschickt nahm ich meine Geldbörse heraus. Herr Schrader machte eine abwehrende Handbewegung. „Oh nein, Gustav Schraders Gläser sind buchstäblich unbezahlbar. Und es war ein Privileg, diese Uhr in Ordnung zu bringen. Und," fügte er hinzu, „Sie haben uns in der letzten Zeit viele Aufträge gegeben. Wer weiß, vielleicht können wir Ihnen auch in Zukunft wieder einmal helfen."

Er schüttelte kräftig meine Hand und begleitete mich, seinem unvermeidlichen Ritual entsprechend, zur Tür, die er schwungvoll öffnete und dabei die winzigen Glocken in ein fröhliches Klingeln versetzte.

Der Besuch bei Schraders hatte länger gedauert als erwartet; es war fast 18.00 Uhr, Ladenschlusszeit, als ich forschen Schrittes in Richtung des Obstgeschäftes ging. Hinter der Bushaltestelle am Platz, neben dem Lotusblüten-Restaurant gibt es ein Obst- und Gemüsegeschäft, das von zwei Frauen - Mutter und Tochter - betrieben wird. Das englische Wort für ein solches Geschäft ist ‚greengrocer', also Grünhändler. Warum Grünhändler? Darüber dachte ich jedes Mal nach, wenn ich in diesem Geschäft war und mich zwischen den symmetrischen Türmen von Obstkisten durchwand, die sich unter dem Gewicht ihres in frischen Farben leuchtenden Inhalts bogen. Der Anblick dieses kleinen Ladens erinnerte mich an eine Beschreibung in *A Christmas Carol*, über Pyramiden von glühenden Orangen, Birnen, Feigen und Haselnüssen. Hier bei Neumanns hingen Bananen an Schlachterhaken, unterbrochen von kopfüber aufgehängten Sträußen von getrocknetem Dill und Rosmarin über Krügen mit smaragdgrüner Petersilie, Stapeln von blasserem Brokkoli und von Rot- und Weißkohl. Ich musste wie üblich warten, weil das Geschäft, wie die Eigentümer, lebhaft war.

Die Mutter, Inge Neumann, war eine jener zeitlos hübschen Frauen. Sie war immer nett gekleidet, wobei sie genau darauf achtete, welche Farben sie gut tragen konnte. Sie war nett, schlagfertig und jedem gegenüber freundlich, ausgenommen „diese schrecklichen Penner, die dort draußen auf der Bank sitzen. Sie sind schon seit heute morgen um 7.00 Uhr hier. Ich weiß nicht, was aus diesem Platz werden soll. Ich weiß es einfach nicht. Sehen Sie sie nur an!" Sie zeigte vage in die Richtung von zwei fröhlichen Vogelscheuchen-Männern mit Bierdosen, bevor sie geschäftig um die Ecke

33

des Ladentisches eilte, fast bis ins Schaufenster, und widerspenstige Kartoffeln in eine große Papiertüte schaufelte.

„Darf es sonst noch etwas sein, mein Schatz? Nein? Sind Sie sicher? Nun gut. Falls Sie etwas vergessen haben, können Sie ja schnell zurückkommen, nicht wahr?" Dieser möglicherweise etwas geistesabwesende junge Mann wurde höflich entlassen, und ich war an der Reihe. Ich war so davon in Anspruch genommen gewesen, das Bedienen der Kunden zu beobachten, dass ich Frau Neumann einen Moment lang verwirrt ansah, bevor ich meine Wünsche äußerte.

„Es tut mir leid. Ich war in Gedanken. Ich dachte gerade an, äh, Avocados. Haben Sie heute Avocados?" Für Frau Neumann war das nur eine rhetorische Frage. „Möchten Sie sie heute Abend essen? Oder wollen Sie damit noch etwas warten? Sie halten sich nicht länger als bis Sonntag." Ich entschied mich schnell für eine reife und zwei reifende Avocados, konzentrierte mich auf den Rest meiner Liste und musste unglücklicherweise niesen. Die Obstdame sagte missbilligend „Oh!"

„Wahrscheinlich bekommen Sie eine Erkältung. Nun, was Sie brauchen, sind Kiwis." Sie waren in dieser Woche sehr billig, also versuchte sie nicht, ein lohnendes Geschäft zu machen. „Sehen Sie diese Kiwi? Sie müssen wissen, dass eine Frucht wie diese förmlich vor Vitamin C platzt - das Allerbeste also gegen Husten und Niesen." Sie blickte durch ihre blitzsauberen Brillengläser auf die pelzige grüne Frucht, sammelte sich wieder, strich über ihre bereits perfekt frisierten Locken und wartete darauf zu hören, wie viele dieser Wunderfrüchte ich brauchte.

„Ja, fein, ich nehme dann vier Kiwis," sagte ich und fuhr dann mit meinen Einkäufen fort, versicherte ihr, dass ich nur eine ganz leichte Allergie hätte, deren Ursache wahrscheinlich die Linden auf dem Platz seien. Sie hatte zu meiner Selbstdiagnose offensichtlich wenig Vertrauen, jedoch wurde sie von ihrer Tochter mit den Apfelbäckchen abgelenkt, die eine frische Ladung Kirschen von ihrem makellos weißen Lieferwagen hereinbrachte. Ich blieb mir selbst gegenüber hart, sie waren zu teuer.

Dann bemerkte ich plötzlich neben der Waage auf der anderen Seite des Ladentisches einen großen Glasbehälter, der mit fetten, glänzenden, graugrünen Oliven gefüllt war. Mareike, die Tochter, setzte die Kirschen auf eine Matte aus künstlichem Rasen, folgte meinem Blick und tauchte eine Schöpfkelle in den Oliventeich, um ein Prachtexemplar herauszufischen.

„Hier, bitte!" Ihre Art zu sprechen war genau so schwungvoll wie die ihrer Mutter. „Probieren Sie eine! Wenn Sie Oliven mögen, werden Sie diesen nicht widerstehen können." Ich nahm sie mit Daumen und Zeigefinger von dem glänzenden Löffel und steckte sie schnell in den Mund. Es war mehr als ein Geschmack; es war ein saftiges, mit Knoblauch angereichertes Erlebnis. Ich bat um ein halbes Pfund.

„Sie sind sehr gut, nicht wahr? Ein Problem gibt es nur, wenn Sie zum Zahnarzt gehen oder Ihren Freund küssen!" Mutter und Tochter legten ihre Hände simultan auf ihre mit Schürzen versehenen Busen und strahlten Lebensfreude aus. Die kam sicher durch alle die Vitamine zustande. Es waren nun keine weiteren Kunden mehr im Laden, nur noch die seltsame Person, die die draußen ausgestellten Waren betrachtete, und da ich die fruchtige Fröhlichkeit noch nicht verlassen mochte, erzählte ich ihnen eine Anekdote über einen Urlaub, den ich einmal in Rom verbracht hatte, wo es die besten Oliven gab, die ich je probiert hatte. Ich hatte sie gegessen, wo ich ging und stand. Sie hörten höflich zu in dem festen Glauben, dass ich eine Stammkundin war, die überzeugt werden konnte, das zu essen, was für sie gut war.

Kapitel 4

Erinnerung

Lovere, ein italienisches Dorf in Norditalien, ein Paradies für ein neunjähriges Mädchen, Sonnenschein, eine Schaukel unter Weinreben, Berge, der Iseo-See, Freunde, keine Schule, dafür aber so viele Bücher, wie sie nur lesen wollte.

Ein paar Tage später bekam ich einen Anruf vom *Kieler Express*, der lokalen Zeitung. Eine junge Frau fragte ehrerbietig, ob ich bereit sei, ein Interview über meinen Band von Kurzgeschichten zu geben. Sie hatte von ihrem Chef gehört, dass in der Stadtbücherei eine Lesung stattfinden sollte, und sie hielten es für eine gute Idee, einen Artikel über einen lokalen Autor zu veröffentlichen. Ich war natürlich erfreut. Wie jeder Schriftsteller, der versucht, sich einen Namen zu machen, wünschte ich mir Popularität für mein geistiges Kind, das zu dem Zeitpunkt mein zweites war. Während ich den Kurs für kreatives Schreiben absolvierte, hatte ich von den Gefahren gehört, die entstehen, wenn man seine Hoffnungen zu hoch schraubt. Ich hörte noch die Warnung: „Behalten Sie Ihren gegenwärtigen Arbeitsplatz, weil nur sehr wenige Schriftsteller von dem leben können, was sie mit Schreiben verdienen." Wie wahr. Ich war keineswegs eine finanziell unabhängige Frau; ich hatte Tagträume über frühere Schriftsteller wie Agatha Christie, die als Zerstreuung geschrieben hatte, während sie sich von einer Krankheit erholte, ohne Rücksicht auf den (glücklichen) Ausgang, nachdem sie von mehr als zwanzig Verlegern abgewiesen worden war. Realistischer war der Kommentar von P. D. James, der gesagt haben soll: „Ich plante, mit dem Schreiben anzufangen, wenn ich die Zeit dazu hätte; dann wurde mir klar, dass das nie geschehen würde, und ich verschaffte mir die Zeit dadurch, dass ich früher aufstand und später ins Bett ging." Etwa so fühlte ich. Nicht-Schriftsteller reden über ‚Schreiben aus Spaß' oder lächeln verständnisvoll, wenn sie einem mitteilen: „Ich denke, ich werde eines Tages anfangen zu schreiben; in jedem Menschen steckt ein Buch, nicht wahr?"

Während ich an jenem Sonntag Nachmittag auf die Ankunft der Journalistin wartete, dachte ich über diese und andere alberne Kommentare nach. Alle zeitgenössischen Schriftsteller, mit denen ich je gesprochen hatte, waren genau so unsicher und so um Zustimmung bemüht wie ich. Ich hatte natürlich bis jetzt keinen Zugang zu den berühmten Autoren meiner Zeit gefunden, jedoch schienen sie ihren Erfolg nicht für selbstverständlich zu halten, wenn man den literarischen Zeitschriften Glauben schenken konnte.

Frau Kaiser erschien pünktlich, und wir saßen etwa eine Stunde lang im Wohnzimmer und tranken Tee. Sie machte eifrig Notizen, und ich war nicht sicher, ob ich das gut oder schlecht finden sollte; wenigstens war dieses Verfahren unbedingt einem Kassettenrekorder vorzuziehen. Sie war eine angenehmer Interviewerin: direkt, freundlich und neugierig. Außerdem war sie nett. Ich trug dunkelgraue Kleidung als Ausdruck meiner Trauer, und sie fragte vorsichtig danach.

Als ich ihr von dem kürzlichen Tod meiner Mutter erzählte, seufzte sie und sagte: „Ich verstehe das sehr gut. Meine Mutter starb im letzten Jahr, und es schmerzt immer noch sehr." Dann begann sie taktvoll mit dem Interview.

„Was veranlasste Sie, mit dem Schreiben anzufangen?"

„Meine erwachsenen Kinder haben das Haus verlassen, mein Mann muss oft geschäftlich ins Ausland fahren." Ich hatte bemerkt, dass sie sich diskret umsah. „Im Moment ist er in Kanada und wird für einige Monate dort bleiben." Frau Kaiser kritzelte emsig, und ich fühlte mich zunehmend unwohl dabei. Ihre Fragen waren fair, aber meine eigenen Entgegnungen gefielen mir nicht. Schließlich unterbrach ich sie.

„Schauen Sie, aus diesem Interview entsteht ein sehr langweiliger Artikel, wenn wir so weitermachen wie jetzt. Bitte, lassen Sie mich einige Dinge revidieren, die ich gesagt habe. Im Grunde schreibe ich, weil ich es schon immer wollte. Ich liebe es, gute Geschichten zu lesen. Ich möchte als Geschichtenerzähler betrachtet werden.

Es gibt Geschichten in jedem Menschen und in allen Dingen um uns, und so ist es nicht schwer, dies und das zusammenzusetzen und daraus eine Geschichte zu machen. Ich hoffe, Sie können dies eleganter formulieren und dabei die Bedeutung dieser Sätze erhalten, denn für mich ist es wichtig."

Ich machte eine Atempause und stellte fest, dass ich endlich Frau Kaisers volle Aufmerksamkeit gewonnen hatte. Nach diesem milden Ausbruch verlief unsere Unterhaltung fließender und zufriedenstellender. Birte Kaiser war völlig ungezwungen und spielte sogar mit der getigerten Katze, Peppi, die in den Raum geschlendert war, um mich zu ermahnen, weil ich ihr ihre Mahlzeit nicht pünktlich serviert hatte.

Wir diskutierten heiter darüber, ob Katzen der Kreativität, insbesondere in Bezug auf das Schreiben, zuträglich wären und lachten beide, als Peppi sich reckte und streckte und als Antwort hungrig miaute. Frau Kaiser schloss ihr Notizbuch und klickte die Kappe auf ihren Schreiber, der den Namen der Zeitung trug. Sie wollte gehen, war jedoch merkwürdig unentschlossen. Plötzlich kam sie mit einer Idee heraus, die sich im Laufe unserer Unterhaltung entwickelt hatte.

„Ich weiß nicht, ob der Chef der Kulturabteilung zustimmt, aber ich finde, wir sollten das ganze Konzept des Artikels ändern." Ein Gefühl der Bestürzung lief mir über den Rücken. Verdammt. Ich hätte die Publicity gut gebrauchen können, und sie war im Begriff, den Artikel über Bord zu werfen. Sie musste meine Reaktion bemerkt haben, denn sie schüttelte den Kopf. „Nein, ich glaube, es wäre besser, wenn wir anders an die Sache herangingen."

Birte Kaiser bekam die Erlaubnis, ihren Plan zu verwirklichen. In der folgenden Woche wurde im ‚Kieler Express' ein mit Birtes Hilfe im wesentlichen von mir geschriebener Artikel veröffentlicht, der - wenn er mir auch nicht direkt zu Ruhm und Glück verhalf - eine gewisse Neugier in Bezug auf meine Schreiberei erweckte.

Der Artikel trägt die Überschrift ‚Ein Leben mit Büchern'. Birte Kaiser, inzwischen eine gute Freundin, schlug vor, dass er in die Erzählung über den Dreiecksplatz, der nur einen Steinwurf von den Büros der Zeitung entfernt ist, aufgenommen werden sollte.

Die Geschichte einer Kieler Autorin,
die Birte Kaiser von Laura Franzen erzählt wurde.

Als ich fünf Jahre alt war und, wie meine Mutter sagte, nicht die Größe von „tuppence" hatte, ging ich zur Schule, um lesen zu lernen. Das war mein Hauptziel, dicht gefolgt von dem Wunsch, schreiben zu lernen. Das Rechnen oder irgendeine andere Form von Mathematik waren völlig belanglos. Glücklicherweise wuchs ich in das Zeitalter des

Taschenrechners hinein. Mein eingleisiger kindlicher Verstand absorbierte alles, was meine freundliche Lehrerin, ob mit Kreide geschrieben oder gedruckt, vor meine Augen brachte. Ich war gefesselt von *Tom and Anne went to School*, versuchte *The Wind in the Willows* (‚Der Wind in den Weiden‘) auswendig zu lernen und schrieb lange lustige Briefe an meine Großmutter. Im Alter von fünfeinhalb Jahren war das geschriebene Wort meine Welt. Sechs Monate später las ich alles, was ich (wo auch immer) fand, und brachte dadurch manches Mal meine Mutter in Verlegenheit. Ich war zum Beispiel entzückt, einen geöffneten Brief meines späteren Stiefvaters zu finden und in der Lage zu sein, einer Ansammlung von Tanten und Onkeln laut vorzulesen: „Mein geliebter Engel ....“ Ich wurde sofort unterbrochen und sollte nie erfahren, was noch in dem Brief stand.

Unersättlich verschlang ich die Bücher von Enid Blyton, Angela Brazil und meine geliebten *Katy Did*-Bücher. Ich weinte in zerlesene ledergebundene Bände von *David Copperfield* und *Jane Eyre* hinein und genoss jede Träne. Es war die Qual wert, denn die Bücher hatten ein Happy End.

Mit acht Jahren versuchte ich, das Buch *Wuthering Heights* (‚Sturmhöhe‘) zu verstehen, scheiterte aber und fand lediglich heraus, dass es ein unglückliches Ende hatte, was unentschuldbar war. Etwa in diesem Alter beschloss ich, als Erwachsene nur Bücher zu schreiben, die Menschen nicht traurig machten. Dreißig Jahre später entdeckte ich, dass das eine enorm große Aufgabe ist, aber ich versuche immer noch, meinen früheren Prinzipien treu zu bleiben. Im Moment gibt es in dem Buch, das ich gerade schreibe, eine Person, die auf annehmbare Weise umgebracht werden müsste; ich kann mich jedoch nicht dazu überwinden, weil ich Gefallen an ihr gefunden habe.

In meinem neunten Lebensjahr stellte ich mir am ersten Januar die Aufgabe, ein Tagebuch zu führen, an jedem Tag, ohne Ausnahme. Dieses war das erste Produkt meiner Kreativität, das heißt, es waren nur Tatsachen, nichts in meiner Phantasie Erdachtes, trotzdem aber höchst subjektiv. Samuel Pepys hat ganz sicher nicht mit mehr Inbrunst geschrieben als ich. Unsere Grundthemen waren nicht unähnlich. Er berichtete über die Pest und das große Feuer; ich berichtete über die Mandeloperation eines Jungen, der in unserem Hause wohnte, und über das Verschwinden meiner Katze. Pepys beschrieb, wie er auf der

Treppe das Strumpfband der neuen Zofe berührte und wie er seinen eigenen Lastern gegenüber zu nachsichtig war, auch in Bezug auf das Essen, während ich über den Kauf eines neuen Morgenmantels berichtete und darüber, wie meine Großmutter beim ‚Mensch, ärgere dich nicht' - spielen gemogelt hatte.

Meine letzte Eintragung für den 31. Dezember lautet: „Mama und ich gingen aus und kauften zwei Hähnchen und drei Schallplatten. ICH HABE NUN DIESES TAGEBUCH BEENDET."

Wenn es auch nicht gerade ein Kunstwerk war, es war doch ein erfolgreicher Dauertest. Vielleicht wäre Pepys ein wenig stolz auf mich gewesen.

Ich las mich durch die Schule und durch die Universität und wagte immer noch nicht, mir mein eigenes Urteil zu bilden. Kein Buch war zu dick, zu wortreich, zu deprimierend, um gelesen zu werden. Wenn es gedruckt war, egal in welcher Sprache, die ich verstehen konnte, war ihm der Zugang zu meinem Gehirn garantiert. Bücher, Sachtexte und schöngeistige Literatur begleiteten mich durch mein junges Erwachsenenleben. Ich wurde Frau, Mutter, Lehrerin, Dozentin, Tante, Vertraute und legte mir zahlreiche Hobbys zu: alle diese Dinge bereicherten mein Leben, aber sie beeinträchtigten nie meine Liebe zum Lesen. Im Alter von ungefähr vierzig Jahren begann jedoch eine neue Idee, das verbale Zentrum meines Gehirns zu erobern. Ich wollte schreiben.

In den Schubladen meines Schreibtisches gab es einige Geschichten. Sie hatten ihren Zweck erfüllt, aber jetzt brauchte ich einen neuen Anfang. Ich hatte den dringenden Wunsch, mich sehr gründlich auf das Schreiben vorzubereiten. Begierig suchte ich nach Informationen über kreatives Schreiben, studierte sie alle und nahm schließlich an einem Fernkurs teil. Am Anfang war ich unsicher, doch gewann ich bald Vertrauen zu meinem eigenen geschriebenen Wort. Der Kurs war hilfreich für mich, meine Arbeit wurde sehr sorgfältig studiert, und es wurden nützliche Vorschläge gemacht. Zum ersten Male wusste ich, wie ich mit dem Schreiben umgehen wollte.

Ich machte alle die üblichen Fehler, schaffte es nicht, mir den richtigen Markt zu suchen, stimmte meine Artikel nicht auf die jeweilige Jahreszeit ab usw. Einige Empfänger schickten freundliche Absagen, die mich ermutigten. Andere waren weniger als höflich, und von diesen lernte ich, wie man niemals Anfänger auf irgendeinem Gebiet behandeln sollte. Alles, was ich inzwischen brauchte, waren endlose Geduld und ein Vermögen an Briefmarken.

Nach zwei Jahren stellte sich mit der Veröffentlichung meines ersten Bandes von Kurzgeschichten ein leichter Erfolg ein. Das Schreiben ist für mich jetzt tägliche Routine, obgleich manche Tage kreativer sind als andere. Diese Phase meines Lebens ist wunderbar - ich habe vierzig Jahre lang gelesen: eine Erfüllung würde es für mich sein, für den Rest meines Lebens zu lesen und zu *schreiben*.

Die kurze Biographie erregte die Aufmerksamkeit vieler Leute, die ich kannte, und einige Kieler Bürger, die ich nicht kannte, sprachen mich auf der Straße an, redeten über meine Arbeit und fragten, wo sie meine Bücher kaufen könnten, für die örtlichen Buchhandlungen so erfreulich wie für mich. An einem Mittwoch ging ich vor meinem Abendkurs kurz zu Wangs, um mich mit ihrem grünen Zaubertee zu stärken.

Frau Wang hatte die Kanne kaum auf den Tisch gestellt, als ihr Mann aus der Küche gerannt kam und energisch ein Zeitungsblatt schwenkte. „Wir sehen Sie in Kieler Zeitung! Sie nicht sagen, Sie schreiben Bücher!" Er breitete die zerknitterte Seite auf dem Tisch aus. „Computer. Sie verstehen Computer?" In der Zeitung war ein Foto von mir. Ich saß am Computer und hatte Peppi auf dem Schoß.

„Na ja, genug um damit zu schreiben." Tatsache war, dass ich meinen Computer nur zum Schreiben benutzen wollte; wie und warum er außerdem funktionierte, interessierte mich genau so wenig wie bei meinem Auto oder meinem Kühlschrank. Wie sollte ich Herrn Wang das verständlich machen? Ich hätte ihn gern nach dem Gebrauch von Chinesisch in Bezug auf Computer gefragt, bezweifelte aber, dass unsere sprachlichen Möglichkeiten dafür ausreichen würden, und so kehrten wir zu unseren üblichen Themen zurück. Es stellte sich heraus, dass die Wangs, die alle Stunden, die Gott werden ließ, in ihrem Restaurant arbeiteten, es für beinahe unmöglich hielten, dass Bücher nebenher geschrieben werden könnten. Als ich erklärte, dass ich hauptsächlich an den Wochenenden oder im Urlaub schrieb, schüttelten sie ernst ihre Köpfe, und ich hoffte, keinen Fauxpas begangen zu haben, da sie sich nur ein Minimum an freier Zeit gönnten.

Wenn zum Beispiel Herr Wang für zehn Tage nach Hongkong fuhr, geschah das, weil es für ihn absolut notwendig war, bei gewissen geschäftlichen Terminen der Familie anwesend zu sein, bevor die Insel unter chinesische Regierung kam.

Neben unserem Austausch von Smalltalk waren sie so besorgt wie immer; sie fragten nach meiner Gesundheit und nach meinen Kindern, Jane und Robin. Taktvollerweise fragten sie nicht nach meinem Mann, von dem sie wussten, dass er weit weg war, woran sie mich nicht erinnern wollten. Sie verstanden meine Situation und meine Trauer und vermittelten mir trotzdem Ermutigung, die besser war als zu viele mitfühlende Worte.

Als ich nach dem Abendkurs in den dunkel werdenden Himmel sah, murmelte ich einen Gruß. „Hallo, mein Abendstern." Es war ein langer Tag gewesen. Die Studenten hatten mich mit lebhaften Fragen aufgehalten, einige Kollegen hatten Lust auf ein Gespräch gehabt. Normalerweise fand ich das angenehm, nur war an diesem besonderen Abend alles, was ich mir wünschte, nach Hause fahren zu können. Es war fast zwanzig Uhr, ein Abend Ende Oktober, kurz bevor die Uhren umgestellt wurden. Das bedeutete, dass wir am Wochenende eine Stunde länger schlafen konnten. Mein Auto war in der Nähe geparkt, und es war eine Erleichterung, die schwere Büchertasche, den Kassettenrecorder und eine Papiertüte mit diversen Dingen auf dem Beifahrersitz zu verstauen, sich zu setzen, sich zurückzulehnen, den Gurt zu befestigen, den Spiegel zu kontrollieren und loszufahren. Mit welcher Menge von Dingen wir uns doch abgeben müssen, nur um von einem Ort an den anderen zu kommen, bemerkte ich zu dem einsamen Stern, der vor mir blieb und durch den oberen Teil der Windschutzscheibe hereinschien. War es der Abendstern? Ich hatte keine Ahnung. In der Vergangenheit hatten Leute aufgeregt auf den Sternenhimmel gezeigt - Sieh nur! Das ist der Orion (oder der große Bär, der kleine Bär oder die Milchstraße). Ich bemühte mich dann immer um hoffentlich möglichst angemessene Reaktionen, aber für mich sahen alle die blitzenden Sterne am Firmament gleich aus. Schön, aber mehr oder weniger identisch. Dieser Stern nun blinkte ‚wie ein Diamant am Himmel.' Dieser Satz, ein weiteres Stück Erinnerung, brachte mich in meine Kindheit zurück, und, vielleicht weil ich in der Dunkelheit allein war, überfiel mich wieder einmal starkes Heimweh.

Es war typisch, dass ich während der langen Nacht, in der die Uhren umgestellt wurden, nicht schlafen konnte, so stand ich also auf und ging in den frühen Morgenstunden in mein Arbeitszimmer, um irgendetwas Anspruchsloses zum Lesen zu finden. In diesem Heiligtum herrscht normalerweise eine leichte Unordnung mit nicht zu hohen Stapeln von Papieren und Büchern an verschiedenen Stellen, einer dünnen Staubschicht in schlecht erreichbaren Ecken, aber auch mit all der modernen Telekommunikationstechnik, die ich mir leisten kann: Computer, Drucker, Telefon, Fax, Fernsehen und Video. Es ist ein wunderbarer Ort, nicht groß, aber überraschend geräumig, mit einer bequemen weichen Couch. Als ich mich dort mitten in der Nacht umsah, wurde mir - nicht zum ersten Mal - klar, dass es genau das Refugium war, das ich mir immer gewünscht hatte. Natürlich könnte es ein wenig Renovieren vertragen, etwas Farbe und so weiter, aber die verblichenen Grün-, Rosa- und Berbertöne hatten zusammen mit den Kiefernmöbeln eine so beruhigende Wirkung, dass ich nicht beabsichtigte, drastische Veränderungen durchzuführen. Ich streifte meinen behaglichen Raum und seine Ausrüstung mit einem langen Blick, hörte das Geräusch des heiseren alten Weckers, der noch aufgezogen werden musste, wie eine schwache bekannte Melodie und drehte den grünen Schirm der Schreibtischlampe auf die gegenüberliegende Wand, so dass ich meine Bilder sehen konnte. Es waren nicht viele, weil die Wände des Arbeitszimmers von der niedrigen Decke ausgehend schräg waren und es nur vertikale Flächen von etwa neunzig bis einhundertzwanzig Zentimetern Höhe gab. Mit einigem Geschick hatte ich es geschafft, zwei Drucke von Adolf Menzel *Das Balkonzimmer* und das *Porträt der Schwester des Künstlers* zur Linken meines Schreibtisches aufzuhängen, in der Hoffnung, dass sie mich inspirieren würden, wenn ich einmal beim Schreiben nicht weiter käme. Manches Mal half es.

Rechts, an der anderen Seite des Raumes, gab es eine kleine Galerie von Familienfotos: Hans und die Kinder; Charlie und Nicky, die Vorgänger von Peppi, der derzeitigen Katze; Sam, ein heißgeliebtes Meerschweinchen; ein Schnappschuss vom Haus, der aufgenommen wurde, als wir einzogen. An der Ecke dieser Möchte-gern-Collage hing in einem elfenbeinfarbenen Lederrahmen ein Schwarzweißfoto von mir im Alter von etwa zwei Jahren, mit lockigem Haar, in einem gesmokten weißen Kleid mit Puffärmeln. Ich umklammerte eine Brosche in Form eines Papageis und starrte mit weitgeöffneten Augen in die Kamera. Äonen von Zeit waren vergangen, seit dieses Studio-Foto aufgenommen wurde. Gute oder schlechte? Waren meine Eltern noch beieinander gewesen? Zumindest sah dieses winzige Wesen, später vielleicht einmal eine Shirley Temple, glücklich aus.

Ich ging weiter, um meinen Vorrat von neuen Büchern anzusehen, die gerade aus England angekommen waren, konnte mich jedoch nicht entschließen, eines davon anzufangen. Ich blätterte durch einige Zeitschriften, die auf dem Wege zum Papier-Container waren, - auch nichts dabei. Neben der Couch sind tiefe weite Borde, und auf diesen hatte ich ‚die Papiere' aus England untergebracht, die ich mitgenommen hatte, als wir das Haus meiner Mutter ausräumten. In meinem damaligen Gemütszustand, der fast einer Betäubung glich, hatte ich Urkunden, alte Fotografien, abgelaufene Pässe und alles sonst, das nur entfernt offiziell aussah, in große Umschläge oder Plastikordner gelegt. Alle diese Bündel hatten nun seit Wochen unbeachtet auf dem Bord gelegen. Vielleicht könnte ich wenigstens schon einmal die Fotos von den anderen Dingen trennen? Das wäre ein Anfang. Für die Nacht war die Heizung auf niedrige Temperatur eingestellt, deshalb wickelte ich mich in die gestrickte Patchwork-Decke, in die sich die Kinder eingekuschelt hatten, als sie klein waren, und öffnete das erste Paket, das im wesentlichen Zeitungsausschnitte über (mir) unbekannte Personen und Ereignisse enthielt, außerdem auch spiralgeheftete Notizbücher mit hingeworfenen Notizen in Mutters Handschrift. Diese würde ich später lesen. Andere Pakete waren ähnlich, mit alten und neuen Fotos, die ich in einen Extra-Ordner legte. Es war drei Uhr morgens, und meine Augenlider wurden schwer, vielleicht war das der Grund dafür, dass mich diese Dinge nicht zum Weinen brachten. Ich wollte mich schon mit einem Kissen auf der Couch zusammenrollen, als ich sah, dass nur noch ein großer Umschlag nachgeblieben war, so entschloss ich mich, nur noch eventuell darin liegende Fotos auszusortieren und dann alles irgendwann am Tage gründlicher durchzusehen.

Ich hatte von der Scheidung meiner Eltern gewusst, obgleich das Thema tabu blieb, bis ich wirklich erwachsen war. Während der letzten Jahre ihres Lebens, nach dem Tode meines Stiefvaters, hatte Mutter meinen Vater gelegentlich erwähnt, wobei sie von ihm sprach wie von einem Bekannten der Familie, der von der Bildfläche verschwunden war. Sie zeigte keine Bitterkeit, wirkte immer eher unbeteiligt, und ich hatte keine besondere Neugier gezeigt oder gefühlt. Ihre im Jahre 1939 geschlossene Ehe hatte den Krieg nicht überdauert; er war 1945 aus dem Fernen Osten zurückgekehrt, ich wurde 1946 geboren, zwei Jahre später ließen sie sich scheiden. Ich hatte keine bewusste Erinnerung an meinen Vater, hatte ihn nie vermisst, und als ich acht Jahre alt war, hatte Mutter wieder geheiratet und mich mit einem wunderbaren Stiefvater versehen. Es war daher in jener Nacht eine große Überraschung für mich, als ich die Heiratsurkunde meiner Eltern entfaltete und dabei ein schmales Schwarzweißfoto auf meinen Schoß fiel. Es war ein Porträt in einem grauen Papphefter, etwa in der Größe einer Spielkarte. Da es zusammen mit diesem privatesten aller Dokumente versteckt gewesen war, musste es sich nicht um eine Fotografie meines Vaters handeln? Ich starrte auf das Gesicht, suchte nach irgendwelcher Ähnlichkeit. Ich hielt es nah an die kleine helle Leselampe an meiner Schulter, und das Gesicht schien sich dabei rätselhaft zu verändern. Dieser altmodische junge Mann, der für ein Studio-Porträt gekleidet war, hatte eine hohe Stirn, ausgesprochen dunkle Augenbrauen und helle Augen so wie ich und wie mein Sohn Robin. Aber seine Mundpartie war der unseren überhaupt nicht ähnlich. Er sah aus - ich grub in meinem Kopf nach einem Adjektiv - hübsch? Nein, nett. Schön? Nun, gut aussehend, auf sehr sanfte Art. Wahrscheinlich war er nur einige Jahre älter als Robin jetzt war. Einen Moment. Bei ihrem letzten Besuch hatte meine Mutter eine Bemerkung über die Ähnlichkeit zwischen Robin und meinem Vater in Bezug auf Körperbau und Haltung gemacht. Ein weiterer langer Blick auf den ‚alten' jungen Mann mit der Brille und dem Schnurrbart brachte auch noch kein endgültiges Ergebnis. Es war unmöglich, sicher zu sein. Ich schloss die kleine Klappkarte und steckte sie in ihren Umschlag zurück, und als ich das tat, begann sich ein Plan in meinem Kopf zu formen: ich würde versuchen, meinen Vater zu finden, wenn er noch am Leben sein sollte. Wenn nicht, würde ich jedenfalls genau wissen, wo und wann er gestorben war. Ich legte mich auf die Couch und schlief, behaglich in meine Decke eingerollt, bis zur Dämmerung.

Die Folge dieses Entschlusses würden lange Telefongespräche und eine Serie von Briefen sein. Keiner in der verbleibenden jüngeren Generation der Familie meiner Mutter wusste irgendetwas, das von Nutzen war, mein Vater war vor ihrer Zeit ‚verschwunden'. Schottische Freunde und Bekannte zeigten Verständnis und boten mir Adressen von Gesellschaften für Ahnenforschung an, und so füllte ich nach reiflicher Überlegung einige blassblaue Formulare aus, schickte sie nach Schottland, wo mein Vater vermutlich geboren wurde, und wartete. Es schien so, als müsste ich mich auf sehr langes Warten gefasst machen. Die Dame in Edinburgh mit der sanften Stimme riet mir: „Seien Sie nicht zu ungeduldig. Solche Ermittlungen können Wochen oder Monate dauern; tatsächlich gibt es manchmal einfach kein Ergebnis." Eine unglückliche Redewendung, aber ich dankte ihr und versuchte, nicht zu enttäuscht zu sein, als auch während der folgenden Wochen keine Nachricht aus Schottland kam.

Ein zufälliger Hinweis, ein Inserat im *Guardian*, ließ mich nächtelang nicht schlafen. „Suchen Sie jemanden? Fordern Sie unser CD-ROM an - 15,7 Millionen Namen und Anschriften im Vereinigten Königreich." Ich bestellte es sofort telefonisch. Als eine ganze Weile vergangen war, fragte ich nach und erhielt die Auskunft: „Leider hat die Firma British Telecom diese Information zurückgezogen." Trotzig suchte ich nach anderen Kanälen und bat Leute, die Leute kannten, die andere Leute in Großbritannien kannten, den Namen Colbourne in so vielen Telefonbüchern wie möglich zu suchen.

Spärliche Informationen erreichten mich. Der Name existierte nicht in der Tyneside-Gegend oder in Derbyshire, jedoch waren zwei Männer, bei denen sowohl der Vorname als auch der Familienname stimmten, in Pennsylvania registriert. Ein Brief würde entworfen werden müssen, so etwa in dem Sinne wie: „Sie kennen mich nicht, aber was meinen Sie, könnten wir miteinander verwandt sein?" Interessanterweise waren einige Mitglieder meiner Familie, die in England lebten, skeptisch. Hatte ich wirklich die Absicht, schlafende Hunde zu wecken? Die Adressanten könnten mich für eine Art von Glücksjägerin halten, die plötzlich aus dem Nichts auftaucht, um ein Erbe zu beanspruchen. Selten hatte ich so oft „wenn" und „aber" gehört, aber ich wollte mir nicht abraten lassen. Es stellte sich heraus, dass diese Reaktion nicht ungewöhnlich ist. Wenn man schon immer gewusst hat, woher man kommt, wer seine Eltern und Großeltern waren oder sind, dann ist der Hintergrund vollständig, es gibt kein Geheimnis, keine nicht abgeschlossenen Familienangelegenheiten. Wenn, wie in meinem Fall, die Hälfte des Familienstammbaums nicht existiert, kann man sehr wohl das starke Verlangen haben, irgendwelche, wenn vielleicht auch nur lose, Verbindungen zu suchen. Deutsche Freunde, deren Väter nicht aus dem Krieg zurückgekommen waren - „vermisst, vermutlich gefallen" - bestätigten mir, dass ihnen dieses Gefühl einer Art von Sehnsucht auch nicht unbekannt war.

Diese Söhne und Töchter waren Hinterbliebene, sie waren gleichsam verwaist ohne offizielle Bestätigung und hatten, soweit es das Verhältnis zum Vater betraf, praktisch von Kindheit an in einer Art von Schwebezustand gelebt.

Ein Mann in meinem Alter erzählte mir im Vertrauen, dass er sich immer noch gelegentlich überlegte, ob sein Vater nicht nach einer Abwesenheit von fünfundvierzig Jahren wiederkommen könnte.

In meinem Fall kann ich nur vermuten, dass dieses Sehnen nach Information durch den Tod meiner Mutter ausgelöst wurde. Was auch immer wirklich der Grund dafür gewesen sein mochte, hatte keine Bedeutung.

Während der folgenden Wochen des Wartens wurde ich glücklicherweise durch meine Arbeit und das Leben und die Aktivitäten der Bewohner des *Mikrokosmos Dreiecksplatz* in Anspruch genommen und abgelenkt.

An der entferntesten Ecke des Platzes gibt es ein Geschäft für Schneiderei, Reparatur und Änderung von Bekleidung. Wenn es nicht so hell und freundlich wäre mit seinen großen Scheiben, könnte man es mit einem Laden aus den Büchern von Charles Dickens vergleichen, weil es sehr klein ist; es hat etwa die Größe eines nicht zu geräumigen Wohnzimmers und ist vollgestopft mit Kleidungsstücken in allen Formen und Farben, die, auf Drahtbügeln hängend, in vom Fußboden bis zur Decke reichende Regale gequetscht sind. Die Anprobekabine kann nur von Kunden benutzt werden, die keine Kleidung in Übergrößen benötigen. Es gibt dort einen Spiegel in ,Lebensgröße', das heißt Lebensgröße, wenn man etwa meine Größe hat, nur wenig mehr als einen Meter fünfzig. Um den Ladentisch zu erreichen, muss man sich seitwärts zwischen der Nähmaschine und dem Bügelbrett durchdrängen. Es ist ein prächtiger, extrem kleiner Basar, der von einer rehäugigen außerordentlich tüchtigen Türkin betrieben wird. Für unsere Familie hatte sie schon Jeans geändert, Knöpfe an Lederjacken genäht, Schlafsäcke repariert, unzählige Röcke, Kleider und Hosen gekürzt, ein Kleid geändert, das ich irgendwann unklugerweise in Mailand gekauft hatte, und nun brachte ich ihr die Jacke eines schwarzen Leinenkostüms. Die Ärmel waren zu lang, ich hatte sie für die Beerdigungen meines Schwiegervaters und meiner Mutter in Eile einfach umgeheftet, und nun erschien es mir erforderlich, sie ordentlich kürzen zu lassen. Die Änderung musste einfach gemacht werden, auch wenn ich mich vielleicht nie wieder dazu überwinden konnte, das Kostüm zu tragen. Wenn ich jetzt auf diese Zeit zurückblicke, ist mir klar, dass ich mich zwang, gewisse Dinge so korrekt zu erledigen, als ob mein Leben davon abhinge.

„Schwarz" sagte Frau Adnan und strich über den Knoten ihres grauen Haares. „Normalerweise tragen Sie kein Schwarz. Gibt es einen Grund dafür?" Ich erzählte es ihr. Sie hörte zu, den Mund voller Stecknadeln, die sie eine nach der anderen herausnahm, um sie in die Ärmel der Jacke zu stecken. Erst als das erledigt war und ich aufgehört hatte zu reden, antwortete sie. „Es tut mir leid. So fuhren Sie nach England, während ich in der Türkei war. Der Sohn meiner Schwester ist tödlich verunglückt, ein Motorradunfall. Ich musste natürlich zur Beerdigung, und so ließ ich den Laden in den Händen meines Mannes". Sie zuckte abschließend die Schultern. In früheren Unterhaltungen hatte sie wortreich in gebrochenem Deutsch über ihren ebenfalls türkischen Mann gesprochen, der nach ihrer Einschätzung eine wertlose, unfähige, rückgratlose Kreatur war. Sie hängte meine Jacke in den letzten noch verfügbaren Spalt im unteren Regal.

„Es ist schlimm, eine Mutter zu verlieren, das weiß ich aus Erfahrung, aber es ist sehr schlimm, wenn ein Kind stirbt." Sie beschrieb, wie ihr achtzehnjähriger Neffe sich aus Spaß das Motorrad seines Freundes ausgeliehen hatte und wie sie das, was von ihm übriggeblieben war, von der Straße neben dem Baum aufheben mussten, gegen den er frontal gefahren war.

„Seine Mutter, meine Schwester, hat so viel geweint, dass die Haut ihrer Wangen von dem Salz in ihren Tränen verbrannt war. Sie hat noch zwei weitere Kinder, aber sie weigert sich, auch nur mit ihnen zu sprechen. Ihr Mann, mein Schwager, ist ein guter Mann, und er ist auch unglücklich, aber sie schreit ihn an, wenn er versucht, sie zu trösten. Es ist tragisch, niemand kann etwas tun."

Es gab nicht viel, was ich dazu sagen konnte, deshalb sprach ich ihr meine Anteilnahme aus und fragte sie, wie es ihren eigenen zwei Söhnen ginge. Frau Adnan erhob ihre beiden Hände, so dass die Handflächen in meine Richtung zeigten.

„Sie wissen doch, dass ich mich immer über meine Jungen beschwere? Darüber, dass sie in der Schule faul sind und im Haushalt nicht helfen wollen? Nun, jetzt nicht. Nie mehr. Es ist mir egal. Ich wünsche mir nur, dass sie am Leben bleiben, ich bin ihre Mutter. Ich verrate Ihnen ein Geheimnis. Ich brauche sie mehr, als sie mich brauchen. Alles, was sie von mir brauchen, ist Geld, Geld, Geld. Ich muss sie berühren, riechen, beobachten, hören können, auch wenn sie mir gegenüber ungezogen sind. Das ist es, was meine Schwester nicht ertragen kann - all das kann sie mit ihrem

Jungen nie mehr." Sie zog ein sauberes Batisttaschentuch aus dem Ärmel ihrer Strickjacke und tupfte über ihre Augen. „Können Sie das verstehen?"

„Oh ja!" Ich dachte an Jane und Robin und fühlte einen wohlbekannten Schauer der Angst. „Ich könnte es nicht ertragen, wenn meinen Kindern etwas passierte."

Die Tür des kleinen Ladens klemmte wie immer, wenn man versuchte, sie vorsichtig zu schließen. Frau Adnan kam mir zu Hilfe, wie sie es immer tat, und winkte, als ich die Straße überquerte, dann wurde die Tür zugeschlagen, und die Messingglocke darüber klingelte grell. Ich hatte vergessen, zu fragen, wann meine Jacke fertig sein würde, aber ich brauchte nicht zurückzugehen; sie würde am Sonnabend fertig sein. Frau Adnans Änderungen waren immer am folgenden Sonnabend fertig, egal wann man ihr Dinge zum Nähen brachte.

Die Suche nach meinem Vater und nach etwaigen Verwandten von seiner Seite ging nur langsam weiter. Es gab hier in Kiel eine Person namens Colbourne. Ich hatte den CD-ROM-Telefonindex für Deutschland überprüft, und der Name war tatsächlich erschienen - einmal: Colbourne, Peter, wohnhaft in Kiel. Es war beinahe erschreckend, das auf dem Monitor zu sehen. Nachdem ich eine Weile gewartet und überlegt hatte, wählte ich die Nummer, bekam den Anschluss und war in der Lage, einem höflichen bereitwilligen Zuhörer mein ungewöhnliches Anliegen zu erklären. Man konnte hören, dass er kein Deutscher war, obgleich er die Sprache mit Sorgfalt und Präzision sprach. Würde er es vorziehen, mit mir Englisch zu sprechen? Nein, antwortete er höflich, es war ihnen auf Barbados lange genug auferlegt worden, diese Sprache zu sprechen. Barbados! Er begann, taktvoll zu erklären, dass wir seiner Ansicht nach mit fast einhundertprozentiger Sicherheit nicht miteinander verwandt wären. Sein Akzent war der einer nicht-weißen Person, dessen war ich sicher. Das war kein Problem für mich und hoffentlich auch nicht für ihn. Wir tauschten einige weitere Hintergrund-Feinheiten aus. Peter informierte mich darüber, dass er mit einer Deutschen verheiratet sei, dass sie zwei kleine Kinder hätten und dass er neben dem Jura-Studium bei der Post arbeitete, um seine Familie zu unterhalten. Als er in Deutschland ankam, habe er sich völlig verloren gefühlt und deshalb so schnell wie möglich Deutsch gelernt, und zwar an derselben Schule, an der ich auch arbeitete. So waren wir möglicherweise regelmäßig auf den Fluren aneinander vorbeigelaufen! Er hörte sich intelligent, höflich und humorvoll an. Ja, er würde sich freuen, mir auch einmal persönlich zu begegnen, schon wegen des seltenen Familiennamens - das sagte er mit einem Hauch von Ironie. Er schien in sein Telefon zu lächeln, als er in seinem kultivierten Deutsch erklärte, dass es in der Karibik Mengen von Colbournes gab. Wir einigten uns darauf, uns einige Tage später in meinem Büro zu treffen.

Als der Zeitpunkt unserer Verabredung näherrückte, wurde ich nervös. Glücklicherweise war ich während des ganzen Morgens sehr beschäftigt gewesen, aber jetzt hatte ich Herzklopfen, als ich, sicher hinter meinem Schreibtisch verbarrikadiert, darauf wartete, dass es ein Uhr wurde. Vielleicht würde er nicht kommen? Würde ich vielleicht doch lieber ein Treffen vermeiden? Ich räumte verschiedene Papiere auf, hätte gern einige Zertifikate unterschrieben, aber meine Hände zitterten ein wenig, ich arrangierte den Besucherstuhl in einem geschmackvolleren Winkel, prüfte, ob meine Birkenfeige Wasser brauchte und schaffte es nicht, mich auf irgendetwas zu konzentrieren. Es war sinnlos, nochmals meine Nase zu pudern oder mein Haar zu kämmen; ich hatte das vor einer Stunde getan, und vermutlich hatte sich seitdem an meiner Erscheinung nicht viel geändert.

Dann hörte ich ein leises Klopfen. Anstatt „Herein!" zu rufen, öffnete ich die Tür und trat zurück, um einen großen gutaussehenden Mann eintreten zu lassen. Wir reichten uns die Hand und sagten wie aus einem Munde „Peter?" und „Laura?" Er war, wie ich erwartet hatte, nicht weiß. Er war bronzebraun mit gepflegten Afro-Locken, angenehmen Gesichtszügen und einem breiten, freundlichen Lächeln. Zumindest für mich war die Begegnung ungewöhnlich und fremdartig, aber seine Gewandtheit und seine guten Manieren machten sie unkompliziert. Wir unterhielten uns, nicht ganz so, als wenn wir uns schon seit Jahren gekannt hätten, jedoch mit einem natürlichen Geben und Nehmen beim Gespräch. Er fragte nach meiner Familie, ich erkundigte mich nach seiner; wir diskutierten über das Leben im allgemeinen und über verschiedene Erfahrungen, insbesondere in Deutschland, die Vor- und Nachteile der verschiedenen Kulturen, Europa und Amerika. Seine glänzenden Kastanienaugen mit ihren leicht blau getönten weißen Augäpfeln leuchteten auf, als er seinen fünfjährigen Sohn Mark und seine dreijährige Tochter Caroline beschrieb.

„Meine Kinder sind mir wichtiger als alles andere auf der Welt," fügte Peter schlicht hinzu, und ich konnte es verstehen. „Was denken Sie, warum machen die Menschen sich selbst und anderen so häufig das Leben so schwer? Wenn man das Wesentliche hat, wie eine Familie, gibt es doch keinen Grund, wegen anderer Dinge unzufrieden zu sein, nicht wahr?" Wir gingen zu leichteren Themen über, wie seiner persönlichen Philosophie und Psychologie; er hatte ganz offensichtlich nichts mit Metaphysik oder mit weltbewegenden Themen wie Gehirnforschung zu tun, war lediglich damit beschäftigt, zu beobachten, zu genießen und aus seinem Leben das beste zu machen. Als er mich nach meiner tatsächlichen Arbeit fragte, erzählte ich ihm, dass ich Schriftstellerin sei, und er neigte seinen lockigen Kopf zur Seite und überlegte. Ja, er las ab und zu ein wenig, wenn er Zeit dazu hatte, nicht nur die Fachbücher für sein Studium sondern auch Unterhaltungsliteratur. Er fragte, ob ich den Namen V. S. Naipaul kannte. Ja. Gut. Wusste ich dass er von Barbados kam? Nein? Als er antwortete, erschien ein triumphierendes Lächeln in seinem Gesicht, fast wie bei einem Kind. So notierte ich im Geiste, dass ich unbedingt mein einziges Buch einmal wieder lesen wollte, das von einem Mann aus Barbados geschrieben worden war.

An einem Punkt lachten Peter und ich buchstäblich über die Schwierigkeiten, die mit naturkrausem Haar verbunden waren. Ich berichtete ihm, dass meine Großmutter, Jane Thomson, die Haarbürste in warmem Wasser einweichte, bevor sie versuchte, mein vom Schlafen zerzaustes Haar zu bürsten. Er war amüsiert. Jawohl, das war auch dort, woher er kam, die Standard-Behandlung. Etwa eine Stunde später musste Peter seinen Schichtdienst bei der Post antreten. Das Problem, zu entscheiden, ob wir in Verbindung bleiben wollten oder nicht, stellte sich nicht, es waren keine großen Arrangements erforderlich, keine erzwungenen Einladungen waren notwendig. Ja, er würde irgendwann einmal wieder in meinem Büro vorbeikommen. Alles in allem war es ein erfreuliches Treffen gewesen, eines, an das ich mich mit einem Lächeln erinnern würde. Tatsächlich begegneten wir uns nie wieder. Als ich den Anschriften-Index im darauf folgenden Jahr überprüfte, war Peter Colbourne verschwunden, zumindest aus Deutschland. Wo immer er jetzt ist, ich wünsche ihm Glück.

Aber es gab nach wie vor keine Spur von meinem Vater oder seinen unmittelbaren Nachkommen. Wenn dieser Peter und ich verwandt wären, müsste die Verbindung sehr weit zurückliegen. Mein nächster Anlaufpunkt würde als mögliche Informationsquelle das Internet sein.

Kapitel 5

Erinnerung

In einem Nachtzug nach London stehen Mutter und Tochter im Gang, um mit dem Ehemann und Stiefvater zu sprechen, bevor sie ins Damenabteil gehen und er das für Herren betritt „Gute Nacht, Daddy," sagt das Kind und benutzt diese Anrede zum ersten Mal.

Der winzige Einzeltisch bei Wangs war frei, und ich nahm dankbar Platz. Frau Wang kam und brachte das ovale Tablett mit ‚meinem' Jasmintee, der mich jedes Mal wieder zu Kräften kommen ließ. An diesem Nachmittag hatte ich das Bedürfnis nach einer Stärkung. Natürlich war der Tee kochend heiß, im Moment untrinkbar, und so nahm ich die Seiten des Internet-Ausdrucks aus meiner Aktenmappe und begann, nach Hinweisen zu suchen. Ich bin ein wenig eitel, wenn es um meine Lesebrille geht und kann auch ohne sie auskommen, jedoch die gemütliche Beleuchtung bei Wangs reichte nicht aus, um dabei zu lesen. Ich entdeckte, dass es entweder der Tee oder die Lesebrille sein musste, weil sie durch den ersten Schluck völlig beschlug, also: Brille ab, ein Schluck Tee, Brille auf und zurück zum Text. Die Einleitung war neu und fremd, mit einer Gruppe von Buchstaben, die wie eine geheime Formel aussahen, wie www.zwtnet.uk, gefolgt von verständlichen Sätzen, die Nachrichten aus Inverness und London waren, formloses Geplauder darüber, wie und wo man Namen und Anschriften finden konnte. Die nächste Seite war die erste von sieben, auf denen die Colbournes in den Vereinigten Staaten aufgelistet waren. Die Vornamen hatten wenig zu bedeuten; sie reichten von den (für mich) exotischen wie *Luz* oder *Aurelio* bis zu den heimatlichen altmodischen Namen wie Violet oder Horace. Es hatte niemals in meiner engeren oder entfernteren Familie Personen mit Namen wie diesen gegeben. Ich fuhr fort, meinen Tee zu trinken, begann, mich zu erholen und die kuriosen Namen und Orte, wie zum Beispiel Conshohocken und Piscataway zu genießen. Herr Wang erschien in der Nische, wie immer strahlte er und trocknete seine Hände an der Schürze ab.

„Nicht hungrig? Eine Frühlingsrolle? Etwas Wan-Tan-Suppe?" Ich schüttelte den Kopf bedauernd, entschloss mich dann aber, wenigstens etwas Essen für den Abend und für den nächsten Tag, einen Sonnabend, mitzunehmen. Könnte er A 13 und A 18 zum Mitnehmen vorbereiten? Er war offensichtlich erleichtert, obgleich er dabei nicht gerade einen gewaltigen Profit machen würde.

„Zuviel Arbeit." Das lag irgendwo zwischen einer Feststellung und einer Frage, und es war nicht klar, ob er sich auf sein Restaurant bezog oder auf meine Beschäftigung an der Schule.

„Oh ja," erwiderte ich genau so vieldeutig und fühlte mich schuldbewusst, weil ich gern weitergelesen hätte. Eine neue Kanne Tee erschien wie aus dem Nichts.

„Das gut für Sie", stellte Frau Wang fest und entfernte die leere Kanne.

„Sie sagen, wenn Sie Essen mitnehmen wollen?" Ich lächelte dankbar.

Auf Seite 5 der Liste standen bekanntere Namen, und so achtete ich sorgfältiger auf die Anschriften. New York und Pennsylvania waren vorherrschend, eine Person lebte in Georgia, dem einzigen Teil der Vereinigten Staaten, den ich je besucht hatte, nachdem Robin dort ein Jahr als Austauschschüler verbracht hatte. Seite 6 bot einen Querschnitt von Namen und Orten; Seite 7, die letzte, war kurz. Sie enthielt nur vier Namen. Der erste war Anne, dann kamen Eric und Deborah, der vierte Name war Eugene. Der dritte und vorletzte Name war auf dem Computer-Ausdruck irgendwie eingerückt: Colbourne, John D. Es war möglich, dass dieser Einwohner Pennsylvanias mein Vater war. Ich wusste nicht, was ich denken oder fühlen sollte, ich hatte Angst, der Richtung meiner Gedanken zu folgen, aber ich war aufgeregt.

„Sie in Ordnung?" erkundigte sich Frau Wang flüsternd.

„Ja, danke, Frau Wang," tatsächlich fühlte ich mich ein wenig schwindlig. „Würden Sie bitte Ihren Mann fragen, ob das Essen fertig ist? Es wird Zeit für mich, nach Hause zu gehen."

Der weiße Plastikbehälter mit seinem scharlachfarbenen Drachen war heiß und ließ Düfte von, wie ich gelernt hatte, kantonesischem Essen, aufsteigen. Unter normalen Umständen hätte die recht lange Heimfahrt meinen Appetit angeregt; An jenem Tag war mein Gehirn nicht bei meinem Magen, es war bereits dabei, Briefe an John Colbourne zu entwerfen.

Ich beriet mit meiner Freundin Alice, einer außerordentlich kompetenten Hobby-Ahnenforscherin, darüber, wie es weitergehen sollte. Sie warnte mich davor, mich übermäßig aufzuregen. Alles könnte oder würde sich wahrscheinlich als bloßer Zufall herausstellen. Sie riet mir, nicht sofort etwas zu unternehmen; nach ihrer Ansicht sei es besser, eine Nacht darüber zu schlafen und einen freundlichen, nicht zu persönlichen Brief zu schreiben, wenn ich es danach immer noch wollte. Sie hielt es für keine gute Idee, zum Telefon zu greifen. Großer Gott, ich wäre nicht in der Lage gewesen, diese Nummer zu wählen, und wenn mein Leben davon abgehangen hätte, Alice! Man muss sich einmal vorstellen, wie es wäre, wenn irgendjemand völlig unvermutet anrufen und sagen würde: „Äh, glauben Sie, dass wir verwandt sind? Was ich sagen will, ist: Sind sie zufällig mein Vater?" Nein, wenn überhaupt, müsste es durch einen Brief geschehen. Außerdem, falls mein Vater noch lebte, wäre er nun 82 Jahre alt - ein Schock wie dieser nach einem fast 50-jährigen Schweigen könnte ihn umbringen. Meine Phantasie war in Aufruhr; eine weitere Serie schlafloser Nächte begann.

Inzwischen ging der November seinem Ende zu. Wir hatten einige Schneeschauer, die Auto- und Motorradfahrer, Radfahrer und Fußgänger nervös machten, weil die gute alte Zeit mit Sand und Streusalz vorüber war. Aus Gründen des Umweltschutzes war das natürlich völlig akzeptabel; jedoch brachten das Schlittern und Knirschen durch Schnee und Matsch in der Stadt Gefahren, die noch zu der grauen, trüben Winterstimmung hinzukamen.

Als ich eines Nachmittags zum Platz hinaufging, war ich entzückt zu sehen, dass der traditionelle Weihnachtsbaum im Zentrum des Dreiecks aufgestellt worden war, das nun den Mittelpunkt bildete. Auf den Zweigen des großen schlanken Baumes lag sogar eine puderige Schneeschicht., die aber nur kurzlebig war, denn zwei Männer von der Stadtverwaltung hantierten mit den elektrischen Kerzen und versuchten, sie an den Zweigspitzen anzubringen. Um die Briefkästen zu erreichen, musste man nun an der Kante des Gehweges entlanggehen, an den hässlichen modernistischen Metallbänken vorbei. Auf diesen öffentlichen Sitzplätzen saßen fast während des ganzen Jahres, außer wenn es stark regnete oder die Außentemperatur unter 10° gefallen war, mehr oder weniger alkoholisierte Penner, weintrinkende Leute, wie Frau Neumann beobachtet hatte. Heute sahen die Bänke attraktiv aus. Sie wirkten durch den frischen Schnee wie gepolstert Auch die gelben Briefkästen hatten ordentliche silbrig glänzende Kuppeln oberhalb der großzügigen Klappen über den Schlitzen. Es war gut, dass ich keinen Brief einstecken wollte, denn eine solche Aktion hätte das Gebilde zerstört. Ich wurde durch einen schlaksigen jungen Burschen abgelenkt, der auf seinem Mountainbike den ersten Briefkasten ansteuerte und den Schnee hinunterfegte, um ein Bündel von Umschlägen durch die weite schwarze Öffnung zu schieben. Mit einer weiteren fließenden Bewegung schwang er sich wieder auf sein Rad und raste die Bergstraße hinunter. Im Vergleich dazu waren die kleinen älteren Damen, die Kinderwagen-Schiebenden mit kleinen Kindern und ich selbst wahrhaft erdgebunden. Ich ging langsam in die Bäckerei, nachdem ich mit den Schuhspitzen gegen die Stufe geschlagen hatte, um den milchkaffeefarbenen, halb geschmolzenen Schnee von den Sohlen zu entfernen.

Frisch renoviert und dekoriert, strahlte die *Bäckerei Jansen* hell und freundlich wie eine gerade gedruckte Ansichtskarte. Es war nicht notwendig, die Tür aufzustoßen; dieses Wunderwerk der Technik glitt geräuschlos zur Seite, um die mehr als willigen Kunden eintreten zu lassen. Wenigstens drinnen gab es Dinge, die an vergangene Zeiten erinnerten, zum Beispiel Figuren aus Lebkuchenteig, Marzipan-Konfekt und knusprige Brotlaibe in allen Formen und Größen, die zu realistisch aussahen, um echt zu sein. Ich beschloss, meinen Brotvorrat für die Gefriertruhe zu ergänzen und bat die junge Frau mit dem roten Käppchen, verschiedene Brote für mich einzuwickeln: Sonnenblumenkernbrot, Vollkorn-, Mohn-, Türkisches Fladenbrot mit Sesamkörnern und ein dickes Baguette-Brot. Anschließend packte sie geschickt alles in einen cremefarbenen Baumwoll-Tragebeutel; in Deutschland zu jener Zeit ein wichtiges Thema. In diesen Tagen wurde auf jemanden herabgesehen, der Zuflucht bei Plastik-Tragetüten suchte. Wenn man mit all dem Chrom und Glas in dieser prächtigen Bäckerei konfrontiert war, war es ein gutes Gefühl, etwas so traditionelles und altmodisches wie einen Einkaufsbeutel zu benutzen. Auch das Brot - ausgezeichnet, wie nur deutsches Brot sein kann - war vermutlich noch nach alten Rezepten zubereitet worden, auch wenn der Teig jetzt mit computer-kontrolliertem Equipment gemischt und gebacken wurde.

Ich hatte bisher nie mit den Bäckereiverkäufern, die kamen und gingen, irgendwelche Gespräche geführt. Es war kein Familienbetrieb, denn obgleich die *Bäckerei* nach dem ursprünglichen Inhaber den Namen *Jansen* führte, war es eine Filiale einer der Bäckerei-Ketten Norddeutschlands. Für meine Zwecke war sie nützlich und bequem, in der Nähe meines Arbeitsplatzes, angenehm unpersönlich, mit keinem individuellen Hintergrund wie die meisten der anderen Geschäfte hier am Platz. Wirklich merkwürdig, überlegte ich, als ich zwischen Pappkartons, einer Decke, einem Schirm und verschiedenen anderen Gegenständen einen Platz für das Brot fand. Ich hatte keinerlei Kuchen gekauft - teils wegen Platzmangels im Auto - teils weil ich im Begriff war, auf ein Kaffeestündchen zu meiner Freundin Christel zu fahren. Wir trafen uns in unregelmäßigen Abständen, aber unser Nachmittag in der Adventszeit war heilig. Dafür backte Christel Mohnkuchen mit Eierlikör, delikate Plätzchen und *Stollen*, eine Mischung zwischen Fruchtkuchen und Rosinenbrot. An diesem Nachmittag bei Christel hörte ich die Geschichte der Vorgänger der Bäckerei *Jansen*. Christels Familie lebte seit Jahrzehnten in Kiel und hatte den Platz in den vierziger Jahren gut gekannt. Das Bäckerei-Anwesen war zu der Zeit von einer Malerei-Firma genutzt worden, die von zwei hart arbeitenden Leuten, Vater und Sohn, August und Hannes Schmidt, betrieben wurde, die außerdem in und in der Gegend um Kiel tapezierten, wobei sie sich selbst und ihr Material mittels eines großen Dreirades mit Anhänger transportierten. Sie arbeiteten nach der Methode, dass einer das Geschäft führte, während der andere die Tapezier- und Malerarbeiten verrichtete. Es gab keine Frau Schmidt mehr; sie schien unter mysteriösen moralischen Umständen verschwunden zu sein. Die beiden Männer hatten den Ruf, außerordentlich leistungsfähig und zuverlässig zu sein, soweit es die praktische Seite ihrer Arbeit betraf, jedoch nicht geschäftüchtig in Bezug auf Buchhaltung und Büroarbeit. Um diese Seite des Geschäftes kümmerte sich umsichtig und effektiv Fräulein Gerda, eine Dame mit ausgezeichneten Referenzen und starkem Charakter, die mit eiserner Hand in samtenem Handschuh alles Finanzielle regelte. Wie Christel erzählte, die Kindheitserinnerungen an die Maler-Firma hatte, war Fräulein Gerda eine große stattliche Dame mit dicken blonden Zöpfen, die wie eine Krone um ihren Kopf gelegt waren. Sie war von unbestimmbarem Alter, obgleich sie einem Kind schon sehr alt vorkam. Die Schmidts redeten sie immer nur mit ‚Fräulein Gerda' und dem formellen ‚Sie' an, während sie sie ‚Herr Schmidt' und ‚Herr Hannes' nannte. Gerüchten nach half sie im Haushalt, kehrte jedoch immer am frühen Abend in ihr bescheidenes Zimmer auf der anderen Seite des Platzes zurück, und es war nicht bekannt, ob die drei jemals eine Mahlzeit gemeinsam einnahmen. Es war ein unkompliziertes Geschäftsarrangement, jedenfalls war das die allgemeine Ansicht von Kunden und Nachbarn bis zum plötzlichen Tod des Herrn August Schmidt. Niemand am Platz fand je heraus, auf welche Weise die Information durchgesickert war, aber es war schnell allgemein bekannt, dass Fräulein Gerda von ihrem Chef nie ein Gehalt bezogen hatte; statt dessen hatte er sie als Gegenleistung für ihre Arbeit mit Unterkunft (auf der anderen Straßenseite) und Verpflegung versorgt. Tatsächlich war sie jahrelang eine ‚ausgehaltene' Frau gewesen, was nicht einmal Hannes bekannt gewesen war. Das kam mir reichlich unwahrscheinlich vor, aber Christel bestand darauf, dass es nach ihren Informationen so stimmte.

Nach dem Ableben seines Vaters blieben die Leute weiterhin gern in Geschäfts-Verbindung mit Hannes und Fräulein Gerda, ungeachtet des Hauchs von Skandal oder vielleicht gerade deswegen. Sechs Monate später informierte eine diskrete Anzeige in der Kieler Zeitung die Leser über die Eheschließung zwischen Herrn Hannes Schmidt und Fräulein Gerda Walters, wohnhaft *Dreiecksplatz* 5 in Kiel. Es gab viel Geschwätz darüber, und das Geschäft florierte so gut, dass die Schmidts einen Assistenten für den Laden und ein Mädchen für den Haushalt einstellen mussten. Danach lebten sie alle glücklich und zufrieden, zumindest so lange, bis das Anwesen durch eine Auktion in den sechziger Jahren an die Bäcker-Firma verkauft wurde. Diese Erzählung erinnerte mich an den Wunsch Charles II auf seinem Sterbebett: ‚Lasst die arme Nelly nicht verhungern!' Er versuchte, dadurch die Zukunft von Nell Gwyn zu sichern. Die Dinge gingen für Nell nicht gut aus, im Gegensatz zu Gerda.

Mein Brief an John Colbourne in Pennsylvania war schließlich doch abgeschickt worden, nachdem eine Menge von Arbeit in den Wortlaut investiert worden war: nicht zu familiär, nicht zu unpersönlich. Dieser Mann könnte nicht einmal entfernt mit mir verwandt sein; es könnte sein, dass er nichts über eine mögliche Verbindung wissen möchte; er könnte eventuell nicht existieren, in dem Sinne, dass seine gegenwärtige Frau oder möglicherweise Witwe seinen Namen lediglich für das Telefonbuch behielt. Was auch immer der Erfolg sein mochte, es war notwendig zu handeln. Ich schrieb, so gut ich es vermochte, und brachte den Brief zur Post, vom Dreiecksplatz aus ein Stück die Straße hinauf. Der Grund dafür war völlig pragmatisch: ich hatte nicht die richtigen Briefmarken. Nichtsdestoweniger zögerte ich für eine oder zwei Sekunden, bevor ich dem Mann hinter der Glasscheibe den Umschlag überließ.

Ein paar Tage später schickte ich ähnliche Versionen des Colbourne-Briefes, denen ich adressierte Umschläge mit amerikanischen Briefmarken beifügte, in andere Gebiete der USA, an Anschriften, die ich dem Internet entnommen hatte. Alice und ich berieten über die Situation und kamen zu einer Entscheidung. Während wir auf Antworten warteten, würden wir die Mormonen besuchen. „Die Mormonen!" rief ich, als sie sie zum ersten Male erwähnte. Ja, weil sie ausführliche Kirchenregister hatten und weil sie gern bereit waren, uns einen Termin zu geben, um Daten im CD-ROM und möglicherweise Mikrofiche herauszusuchen. Bevor wir dorthin gingen, zog ich mein größtes Lexikon zu Rate:

> **Mormone** (Name), ein Mitglied einer religiösen Gruppe, nannte diese ‚die Kirche von Jesus Christus der Heiligen der letzten Tage'. Sie entstand im Jahre 1830 in den USA, eine Kirche, die von Joseph Smith in Fayette (New York) gegründet wurde. Smiths Lehren basierten auf der Bibel und auf einer Offenbarung, einer heiligen Geschichte der Amerikaner, die auf goldene Tafeln graviert wurde. Diese bezeichnete er als das ‚Buch Mormon'. Die Mormonen wurden verfolgt, weil sie Polygamie praktizierten: Joseph Smith wurde von einer aufgebrachten Menge getötet. Unter der Leitung von Brigham Young verließen die Mormonen den Osten, überquerten den Frontier und siedelten sich 1847 in Salt Lake City (Utah) an. Sie ließen sich erfolgreich in Utah nieder, nachdem sie im Jahre 1890 die Polygamie aufgegeben hatten, und repräsentieren immer noch die Mehrheit der Bevölkerung des Staates. Die Mormonen sind zurückhaltend, gesetzestreu und politisch konservativ. Bis vor kurzem behandelten sie Schwarze oder Indianer nicht wie Weiße, und Frauen werden nach wie vor als den Männern untergeben betrachtet.

Nachdenklich wegen des letzten Teils und erleichtert darüber, dass Polygamie ‚out' war, hörte ich mir an, was Alice bei früheren Nachforschungen entdeckt hatte. Sie hatten erstaunlich umfassende Personenregister, waren nach ihrer Erfahrung freundlich und, nein, sie würden nicht versuchen, uns zu bekehren.

Die Mormonen-Kirche in Kiel befindet sich in einer engen Sackgasse mitten in der Stadt. Das nicht alte, nicht neue Gebäude hat mehrere Stockwerke mit Büros, einer Kapelle, einer Bücherei, Aufenthaltsräumen und einer Küche und einen Raum mit einem Schild ‚Abstammungs-Studien

Abteilung'. Eine nette junge Frau führte uns in diesen Raum, der ausgestattet war mit einem sechseckigen Tisch, sechs Stühlen, einem Computer mit einem riesigen Monitor und, an dreien der vier Wände, mit Metallschränken, die Disketten enthielten, wie wir später entdeckten. Die Dame - war sie eine der zuvor erwähnten Untergebenen? - schloss die Tür, wir konnten jedoch immer noch jemanden qualvoll auf einem keuchenden Harmonium am entgegengesetzten Ende des Flures üben hören.

Es war eine jener Situationen, in denen es einem in den Fingern juckt, die Tasten des Computers zu betätigen, obgleich natürlich weder Alice noch ich das Programm kannten. Es war einfach und wirkungsvoll, außerdem in englischer Sprache, der wir leichter folgen konnten als die junge deutsche Frau. Es gab keine Möglichkeit für uns, selbst etwas zu tun. Wir konnten dasitzen und den Bildschirm beobachten, Informationen geben, Vorschläge machen, aber es war uns nicht erlaubt, selbst ‚zu spielen'. Das war schade, aber im Nachhinein waren wir auch der Ansicht, dass diese Regelung wahrscheinlich sehr vernünftig war, weil bei Hard- und Software unabsichtlich Schaden angerichtet werden kann. Was fanden wir? Wir suchten praktisch eine Nadel im Heuhaufen. Wir fanden nichts Präzises, nur einige mögliche Hinweise, wo man Gruppen von Colbournes in den USA finden könnte. Aus den Sozialversicherungs-Registern entnahmen wir, dass dort niemand mit dem Namen John D. Colbourne zwischen 1950 und 1995 gestorben war. Die Informationen über Britannien waren begrenzter wegen der Sicherheits- und Diskretionsbestimmungen; öffentliche Einsichtnahme war nur bis 1891 möglich gewesen. Hier konnte man wenig finden, das von Bedeutung war. Nach zwei Stunden eingeben und herausziehen aus dem britischen Teil (allgemein), dem schottischen (spezifisch), dem französischen (allgemein) und amerikanischen CDs sah uns die Mormonen-Dame fragend an. Alice nahm ihre Brille ab und seufzte, ich löste mit Mühe meinen Blick vom blauweißen Bildschirm und zuckte mit meinen verkrampften Schultern. Es gab tatsächlich nichts mehr zu entdecken, bevor ich nicht von der schottischen Forschungsgesellschaft weitere Informationen erhalten hatte.

Von der Gesellschaft kam ein Brief, in dem höflich um weitere Bezahlung gebeten wurde. Es waren durch Anfragen bei diversen Büros und Abteilungen zusätzliche Kosten entstanden. Nach Empfang dieses Schecks würde die Information sofort an mich abgehen. Dieses Schreiben kam am Sonnabend an. Am darauf folgenden Freitag hatte ich immer noch keine

Nachricht. Es war allerdings Mitte Dezember, und die Fülle von Weihnachtspost könnte eventuell Verzögerungen verursachen... Wieder war Geduld gefragt. Eine willkommene Ablenkung brachte die erste private Antwort zur Colbourne-Forschungskampagne: Rose Colbourne Germain schrieb aus New York und informierte mich darüber, dass sie James Claude Colbourne geheiratet hatte, der 1939 geboren und 1995 verstorben war. Sein Vater war von Puerto Rico, seine Mutter von Jamaika in die USA gekommen. Hier konnte es keine Verbindung geben, wenigstens nicht während der letzten Generationen. Rose Colbourne bot mir an, ihr nochmals zu schreiben, wenn ich der Meinung sei, dass sie mir in irgendeiner Weise helfen könne, und ich entschloss mich, ihr zum Dank eine deutsche Weihnachtskarte mit viel Schnee zu schicken.

Weihnachtskarten waren in jenem Jahr ein Problem. Mir hatte noch nie die Minimal-Nachricht - ‚Grüße von Hinz oder Kunz, xx' (xx heißt Küsschen, Küsschen) gefallen, obgleich ich während dieser Zeit gern darauf zurückgegriffen hätte. Während der letzten zehn Jahre hatte ich jeweils im Dezember eine Chronik unseres Familienjahres verfasst, um Verwandte und Freunde, die weit entfernt lebten, zu informieren. Dies war eine Institution geworden und sollte - dazu ermutigten mich meine erwachsenen Kinder - aufrecht erhalten werden. Es war nicht leicht, insbesondere als ich zu den Monaten Juni, Juli und August kam und über den Tod meines Schwiegervaters und meiner Mutter berichten musste. Als der doppelseitige Brief komplett war, überraschte mich die Stärke des Gefühls, etwas Wesentliches vollendet zu haben. Ich hatte gerade die Schlusstaste meines Notebooks gedrückt, um die Chronik zu beenden, als Peppi, die Katze, mühelos auf meinen Schreibtisch sprang und ihren getigerten Kopf an meiner Wange rieb: eine Belohnung für meine Mühen. Natürlich konnte sie gerade beschlossen haben, dass es für mich an der Zeit war, in die Küche zu gehen und ihr einen Imbiss zu servieren.

In jenen ersten Wochen im Dezember vermisste ich meinen Mann sehr. Er schaffte es, rechtzeitig zum Heiligen Abend nach Hause zu kommen und blieb bis zum zweiten Januar, dann musste er für zehn Tage nach Berlin. Jane und Robin waren während dieser Zeit auch da, und es war für sie fast wie in den guten alten Tagen ihrer Kindheit.

Die einfachen Karten mit Weihnachtsgrüßen und schneebedeckten deutschen Tannen waren fertig, die weniger farbenfreudigen, komplexeren Chronik-Briefe waren unterschrieben, versiegelt und mit Briefmarken versehen, so brachte ich das kompakte Bündel von Briefumschlägen hoch zum Dreiecksplatz. Das Wetter hatte aufgeklart, es war frostig und hell in diesen frühen Nachmittagsstunden. Der Weihnachtsbaum, ein dunkelgrüner Wachposten, beschützte die Vorübergehenden: Schulkinder mit meisterlich gefertigten Weihnachtsgeschenken unter den Armen, Büroangestellte, die nach einem verlängerten Einkaufsbummel in der Mittagspause zurückeilten, ein älteres Ehepaar mit einem verwöhnten Dackel, der eine karierte Jacke trug. Ich stellte mir Peppi zu Hause vor und wünschte mir, dass ich dort jetzt auch auf der Couch liegen könnte, obgleich das arme Tier nicht in der Lage sein würde, sich unter der Leselampe zu wärmen, die während meiner Abwesenheit nicht eingeschaltet war. Eine starke Welle von Selbstmitleid erreichte mich. Hier war ich, fleißig Briefe schreibend und abschickend, um Informationen über mögliche Verwandte zu erbitten, und niemand schrieb zurück oder dachte darüber nach. „Stimmt nicht" sagte eine ernste innere Stimme.

Als ich wieder im Büro war, schien die Zeit stillzustehen. Der saisonbedingte Mangel an eiliger Arbeit in der Schule gestattete mir, solche trivialen Dinge zu tun wie Papiere auszusortieren, die Schubladen meines Schreibtisches aufzuräumen oder Korrespondenz in Akten zu heften - alles extrem langweilig. Ich fühlte mich wie in einem Käfig. Ich konnte im Moment nichts tun, was irgendwelche Colbournes betraf, Vater oder andere.

Geduld war noch nie eine meiner Tugenden gewesen.

War John C. eine geduldige Person? Inzwischen waren seit dem Absenden des Briefes an den Mann mit diesem Namen in Pennsylvania fast drei Wochen vergangen. Was war, wenn er es einfach vorzog, nicht zu antworten? Das wäre zu schade! Pax tecum. Oh bitte, ignoriere mich nicht, nicht mehr! Wenn ich nicht aufpasste, würde ich mich über dieses alles viel zu sehr aufregen. Ein Ausspruch meiner Großmutter, die seit mehr als dreißig Jahren tot war, warnte mich davor, Wunder zu erwarten. Aber, Großmutter, ganz sicher würde das kein Wunder sein. Und du mochtest meinen Vater, J. C., wie er manchmal genannt wurde. Er pflegte dich ins Theater einzuladen, er machte dir kleine Geschenke, er brachte dich zum Lachen. Meine Mutter erzählte mir, dass er immer freundlich zu ihrer Mutter gewesen sei. Und dann, in der schlimmsten Zeit, hatte meine Großmutter gegen ihn aussagen müssen, so dass seine Schuld bewiesen wurde und meine Eltern geschieden werden konnten. Meine Mutter hatte sich meinetwegen von ihm scheiden lassen. Ich sollte nicht einem gewalttätigen Vater ausgeliefert sein, der Alkoholiker war. Hatte sie ihn geliebt? Hatte sie dieses Opfer nur für mich gebracht? Gott helfe uns allen. Oder war sie froh gewesen, ihn loszuwerden? Quälende Fragen gingen mir wieder und wieder durch den Kopf, und das Rätsel um John D. Colbourne blieb weiter ungelöst. In meiner Frustration hätte ich schreien oder weinen mögen. Leider tat ich nichts von beidem.

Nach den Karten musste jetzt über das Kapitel Weihnachtsgeschenke nachgedacht werden. Normalerweise ist das Erledigen kleiner Einkäufe für meine Lieben eine meiner Lieblingsbeschäftigungen. In diesem Jahr war ich fast soweit, den Anti-Weihnachts-Jammerern zuzustimmen, die die ganze Angelegenheit abschaffen möchten. Im letzten Jahr war zum ersten und einzigen Mal meine Mutter zum Weihnachtsfest nach Deutschland gekommen, und es war tief befriedigend gewesen, ihr so weit wie möglich das beste aus beiden Welten zu bieten. Wir hatten eine herrliche Zeit mit Pfefferkuchenhäusern, Wiener Sängerknaben, schneebedeckten Tannen, Stechpalmen, Efeu, Mistelzweigen, Weihnachtsliedern und Punsch gehabt. Sogar der altersschwache sechzehn Jahre alte Kater Charlie hatte es genossen, zusammengerollt auf einer weichen grauen Wolldecke neben ,seiner' Großmutter zu liegen und die feinsten Leckerbissen zu verspeisen.

Melancholie drohte, mich zu übermannen, aber ich wollte dem nicht nachgeben. Die Geschenke brauchten nicht üppig zu sein, jedoch mussten sie geplant, beschafft und eingepackt werden. Früher hatte ich selbst Dinge angefertigt, Kuchen oder Plätzchen gebacken, Zeichnungen als Geschenke eingerahmt. In diesem Jahr hatte ich dazu weder Zeit noch Energie. Die Geschäfte würden herhalten müssen. Ich war nicht geneigt, in das Gedränge im Stadtzentrum zu gehen, angerempelt und durch die Fußgängerzone geschoben zu werden. Vielleicht würden die Geschäfte am Platz das Nötige vorrätig haben.

Und so kam es, dass die Weihnachtseinkäufe stressfrei erledigt wurden, wenn auch mit einem gewissen Maß an Scharfsinn. Im Keller zuhause fand ich diverse Körbe, die ich mit rotem Krepp-Papier auslegte und in Neumanns Obstgeschäft abgab, um sie mit gutschmeckenden Multivitamin-Leckereien füllen zu lassen. Ein Besuch bei Schraders brachte mir die Idee mit dem Schmuck aus gehämmertem Silber. Das Lotusblüten-Restaurant bot Geschenk-Gutscheine für spezielle Mahlzeiten an und Kleinigkeiten wie aufgerollte Bambus-Kalender und Stäbchen, an denen winzige Päckchen Ingwer oder Tee mit einem Band befestigt waren. Es gab ein geräumiges Büroartikel- und Buchgeschäft am nördlichen Ende der Bergstraße, am Dreiecksplatz vorbei, das sogar noch weiter von der Stadt entfernt war. Das war müheloses Einkaufen - warum hatte ich das noch nie vorher getan? Auf der Suche nach Cremes und Kräutertränken für Freunde mit empfindlicher Haut ging ich in die Apotheke an der kurzen Seite des Platzes. Ich hatte dort etwa fünf Minuten verbracht, in denen ich die Schaufensterauslage bewunderte, in der eine altmodische Miniatur-Weihnachtsszene dargestellt war mit winzigen Häusern und Figuren, die aus solidem Holz geschnitzt und exquisit angemalt waren. Ich erkannte die Arbeit als aus dem Erzgebirge stammend, einem Gebiet in den ostdeutschen Bergen, in dem das Kunsthandwerk Tradition war. Seit der Wiedervereinigung war es leichter, die Kunstgegenstände zu kaufen. Diese komplexe Szene war eine perfekte kleine Stadt wie ein Bild aus einem alten Märchen; es gab keinen einzigen Hinweis auf Krankheit, medizinische Behandlung oder Vorbeugung im Schaufenster der Apotheke, nur eine schöne Dekoration, um das Auge des Betrachters zu erfreuen, der sich die Zeit nahm, einen Moment stehen zu bleiben und das Fenster anzusehen.

Wir alle stellen solche Dinge in der Weihnachtszeit auf, es muss mit unserer Sehnsucht nach einer individuellen ‚heilen Welt' zusammenhängen.

Mehr denn je wünschte ich mir das in diesem Jahr auch, und wenn auch nur für einige Tage, weihnachtsbesessen, wie ich bin. In früheren Jahren war mein Mann regelmäßig über meine Weihnachtssucht fast verärgert gewesen, die Kinder zum Glück nie. So starrte ich auf diesen Mikrokosmos im Schaufenster der Apotheke mit seinen peinlich genau gearbeiteten zipfelmützigen Schlittschuhläufern auf ihrem Spiegelteich und wünschte so intensiv, dass es fast ein Gebet war, „Lasse es bitte ein gutes Weihnachtsfest werden".

Das Öffnen der Tür enthüllte eine Atmosphäre von Advent mit Lampen aus buntem Glas, die über dem Gesundheits- und Kräuter- Geschenke-Bereich hingen. Es gab keine anderen Besucher, es war ruhig. Im Gegensatz zu allen anderen Geschäften ringsum lief hier kein Tonband mit Weihnachtsmusik, die heimtückisch ihren Weg zu meinem Gehirn suchte. Eine jüngere Frau in einem perfekt gestärkten weißen Kittel stand hinter dem Ladentisch und lächelte.

„Kann ich behilflich sein?" Die Stimme war mir bekannt, und es dauerte nur einige Sekunden, bis ich eine meiner früheren Studentinnnen erkannte. Als ich die großzügig mit Pelz besetzte Kapuze meiner Jacke zurückschob, erkannte sie mich auch.

„Carola!" rief ich, und sie hob die Mahagoni-Klappe des Ladentisches, um zu mir zu kommen. Wir tauschten einen herzlichen Händedruck. Die Freude des Wiedersehens war gegenseitig. Nach den üblichen Auskünften über Gesundheit und Arbeit erzählte sie mir, warum sie dort arbeitete.

„Hattest du nicht geplant, nach dem Englisch-Examen nach Australien zu gehen, Carola?"

„Ja, das tat ich." Sie schwieg für einen Moment; die rauchgrauen Augen, die einer ihrer größten Vorzüge waren, wurden ernst. „Dann musste ich alle meine Pläne ändern. Toll, dass du dich an das Australien-Projekt erinnerst!" Sie spielte mit der feinen Goldkette, die zwischen den Aufschlägen ihres weißen Kittels zu sehen war. „Bist du in Eile? Oder hast du ein wenig Zeit?" Sie sprach schnell, ließ mir kaum Zeit zu antworten. Deshalb nickte ich. „Hier im Geschäft ist heute Nachmittag nicht viel zu tun. Vielleicht werden zu viele Weihnachtseinkäufe gemacht, und die richtige Grippe-saison hat ihren Höhepunkt noch nicht erreicht. Ich muss natürlich hier bleiben, aber wir können hier drüben Platz nehmen!" Sie zeigte auf eine diskrete Ecke mit zwei Stühlen, wo den Patienten der Blutdruck gemessen wurde und wo sie mit Apparaten, die einem Raumschiff von Kap Canaveral Ehre gemacht hätten, auf Wunsch gewogen werden konnten. Ich hatte geglaubt, um diese Zeit auf dem Heimweg zu sein, aber es war gut, Carola zu sehen. Sie war eine reizende Studentin gewesen, deren Englisch für das Examen vor ungefähr fünf Jahren etwas aufpoliert werden konnte.

„Ich machte die Proficiency-Prüfung vor viereinhalb Jahren, es scheint eine Ewigkeit her zu sein. Ich hatte ein Stipendium für die Universität Melbourne erhalten, um dort pharmazeutische Forschungen durchzuführen; das war der Grund dafür, dass ich mein Englisch auffrischen wollte. Ich weiß nicht, ob wir je darüber sprachen, aber ich hatte mich zu dem Zeitpunkt bereits als Apothekerin qualifiziert. Wie auch immer, ich wollte nicht für den Rest meines Lebens in Kiel bleiben. Deshalb hatte ich mich entschlossen, nach dem Aufenthalt in Melbourne in die Industrie zu ge-hen." Wieder hielt sie inne, blickte um sich, als ob sie durch ihre Umgebung abgelenkt wurde, holte eine Glaskaraffe mit einem verdächtig aussehenden Vitamin-Mineral-Getränk, setzte zwei klobige Trinkgläser, die mit dem

Namen des Produkts versehen waren, auf einen zierlichen kleinen Tisch zwischen unseren Stühlen und goss uns eine große Portion ein.

„Wenn es Marathonläufern nicht schadet, kann es uns nur gut tun!" Mit einer Grimasse nahm sie einen Schluck, und ich folgte ihrem Beispiel. Zu unserer Erleichterung schmeckte die undurchsichtige grünliche Flüssigkeit besser als sie aussah.

Wie es nicht anders sein konnte, wurde die aus Glas und Mahagoni bestehende Tür von einem Mann, der außerordentlich warm angezogen war, schwungvoll aufgerissen. Carola erhob sich sofort, um ihn zu bedienen. Er war offensichtlich einer der Verbreiter der kommenden Erkältungs- und Grippe-Epidemie; er schnaubte und hustete abwechselnd und verlangte zu wissen, ob eine gewisse Patentmedizin - er hatte sie am Abend vorher im Fernsehen gesehen - wirklich so gut war wie gesagt wurde, weil ihm alles weh tat und er für Weihnachten fit sein musste. Carola gab ihm Ratschläge, die ebenso beruhigend waren wie der Eukalyptussirup, und empfahl ihm, seinen Arzt aufzusuchen, wenn die Symptome nicht verschwänden. Daher stammte also der wohlformulierte Satz - vermutlich der Lieblingssatz eines Apothekers. Was für ein Job: angehustet und angeniest zu werden von fiebrigen, oft streitsüchtigen Patienten, die entweder zuhause im Bett oder im Wartezimmer ihres Arztes sein sollten. Und doch war das deutsche Gesundheitssystem in einer Krise. Einige weitere Kunden mussten in der Zwischenzeit bedient werden, und ich nutzte die Gelegenheit, um einige kleine Töpfchen mit glänzender Creme und Flaschen mit duftenden Flüssigkeiten für die Freundinnen, die ich damit bedenken wollte, auszusuchen. Dabei versuchte ich zu vermeiden, die allzu unheimlichen Beschreibungen von Krankheiten, die am Ladentisch gegeben wurden, mitzuhören.

Trotzdem fand sich Zeit, die Geschichte zu vollenden, während Carola meine Kosmetika in Weihnachtspapier wickelte. Das Melbourne-Projekt war ein wunderschöner Traum gewesen, der sich nicht erfüllt hatte. Carolas Vater, Hartmut Sindt, gehörte die Apotheke, die seit Generationen von der Familie betrieben wurde. Einige Wochen bevor sie nach Australien abreisen musste, wurde bei Dr. Sindt, einem Witwer mit einem Kind, Carola, Multiple Sklerose diagnostiziert. So gab sie seinetwegen ihre Pläne auf und blieb in Kiel. Das waren die Hauptpunkte in Carolas Bericht, der mit klarer Altstimme vorgetragen wurde.

„Verstehe mich nicht falsch, ich habe das Geschäft freiwillig übernommen, und ich könnte nirgendwo auf der Welt in einem so warmen Nest sitzen. Ja, es ist wirklich schön."

„Aber?" wagte ich zu fragen.

Carola zuckte mit den Schultern, beugte sich über ein hübsches Paket. „Es ist nur so, dass ich schon immer unter Fernweh gelitten habe, einen Zucken in den Füßen, wie es die Engländer nennen. Weißt du noch, wie wir bei dir diesen Ausdruck gelernt haben? Und ich dachte, du meintest Fußpilz!" Obgleich sie kicherte, war ihre Enttäuschung hörbar. „Ich wollte meinen eigenen Weg gehen, die Welt sehen, aber Vater hätte es sich nicht leisten können, jemanden zu bezahlen, um das Geschäft zu halten. Im Moment ist seine Krankheit zum Stillstand gekommen. Und weißt du, als wir heute morgen frühstückten, dachte ich, dass er in seinem ganzen Leben niemals besser ausgesehen hat: gute Farbe, ausreichend mobil, heiter, energisch. Und ich musste denken: Verdammt noch mal, was tue ich hier? Warum bin ich nicht in Melbourne? Ich ärgere mich manchmal über das Opfer, das ich gebracht habe, obgleich ich weiß, dass er jederzeit einen neuen MS-Schub bekommen kann und dass er mit einer Zeitbombe lebt."

Es gab nichts Angemessenes, das ich hätte dazu sagen können. Nach einem kurzen Schweigen sah sie mich an und grinste, als wenn sie sich selbst überzeugen wollte.

„Ich bin nicht aus dem Holz geschnitzt, aus dem Märtyrer gemacht sind! Vater weiß das, und wir können über die Situation diskutieren und sie erörtern, so oft ich es möchte. Er ist ein großartiger Mensch, und das ist es, was es einfacher macht." Sie machte die letzten Handreichungen an den Paketen, eine Schleife hier, ein kleiner Weihnachtsmann dort. Ich machte mich bereit zu zahlen und suchte in meinem Kopf nach etwas Vernünftigem, das ich hätte sagen können, während ich in meiner Geldbörse nach Kleingeld suchte. Schließlich schlug ich vor, dass sie ihr exzellentes Englisch durch den Besuch unserer Meisterklasse für die fast Perfekten erhalten sollte.

„Nein, das denke ich nicht. Ich hätte mehr von der Sprache für Australien gebraucht, ich war sehr ehrgeizig in Bezug auf Englisch. Wusstest du, dass ich beabsichtigte, einen Australier zu heiraten? Nein, wahrscheinlich habe ich es nicht erwähnt.

Nun, das ist vorbei. Es gibt einen anderen Mann in meinem Leben, einen echten Kieler - wir passen sehr gut zueinander, und er ist ein Sportfanatiker. Siehst du, deshalb spiele ich jetzt Volleyball, und ich hätte keine Zeit, außerdem einen Englischkurs zu besuchen." Sie schien über sich selbst zu lachen. Einige oberflächliche Kommentare zu diesem und jenem folgten; wir würden uns wieder treffen, wir wollten nicht wieder die Verbindung verlieren. Ja, ich würde wieder hereinschauen mit einem Rezept oder wenn ich erstklassige Kosmetika brauchte. Mein Aufbruch war etwas ungeschickt. Es war unsinnig, sich dadurch irritiert zu fühlen, dass Carola das Englische zugunsten von Volleyball aufgegeben hatte; es war sinnlos, über die verpasste Gelegenheit in Melbourne zu lamentieren; es war unangemessen, Mitgefühl wegen des Zustandes ihres Vaters zu äußern. Dieses Kapitel endete wie ein Musikstück in Moll, das in Schweigen übergeht.

Der Weihnachtsbaum wiegte sich in dem eisigen Wind, der direkt von der Ostsee kam, die nur einige Kilometer Luftlinie weiter östlich war. Der Baum stand im Zentrum des Dreiecks; an jeder Ecke standen Verkehrsampeln, die für den starken, ständigen Fluss von Autos und Bussen unbedingt erforderlich waren. Sogar mit moderner Technik und Elektronik schaffte es der Platz, sein gemütliches altmodisches Aussehen zu bewahren mit schmiedeeisernen Geländern und großen Häusern mit dekorativen Fassaden.

Vor dreißig Jahren war eine mit hölzernen Sitzen ausgestattete Straßenbahn am Platz vorbeigerollt, die Linie 2, die zwischen Stadtzentrum und Universität verkehrte.

Noch früher, als einige meiner Kieler Freunde Kinder waren, hatte auf einem Podest in Form einer umgekehrten Trommel ein Polizist gestanden, der von dort aus den Verkehr regelte. Natürlich, erzählte eine Freundin, riskierte der arme Mann in der Hauptverkehrszeit Kopf und Kragen. Es gab aber keinen Grund, ihn zu bedauern, erinnerte ihr Mann sie, - „Denke nur einmal an Weihnachten!"

„Weihnachten?" wiederholte sie. „Ja, das stimmt! Während der letzten Woche oder so vor Weihnachten bekam er Geschenke von den vorbeifahrenden Verkehrsteilnehmern. Er befand sich oben auf seinem Sockel neben dem ein großer Wäschekorb stand, und die Autofahrer fuhren langsam oder hielten an, so dass sie Geschenke hineinlegen konnten."

So entsprach das alte Sprichwort, dass der deutsche Polizist ,dein Freund und Helfer' ist, tatsächlich der Wahrheit. Nun, Jahrzehnte später, hielten wir alle permanent Ausschau nach Politessen, Radarfallen und Autoritätspersonen in grünen Jacken, die oft mehr gefürchtet als respektiert waren, selbstverständlich aber keinesfalls populär genug, um Weihnachtsgeschenke zu erhalten. Oh ja, versicherten meine Freunde, es war in verschiedenen Stadtteilen so üblich, doch der Polizist am Dreiecksplatz war etwas ganz Besonderes gewesen.

Kapitel 6

Erinnerung

Ein Lehrer wird gebraucht, um das Kind im Rechnen und beim Einmaleins zu unterstützen. Fräulein Pass ist hundert Jahre alt, hat einen Schnurrbart und macht Schreibfehler, wenn sie die Hausaufgaben in ein blaues Schulheft einträgt.

Der braune Umschlag von der Schottischen Ahnenforschungsgesellschaft enthielt einen Hefter mit John Dollan Colbourne's Familienstammbaum. Er war sorgfältig per Computer auf cremefarbenes pergamentähnliches Papier gezeichnet. Der Name meines Vaters war John, der Name seines Vaters war John, dessen Vater hieß John, dessen Vater wiederum John usw., wie in der Liste von Vätern und Söhnen im 1. Buch Mose. Mein Vater hatte einen jüngeren Bruder gehabt, William. Das war bewiesen durch die kurze Eintragung im General-Index der Geburten in Schottland:

William Colbourne, geboren am 9. Dezember 1914 im Maternity-Hospital, Glasgow,
als Sohn von John Colbourne, Kesselschmied, wohnhaft Maxwell Road 25, Pollokshaws,
und Sarah Colbourne geborene Dollan,
Eheschließung am 25. Februar 1910 in Govan.

Hierauf folgte der traurige Zusatz:
William Colbourne starb am 7. März 1912 in der Maxwell Road 25, Pollokshaws im Alter von einem Jahr an Keuchhusten.

Die Zweige, oder besser gesagt, die Wurzeln des Baumes gingen zurück bis zur Mitte des 18. Jahrhunderts. Auf den nächsten Seiten des Berichtes gab es langatmige oder knappe Information über jede Generation: Verzeichnisse von Geburten, Heiraten und Sterbefällen, von Unehelichkeit und Analphabetentum, von Arbeitsplätzen und Berufen. Es war faszinierend, jedoch der wesentliche Hinweis fehlte. Die Forscher waren nicht in der

Lage gewesen, Angaben über meinen Vater aus der Zeit nach 1950 zu entdecken. Also zurück zum Anfang? Nicht ganz, weil dies nur Dinge innerhalb von Schottland betraf. Theoretisch könnte John Colbourne am Leben sein, und es könnte ihm gut gehen oder er könnte tot und in einem anderen Teil der Welt begraben sein. ‚Engel und Boten Gottes, steht uns bei!' wie Hamlet sagte, als er den Geist seines Vaters sah. Es gab noch große Teile der Welt zu erforschen, um endlich Spuren meines Vaters zu finden. Ich war nicht sicher, ob ich mich durch die Geschichte des Namens Colbourne, wie ich sie auf Seite 7 des Forschungsberichts gefunden hatte, beruhigt fühlen sollte. Der erste Bericht ging zurück auf eine Eintragung im Doomsday Buch im Jahre 1086. Ein gewisser Jean de Col bane wurde genannt, der zur Zeit der Eroberung durch die Normannen nach England gekommen war. Wann, wie, wo und warum hatten die Colbournes Schottland erreicht?

Irgendwie enttäuscht, schickte ich ein schriftliches Dankeschön und eine Weihnachtskarte an die Gesellschaft in Edinburgh und fragte, ob sie mir eine ähnliche Einrichtung in England empfehlen könnten. Sie faxten mir freundlicherweise eine Anschrift, und ich bereitete ich mich darauf vor, wieder von vorn anzufangen. Die amerikanischen Adressen, die so vielversprechend gewesen waren, wie ich geglaubt hatte, waren mir überhaupt keine Hilfe gewesen. Und John D. Colbourne, Bewohner von King of Prussia, Pennsylvania, hüllte sich in totales Schweigen.

In den folgenden müßigen Weihnachtstagen spielte meine Einbildungskraft mit möglichen Gründen für das Ausbleiben einer Antwort. Angenommen, dieser Mann in Pennsylvania wäre mein Vater, und er hätte nie seine erste Ehe oder seine Tochter erwähnt, dann würde er möglicherweise Angst davor haben, seiner derzeitigen Familie, falls er eine hatte, meine Existenz zu offenbaren. Angenommen, mein Vater hätte seinen Namen oder seine komplette Identität geändert? Dann war das seine Sache, nicht meine. Wenn ich das alles oft genug wiederholte, würde es bestimmt wahr. Und wieso konnte ich jemanden ‚vermissen', den ich nie gekannt hatte? Natürlich würde jeder Psychologe in die Bresche springen und erklären, warum. Aber wozu sollte das gut sein? Zwei Briefe ‚Empfänger unbekannt' aus den USA, diesmal aus Washington, kamen ungeöffnet zurück. Vielleicht sollte ich das ganze Projekt vergessen. Ich hatte einen Versuch unternommen, Verwandte meines Vaters zu finden, und es war mir nicht gelungen - Schluss. Und doch könnte ich mich immer noch durch die anderen etwa einhundert Namen auf der amerikanischen Internet-Liste durcharbeiten. Am Silvesterabend oder ‚Hogmanay', wie er in Schottland genannt wird, rief ich meinen Vetter Bob an, um ein wenig zu plaudern und die schottischen Familienneuigkeiten zu erfragen. Nachdem wir einander jeweils das Neueste berichtet hatten, erzählte ich ihm von der Suche nach John C. Bob war erheblich älter als ich und sagte mir, dass er sich daran erinnern könne, meinen Vater gesehen zu haben!

„Ja, er kam während des Krieges in seinem Urlaub nachhause, er war eine wirklich nette Person."

„Und? Woran kannst Du Dich außerdem erinnern?"

„An nicht sehr viel. Ich war ja erst etwa sieben Jahre alt." Meine Enttäuschung war so offensichtlich, dass er mir sofort anbot, mir auf jede ihm mögliche Weise zu helfen. Ich bat ihn daher, den Namen in örtlichen Telefonbüchern nachzuschlagen.

„Selbstverständlich, und ich werde zur Bücherei gehen und sehen, was ich dort finden kann." Das klang gut; es konnte sogar günstig sein, weil Bob in Ayrshire, geographisch gesehen in der Nähe des Glasgow-Bezirks lebte, wo um die Jahrhundertwende die Colbournes geboren wurden, geheiratet hatten und gestorben waren.

Das war das erste einer Serie von Halb-Versprechen, die mir von Verwandten und Bekannten gemacht und nicht gehalten wurden. Bob hatte selbst viele Probleme, wie ich später entdecken sollte, und war nicht in der Lage, Telefonbücher durchzusehen oder Büchereien aufzusuchen. In dieser Zeit, in der ich sehr verletzlich war, ergriff ich auf der Suche nach Hilfe jeden angebotenen Strohhalm und war enttäuscht, wenn lediglich Schweigen folgte.

Fürs erste hatte ich von meinem eigenen Stammbaum genug; möglicherweise geriet ich zu sehr unter Anspannung, war zu verzweifelt wegen dieser Dinge. In jenem Januar, als Kiel wegen dramatischer arktischer Kältetemperaturen nahezu unbeweglich wurde, ignorierte ich die gesamte raffinierte Kommunikationstechnologie und das Internet, so weit ich konnte und wandte mich wieder einmal der Musik zu, um Ablenkung zu haben. Ich entstaubte die Klaviertasten und sah die Notenblätter durch, die im großen Wohnzimmer im Schrank lagen. Meine ‚Freunde' Händel, Bach (Vater und einige Söhne), Mozart und Beethoven waren noch da. Ich stellte die Noten einiger der einfacheren Stücke auf die schmale Leiste über den

71

Tasten und versuchte zu spielen, nur um festzustellen, dass meine Finger ungeschickt und langsam waren. Als es mir am Klavier zu frustrierend wurde, hörte ich Radio oder CDs, so dass Kiri te Kanawa, Itzak Perlmann, Andrej Gawrilov und andere mich und meine Gedanken in ein wohltuendes Nirwana davontrugen. In aktiveren Phasen ging ich in die Oper und sah und hörte die ‚Highlights' der Saison. *Die Fledermaus* wurde im Fernsehen gezeigt, sprudelnd und heiter, und an einem Sonntagmorgen, als ich durch die Fernsehkanäle schaltete, gab es Haydns Abschiedssymphonie, gespielt vom Wiener Symphonischen Orchester. Hm. Johann Strauß, Joseph Haydn, Wolfgang Amadeus Mozart, das Wiener Orchester, alles glorreiche Beispiele österreichischer Musik-Kultur, sehr weit entfernt von meiner schottischen oder keltischen Herkunft. Wer auch immer meine Vorfahren waren, es gab nichts Österreichisch-Ungarisches dabei. Dennoch liebte ich die Geschichte der Abschiedssymphonie, in der die Musiker nach und nach das Orchester verließen, bis nur noch eine Solo-Violine übrig blieb - Haydns Protest gegenüber Prinz Esterhazy irgendwann in den 1770ern, eine geistreiche Nachricht, um den Wunsch der Musiker zu übermitteln, die Sommerresidenz endlich verlassen zu dürfen. Nein, es gab niemanden wie Haydn, Mozarts *Papa Haydn*. Ja, eine Vaterfigur.

Wenn ich von Mozart und Haydn schwärmte, sah ich mich regelmäßig unterschiedlichen Reaktionen gegenüber: die Modernisten und Pop- und Techno-Freaks seufzten und deuteten diskret an, dass ich nicht wüsste, was richtige Musik sei, während Klassik-Experten nachsichtig lächelten und lediglich bemerkten, dass diese Musik ‚hübsch' sei, wobei sie das Adjektiv mit Geringschätzung betonten. Ich solle meine wertvolle Musik-Zeit entweder damit verbringen, den Takt zu Diskomusik zu schlagen oder versuchen, mich in Stockhausen und seine Schüler hineinzuhören.

Ungefähr einen Monat nach dem Tode meiner Mutter besuchte ich ein Konzert, das in der Kirche eines Nachbarortes stattfand. In einem Anfall von Tüchtigkeit hatte ich vor Monaten Karten für das jährliche Schleswig-Holstein Musik-Festival gekauft, und so fuhr ich - nicht unbedingt in der richtigen Stimmung - durch den Sommerabend und fand mich bald auf einem harten Stuhl im hinteren Teil der Kirche mit eingeschränkter Sicht wieder. Der erste Teil des Konzertes bestand aus Beethoven-Musik, die mir unbekannt war, aber den für den Komponisten typischen Romantik-Klang hatte. Im zweiten Teil wurde Musik von Anton Webern gespielt. In meiner melancholischen Stimmung zog sie mich hinunter in einen Sumpf von

Nichtverstehen und Traurigkeit, und ich verließ die Kirche, so bald ich es schicklicherweise konnte, holte tief Luft, um die Tränen auf dem Weg über die hässliche neue Straße zum Parkplatz zurückzuhalten. Die ‚richtige' Musik tröstete mich, die ‚falsche' Musik stürzte mich in Dunkelheit. Nach dieser Erfahrung klammerte ich mich an meine Favoriten und war wie in einem Kokon mit Hilfe eines Discmans, der fast jedes Geräusch außer Mozart-Arien, Streichquartetten von Haydn und Klavierkonzerten von Beethoven ausschloss.

So hörte ich der Musik zu und schrieb die Geschichten für mein neues Buch, bis beide Hälften meines Gehirns müde wurden und ich schlafen konnte. Bevor ich einschlief, dachte ich über diese Komponisten und deren Eltern nach. Hatte ich irgendetwas mit ihnen gemeinsam?

Joseph Haydns hart arbeitende Mutter und sein Vater scheinen wegen ihres Wunderkindes verwirrt gewesen zu sein, ermöglichten es ihm jedoch, so viel musikalische Erziehung zu genießen, wie sie sich leisten konnten.

Wolfgang Amadeus, ‚Wölferl', verlor seine Mutter, als er noch ein Kind war; sein Talent wurde durch seinen Vater, den ehrgeizigen und kompetenten Leopold, gefördert. Der arme Beethoven wurde von seinem verwitweten Vater geschlagen und bedroht im erfolglosen Bemühen, ihn von der Musik zu isolieren. Es war nicht überraschend, dass Haydn, mittleren Alters und anscheinend von freundlichem Wesen, für Mozart und Beethoven ein Vaterersatz geworden war. Der liebevolle, hyperaktive, freche Wölferl hatte den Spitznamen ‚Papa Haydn' geprägt, den Beethoven, er selbst und seine ‚Jungen' benutzten. Haydn hatte keine eigenen Kinder oder vielmehr: er heiratete nie, was wenig beweist. Tatsache ist, dass er während seines ganzen Lebens eng mit Frauen befreundet war, die ihn bewunderten, und es gibt Gerüchte, die besagen, dass zumindest eine von ihnen ein Kind von ihm gehabt haben könnte. Ein Jammer, dass es sogar mit Hilfe des wunderbaren Internets unwahrscheinlich war, dass die Linie meines Vaters mich zu Haydn, Mozart oder dem frauenfeindlichen Beethoven führen würde. Diese Überlegungen belustigten mich, als ich meine nächste Auswahl für den CD-Player vorbereitete.

Kapitel 7

Erinnerung

Ein schönes großes altes Haus mit einem See. In den Niederungen wachsen unzählige Narzissen, die im März geschnitten, zu Sträußen gebunden und dann in das örtliche Krankenhaus gebracht werden. Unter den riesigen Bäumen, vielleicht sind es Buchen, ist ein endloser Teppich von blauen Glockenblumen, die ‚grün' duften, wenn die Blumen gepflückt oder die Blätter beschädigt werden.

Der Dreiecksplatz wurde grau, als sie den Weihnachtsbaum, die Lichterketten und die anderen Dekorationen entfernten. Es berührte mich nicht allzu sehr, weil ich drinnen sehr beschäftigt war: ich arbeitete in der Schule, schrieb Artikel und Geschichten, führte Gesprächskreise und hielt Vorträge. Ab und zu hatte ich davon genug und machte einen Spaziergang außerhalb der Stadt am Ufer der Förde entlang, wo die kecken Wintervögel mich ablenkten. Im Zwielicht machten die Krähen Formationsflüge wie ein geschüttelter Teppich, um auf den Buchen ihr Nachtquartier zu beziehen. Teenager-Schwäne standen knietief im seichten Wasser und beobachteten die Elternvögel, die sie geflissentlich ignorierten. Flinke Blässhühner starteten und landeten blitzschnell bei den Pollern der Brücke, unbekümmert um Stücke von schmelzendem Eis. Ich liebe diesen Teil der Welt, wenn der Himmel weit offen und pastellklar ist.

Meine Mutter hatte es gehasst, im Winter nahe an der Küste zu sein; ich finde es aufregend, weil ich, wenn ich über die kalte sturmgepeitschte Landschaft blicke, weiß, dass mein gemütliches Zuhause auf mich wartet, ein sicherer, warmer Zufluchtsort. Diese Gedanken kreisten in meinem Kopf, als ich meinen Schal wieder fest umband, mich in meinen Mantel kuschelte und meine Handschuhe unter die Manschetten der Ärmel schob. Meine Mutter würde nie wieder über solche Dinge nachdenken, sie war tot. Tot. Und mein Vater? Ich gewöhnte mich langsam an diese erschreckenden Sekunden der Panik, die mich unversehens überkam.

Ich hätte mich irgend jemandem in die Arme werfen und den plötzlichen Schmerz wieder einmal wegweinen mögen, aber es war niemand da. Für die Vögel, die einzigen lebenden Kreaturen, die in der Nähe waren, mag ich unsichtbar gewesen sein. Unvorstellbar, sich einem Vogel ans Gefieder zu werfen! Arme gefiederte Kreatur.

Widerstrebend riskierte ich ein Lächeln und fühlte mich tatsächlich besser. Meine Gedanken wurden energischer. Warum hatte meine Mutter in den letzten Jahren nicht über meinen Vater gesprochen? Hatte sie ihn geliebt? Hatte sie sich gesorgt? Hatte sie sich nicht daran erinnern wollen? Ich hob einen ziemlich großen Stein auf und warf ihn in eine breite Spalte im Eis, weit genug entfernt von den Vögeln. Sie waren nicht berührt, nicht einmal nassgespritzt worden, waren aber trotzdem aufgeschreckt, und einige Möwen schreien als Protest. „Haltet den Schnabel!" murmelte ich und kehrte ihnen und der Förde den Rücken.

Das war am Freitag gewesen. Am Montag wurde mir ein dicker weißer Briefumschlag mit amerikanischen Briefmarken zugestellt. Er war von Gerald F. Colbourne, eine Antwort auf einen der Briefe aus der November-Serie.

Meine liebe Frau Franzen,

im November schrieben Sie meinem Sohn, Eric, der in New England lebt, über Ihre Suche nach Information über Ihre Familie. Weil mein Vater eine kolossale Menge an Forschungsarbeit in Bezug auf die Familiengeschichte geleistet hat, schickte Eric Ihren Brief an mich weiter.

Ich verstehe Ihren Versuch, mehr über Ihre Familie herauszufinden, sehr gut. Ich wünschte, es wäre leicht! Mein Vater verbrachte Jahre damit, die Informationen zu sammeln, die er mir hinterließ, und die Familiengeschichte ist noch unvollständig. Ich sende Ihnen separat eine Postrolle mit einer Kopie des Stammbaums der Familie Colbourne, der bis ins 16. Jahrhundert zurückgeht. Vielleicht gibt es eine Art von Verwandtschaft, aber ich glaube es nicht .Ich wusste nicht, dass es Colbournes in Schottland gab, aber ich bin durch die Tatsache, dass der Mittelname Ihres Vaters Dollan war, neugierig geworden. Ich erinnere mich, dass meine Eltern, als ich ein Kind war, sehr häufig über die Dollans sprachen. Ich kann mich nicht mehr an den Zusammenhang erinnern, und mein Bruder, der in New Mexiko lebt, ist dazu auch nicht in der Lage. Viele der Fakten, die mein Vater herausfinden konnte, stammen von der Historischen Gesellschaft von Barbados, Westindien, woher er stammte. Einige der Vorfahren lebten in Kanada, und viele Einzelheiten kamen auch von der Mormonen-Kirche in Salt Lake City, Utah. Sie verrichten unglaublich umfangreiche Arbeit auf dem Gebiet der Ahnenforschung. Sie haben große unterirdische Depots mit Akten, die sie zusammengetragen haben.

Wie Sie im Familienstammbaum sehen werden, würde Ihr Vater etwa im Alter meines Bruders sein, der im Juli 80 Jahre alt wird. Ich bin 71, und meine Kinder sind alle in den 30ern. Ich wurde in China geboren (die Colbournes sind viel gewandert!). Mein Sohn Eric hat mit Computern zu tun - daher ist sein Name im Internet!

Sie könnten außerdem an zwei meiner Vettern in England schreiben, die möglicherweise Informationen über schottische Verwandte haben könnten (Namen und Anschriften sind beigefügt).

Ich wünschte, ich könnte Ihnen von größerer Hilfe sein, aber vielleicht finden Sie einen Hinweis im Stammbaum oder bekommen Hilfe aus England oder Salt Lake City.

Viel Glück und die besten Wünsche,
Ihr
Gerald F. Colbourne
P.S. Soeben erinnerte ich mich an das ‚Weltbuch der Colbournes', das ich vor mehreren Jahren kaufte. Ich fand viele Ungenauigkeiten, aber auch das Buch kann Ihnen vielleicht helfen! Ich füge einige Kopien über die in Großbritannien lebenden Colbournes bei.

Ich bin eine schnelle Leserin, konnte aber diese Nachricht nicht schnell genug verschlingen. Als ich den Brief gelesen hatte, studierte ich die Liste von 78 Colbournes im Vereinigten Königreich: Mein nächster Schritt musste es nun sein, eine weitere Serie von Briefen zu schreiben. Unfähig, in jener Nacht zu schlafen (wieder einmal), lag ich hellwach und entwarf freundliche Anfragen an ‚Laura' in der Gegend um London, ‚John' desgleichen und verschiedene andere mit schottischen Anschriften. Merkwürdigerweise war es viel leichter, diese zu formulieren, als seinerzeit im November an die Amerikaner zu schreiben. Der Grund war vielleicht, dass meine kleine Hoffnungsflamme jetzt heller brannte.

Einige Tage später kam, wie versprochen, die Postrolle (ein neuer Ausdruck für mich) an. Sie enthielt eine Stammbaum-Dokumentation so groß wie mein Küchentisch, wo ich sie ausgebreitet hatte, so dass ich 11 Generationen studieren konnte.

Die erste Person war Esther, geboren 1680, die letzte war der 1986 geborene Colin.

Über alle Zweige des Baumes verteilt, gab es 26 Johns, 23 Williams, 19 James, 14 Marys, 12 Margarets, eine Laura (nicht mich!) und verschiedene unbritische Namen wie Finch oder Branton. Viele kamen von Karibischen Inseln - St. Peter, St. Vincent, St. Lucy, St. Michael. Später, das heißt um die Wende des 18. zum 19. Jahrhundert, waren mehrere als ‚in anderen Teilen der USA oder in London verstorben' aufgeführt. Bei der ersten Durchsicht konnte ich keinen gemeinsamen Vorfahren entdecken, und mir wurde klar, dass Stunden konzentrierter Arbeit erforderlich sein würden, um Hinweise zu finden.

An jenem Nachmittag sah ich mir den Stammbaum an und erlaubte meiner Aufmerksamkeit, sich durch die traurige Häufigkeit der Todesfälle von Kindern oder die Wiederholung von Vornamen ablenken zu lassen oder davon, dass die Berufe in korrekter Handschrift notiert waren. Etwa in der Hälfte des Baumes entzifferte ich die extrem klein geschriebene Geschichte von einem James und seiner Frau, die auf dem Wege nach Demerara gewesen waren, von Piraten entführt und dann ein Jahr in Venezuela gefangen gehalten wurden. Ich ‚lebte' für einige ruhige Stunden in dem Stammbaum und löste mich dann langsam davon, weil ich eine Tasse Tee und neue Perspektiven brauchte.

Es würde sogar sehr viel schwieriger werden, Spuren von meinem Vater zu finden, als ich es mir vorgestellt hatte. Nichtsdestoweniger verschaffte die Suche mir selbst Zugang zu einer Familiengeschichte im weiteren Sinne, und ich lernte wohlmeinende, nette Leute in der ganzen Welt kennen - das war die neue Perspektive. Ein langer Brief kam an von Sheila Colbourne, einer angeheirateten Kusine von Gerald aus Arizona. Sheilas Mann Jack hatte in Uganda gearbeitet, ein Verwandter von ihm war in den 1920ern Gouverneur der Falkland-Inseln gewesen; es gab auch einige vage Verbindungen mit Australien. Es war so, wie Gerald geschrieben hatte, die Colbournes kamen ziemlich viel herum. Zwischen allen diesen Informationen musste doch irgendeine Einzelheit sein, die mich anging?

Seit dem Tode meiner Mutter waren sechs Monate vergangen. Traurige Bilder aus ihren letzten Tagen erschienen mir immer noch, wenn ich im Begriff war, einzuschlafen oder rissen mich mit Horrorgefühlen aus dem Schlaf. Ich würde nie verstehen, warum sie nicht hatte friedlicher sterben können. Gott sei dank - das Morphium hatte ihr die Angst genommen - ich konnte nicht wissen, ob es gegen die Schmerzen wirksam gewesen war, aber ich war fast sicher, dass es nicht der Fall war.

In meiner unmittelbaren Umgebung kapitulierten Familie, Freunde, Nachbarn und Kollegen vor Husten, Erkältungen, Grippe, Bronchitis und Lungenentzündung.

Besonders Frauen erkrankten durch den Ansturm des grauen Winterwetters, das Schlaflosigkeit und Depressionen hervorrief. Während ich ihnen zuhörte, erfuhr ich von Mangel an Motivation, Partnerproblemen, finanziellen Beinah-Katastrophen, zerbrochenen Beziehungen. Dann und wann fühlte ich mich, als stünde ich auf einem sehr kleinen, glitschigen Stein, und große, unbarmherzig kalte Wellen rollten und krachten um mich herum. Ich war ausgelaugt, hundemüde, kurzatmig, doch nichts davon verringerte die innere Trauer. Jedoch schien es mir besser zu gehen als sonst. Traurig mochte ich zwar sein, deprimiert war ich nicht.

Meine Auffassung von Religion ist bestenfalls unorthodox, aber während jener Zeit trug ich ein unausgesprochenes dankbares Gebet in mir wie eine Flamme, die gleichmäßig weiter brannte, mich mit ausreichender Wärme versorgte und mich beruhigte. Die Antwort auf Frühjahrsmüdigkeit war Arbeit, und davon sehr viel; in der Schule unterrichtete ich zusätzliche Kurse, ich schrieb Geschichten, ich jagte John C. nach - ohne Zweifel eine wirksame Rundum-Ablenkung.

Als der Februar dem Ende zuging, kam ein weiterer Brief von Sheila, in dem sie mir die Anschrift von Susie schickte, die in London lebte. Diese Susie besaß umfassendes Material von der väterlichen Seite der Familie und war bereit, mir zu helfen. Es war merkwürdig, dass dieser eine Kontakt, Eric, zu Gerald, Sheila und nun zu Susie führte, während auf so viele andere Briefe keine Antwort gekommen war. Wie die Deutschen sagen, sind die Menschen verschieden, und manche sind verschiedener als andere. Da ich mir der Notwendigkeit bewusst war, um meiner selbst willen direkt aktiv zu werden, ungeachtet der Ahnenforschungs-Detektivarbeit aus der Entfernung, begann ich, eine Reise nach London zu planen, wo ich mit Mitgliedern meiner ‚richtigen' Familie, meinem Mann, meiner Tochter, meiner Schwester, in den Möglichkeiten schwelgen würde, die die Metropole bot: Museen, Galerien, Oper, Theater, Kino, Parks und Gärten. Je mehr Form dieser Plan annahm, desto anziehender wurde London. Außer Anrufen bei Sheila und Susie, nur um „Hallo" zu sagen, würde ich den Rest erst mal dem Zufall überlassen. Als ich dann den Stadtplan von London studierte, stellte ich fest, dass unser Hotel sehr nahe beim Britischen Museum war - vielleicht würde es sich lohnen, das Archiv zu checken, nur, um einen Versuch zu machen.

Am Geburtstag meiner Mutter im März kaufte ich einen großen Strauß flammenfarbener Tulpen. Es war einer dieser klaren sonnigen Tage mit blauem Himmel, an denen man merkt, dass der Frühling seine ersten Fühler ausstreckt, graue Weidenkätzchen wurden gelb, die Blaumeisen waren fast heiser, vermutlich vor Freude, weil sie den Winter überstanden hatten. Der Dreiecksplatz war sonnig und hieß mich willkommen, als ich die Tulpen bei einer strahlenden Freu Neumann kaufte. Wie immer sah jede Frucht aus, als sei sie mit einem weichen Tuch poliert worden, und das Gemüse war in voller Pracht auf Kunstgras-Matten aufgereiht. Blumensträuße standen, in großen Eimern zusammengedrängt, auf dem Gehweg, und wenn man den Laden betrat, wurde man von diesem einmaligen unverwechselbaren ‚Grün-Duft' der Narzissen begrüßt. Ich zögerte, „verwöhnt durch zuviel Auswahl", wie meine Mutter gesagt hätte, und verweilte bei den prächtig leuchtenden Blumen, umrahmt von ihren derben grünen Blättern: Osterglocken, helle Narzissen, strammstehende holländische Tulpen in pink, weiß, briefkasten-(englisch)rot und ein letzter Strauß von federigen flammenfarbenen, auf die sofort meine Wahl fiel. Ich nahm den weißen Eimer mit in den Laden, stellte ihn auf einen riesigen Kartoffelsack und hielt ihn in der Balance, während ich wartete, weil wie gewöhnlich mehrere Leute, die offenbar viel Zeit hatten, vor mir standen.

Warum hatte ich nicht die Narzissen genommen? Sie würden mich zu sehr an meine Kindheit erinnert haben. Wie lange dauert es, solch eine Erinnerung noch einmal zu durchleben? Bei dieser Gelegenheit reichten dazu fünf Minuten, die Zeit, die Frau Neumann brauchte, um drei Kunden zu bedienen.

Während ich auf die glühenden Tulpen starrte, ging ich in Gedanken etwa vierzig Jahre zurück zu einem langen Besuch, den Mutter und ich in Balgonar machten. Es war ein Zwischenspiel oder, richtiger gesagt, ein

Zustand zwischen dem Ende ihres Daseins als geschiedene Frau und einem neuen Start, indem sie meinen Stiefvater heiratete. Wir hielten uns mehrere Monate in einem schönen, hochvornehmen privaten Hotel auf, das früher ein Landsitz gewesen war und nun eine ‚bessere Klasse' von irgendwie mittellosen älteren Intellektuellen beherbergte. Diese Feinheiten erkannte ich natürlich im Alter von sieben Jahren noch nicht; die Bewohner waren für mich nur unterhaltsam, exzentrisch und alle etwa hundert Jahre alt. Ich war dort das einzige Kind und wurde daher mit Aufmerksamkeit, Büchern, Puzzles und gelehrter Unterhaltung verwöhnt. Ein Andenken an der Wand meines Wohnzimmers ist ein Aquarell von Saline, dem von Balgonar aus nächsten Dorf, gemalt von Walter Brown, einem talentierten örtlichen Künstler. Er und seine Frau waren wahrscheinlich erheblich jünger als hundert Jahre, aber dennoch aus meiner Sicht ziemlich alt.

Schließlich wurde ich zur Dorfschule geschickt, wo ich mich außerordentlich langweilte, weil mich meine ehemalige Schule mich mit angemessenerer geistiger Anregung versorgt hatte. Doch ich hatte Gesellschaft von Gleichaltrigen, war in der Lage zu lesen, soviel ich wollte, mir wurde sogar erlaubt, den weniger Fortgeschrittenen laut vorzulesen. Wir lebten vom Frühling bis zum Sommer in Balgonar, weil meine Mutter und mein Stiefvater von dort aus im Juni heirateten.

Wieso es mir mit solcher Klarheit einfiel, war dieser Frühling, in dem ich in der Lage war, nach der Schule frei über das Grundstück des ‚großen Hauses' zu wandern, rostrote Pfade entlang, die mit Kiefernnadeln bedeckt waren, unter riesigen Tannen mit weicher Rinde, unten am See entlang, mit seinen Enten, die ruhig hin und her paddelten und das Brot verschmähten, das ich vom Frühstück aufgehoben hatte.

In diesem Frühling geschah es zum ersten Mal, dass mir Narzissen auffielen, weil sie die Ufer dieses Sees in verschwenderischer Fülle flankierten. Es hatte Gruppen gepflegter Blumenzwiebeln im Garten meiner Großmutter gegeben, aber dieses hier war völlig anders. Später, als ich Wordsworths ‚host of golden daffodils' (eine Riesenschar goldener Narzissen) hörte, wusste ich genau, was er damit ausdrücken wollte. Der ungeheuer große goldene Teppich rund um den See von Balgonar war so eine ‚host', die sich in der kühlen Märzbrise kräuselte und wiegte. Und mir war erlaubt, sie zu pflücken - mir wurde sogar aufgetragen, die Blumen zu schneiden und zu ordentlichen Sträußen zu binden! Für die Spences, die Eigentümer von Balgonar, war es von ritueller Bedeutung, die Krankenhäuser und Altenheime der Umgebung mit zahllosen Körben voller Blumensträuße zu beschenken.

Ich schwelgte in meinem Aussuchen und Schneiden und arbeitete mit einem erstaunlich stumpfen Messer, wurde aber trotzdem von Herrn Spence ermahnt, vorsichtig zu sein und mich nicht zu schneiden und: „Denke daran, dass der Saft dieser Blumen giftig ist, nimm sie deshalb nicht in den Mund!" Ich erinnerte mich daran, wie ich meine Entrüstung verborgen hatte. Wieso würde wohl irgendjemand Narzissenstiele in den Mund stecken? Ich war kein Baby, ich war schließlich sieben Jahre alt! Natürlich sagte ich das nicht laut und konzentrierte mich mit feierlicher Zufriedenheit darauf, die saftigen Lagen gelbköpfiger, dickknospiger Exemplare so perfekt in die weiten Körbe zu legen wie ich konnte. Seit diesem Tage, und das war es, was mir in dem Neumann-Geschäft passierte, bringt mich der grüne Frühlingsduft von Narzissen zurück in meine Kindheit zu diesem besonderen ungestörten Frühling, als ich das kleine glückliche Mädchen meiner Mutter war.

Paradoxerweise war dieses der Grund dafür, dass ich dreiundvierzig Jahre später am Geburtstag meiner Mutter keine Narzissen kaufen konnte. So nahm ich meine prächtigen Tulpen mit nach Hause, steckte sie in einen weithalsigen Krug mit viel eiskaltem Wasser, stellte sie auf meinen Schreibtisch links vom Computer und fuhr fort, die Geschichte aufzuschreiben, die mir vor einiger Zeit von Inge Neumann, der Gemüsehändlerin, erzählt worden war. Es war meine Art, des Geburtstages meiner Mutter zu gedenken, des ersten, an dem ich nicht persönlich mit ihr sprechen konnte.

„Meine Mutter bewunderte Blumen, eine nicht gerade ungewöhnliche Vorliebe, denken Sie vielleicht ..." - diese letzten Worte wurden nachdenklich von Frau Neumann hinzugesetzt, während sie Bindfaden rund um und zwischen Forsythien- und Weidenkätzchenzweige wand - „aber Mutter hatte eine sehr enge Verbindung zu allem, das blühte. 1930 heiratete sie meinen Vater in Essen, und sie lebten dort, bis der Krieg ausbrach. Vater arbeitete als Ingenieur für die Firma Krupp, und es ging ihnen finanziell sehr gut. Es war ein schönes Leben, ihr geräumiges Apartment in einem der Krupp-Häuser war ideal für die Familie, das heißt für meine Eltern, meinen Bruder und mich und den Papagei Mephisto." Sie lächelte in der Erinnerung. „Schrecklicher Vogel, wirklich, er war uralt und konnte fluchen wie ein Kavallerist. Meine Mutter hasste das und vermutete, dass mein Vater ihm das heimlich beigebracht hatte. Es erscheint merkwürdig, wenn ich das jetzt sage, aber das einzige, was ihnen fehlte, waren Blumen." Sie fing meinen fragenden Blick auf. „Die Wohnung war zu dunkel, als dass echte Blumen hätten dort wachsen können, so dass es dort nur einige Kakteen gab und den üblichen Strauß Schnittblumen für Geburtstage und besondere Gelegenheiten. Bei Tisch war es ein regelmäßiges Thema. Meine Mutter pflegte Messer und Gabel hinzulegen und zu seufzen: ‚Arthur,' (das war der Name meines Vaters), ‚Arthur, könnten wir nicht umziehen in eine Wohnung mit einem Balkon? Könnten wir nicht einen Schrebergarten haben?' Manchmal antwortete er gut gelaunt, zu anderen Zeiten sagte er ihr nur schroff, dass sie dafür das Geld nicht hätten, sie solle aufhören zu quengeln. Wenn er in guter Stimmung war, versuchte er, sie davon abzubringen, indem er von ihren geblümten Kleidern, Blusen und Schürzen sprach, von der Tapete im Schlafzimmer mal ganz abgesehen. Er wurde nie müde, Späße über Rosenkohl zu machen, wenn sie die dampfenden Gemüseschüsseln auf den Tisch stellte. ‚Hier sind schöne Blumen für dich, Leonore!' Und sie hasste seinen ungeschickten Humor. Wenn ich auf jene Zeit zurückblicke, wird mir klar, dass meine Mutter sich selbst als eine Art Dame betrachtete, wohingegen mein Vater Blumen, zum Beispiel, als überflüssigen Luxus ansah. Mephisto gehörte fast zu derselben Kategorie; sein Mini-Verdienst war, dass es sich bei ihm um ein Hochzeitsgeschenk von einem seefahrenden Onkel gehandelt hatte. ‚Verdammter fluchender Papagei', murmelte Vater, gerade laut genug, um Mutters Aufmerksamkeit wieder zu erregen. ‚Mephisto - heidnischer Name!' Bei diesem Zeichen von Zuneigung kreischte der Papagei unweigerlich, und Mutter wiederholte ihre Erklärung. ‚Arthur, weißt Du nicht, dass ‚Mephisto' der Name einer wichtigen Person in Goethes Faust ist?' (Nicht, dass einer meiner Eltern etwas von Goethe gelesen hätte). ‚Das ist schließlich ein Teil unseres kulturellen Erbes'. Und so ging es weiter. Sie wurden nie müde, sich im Teufelskreis dieses besonderen Themas zu bewegen."

Mehrere Kunden waren inzwischen in den Laden gekommen, und sie beteiligten sich mit Anekdoten und Kommentaren über Haustiere, Mephistopheles, Himmel, Hölle und allgemeine Philosophie an der Unterhaltung. Während der ganzen Zeit wog Inge Neumann Gemüse und Obst ab, packte die Waren in Tüten, gab Wechselgeld heraus. Als das Geschäft wieder leer war, begann sie sofort, Pyramiden von Äpfeln und Apfelsinen zu bauen.

Als sie zurücktrat, um ein in der Entstehung begriffenes Meisterstück aus Holsteiner Cox-Äpfeln zu begutachten, fuhr sie fort:

„Dann kam der Krieg, und Vater wurde eingezogen. Wir blieben in Essen, meine Mutter bekam zum Glück Arbeit bei Krupp, so kamen wir besser zurecht als die meisten anderen Leute. Dann wurden wir ausgebombt, der ganze Wohnblock verwandelte sich in einen Schutthaufen, aber an diesem Wochenende hatten wir zufällig eine Tante in der Nähe der holländischen Grenze besucht, so dass wir wiederum besser dran waren als die meisten anderen. Wir hatten sogar Wertgegenstände und Winterkleidung in das Haus meiner Tante gebracht. Mutter bestand darauf, in Essen in einem Zimmer allein zu bleiben, und daher wohnten mein Bruder und ich bis 1945 bei meiner Tante. Vater kam nicht zurück; wir nahmen an, dass er in Russland gestorben war."

Frau Neumann runzelte die Stirn, als sie Bündel von Bananen auf Haken spießte und sie an den polierten Rahmen über dem Ladentisch hängte.

„Mutter verhielt sich dabei sehr vernünftig, so sehr, dass es uns Kinder aufregte. Kinder können wirklich grausam sein; wir machten Mutter ständig Vorwürfe wegen, wie wir es empfanden, Mangels an Gefühl. Natürlich war das ein großer Irrtum. Sie musste realistisch sein, für alles sorgen und Geld für uns verdienen, aber wir beharrten auf unserer Meinung, bis sie eines Abends zusammenbrach. Sie saß in dem verschlissenen Sessel, den wir irgendwoher ,geerbt' hatten, und plötzlich drehte sie sich um, vergrub ihr Gesicht in der Sessellehne und schluchzte und weinte. Als wir es geschafft hatten, sie zu beruhigen, war alles, was sie sagte: ,Er ist nicht mehr hier, um seine verrückten Späße zu machen!' So vermieden wir es wie die Pest, Dinge zu erwähnen, die mit Blumen zu tun hatten. Nach einer Weile zogen wir hinauf in den Norden zu einem anderen Verwandten, Mutters Cousin, und dann gab es hier diesen Laden, der gerade leer stand."

Sie blickte mit dem Stolz des Besitzers um sich.

„Ja, diesen. Und Mutter sagte: ,Warum eröffnen wir nicht ein Gemüsegeschäft?' Und ich erinnere mich daran, als sei es gestern gewesen, dass ich sagte: ,Fein, aber nur, wenn wir auch Blumen zu verkaufen haben'. Sie stimmte zu, und wir haben es nie bereut, wirklich nicht. Ich meine, Mutter ist seit langem tot - sie fiel eines Morgens hinter dem Ladentisch einfach um, und das war es. Aber Dorothea und ich vertragen uns sehr gut - wieder: Mutter und Tochter."

Ich war die einzige noch verbliebene Kundin; die anderen hatten das Geschäft in verschiedenen Stadien von Frau Neumanns Erzählung verlassen. Der Verkehr summte an den drei Seiten des Platzes entlang, aber es war in dem Laden sehr ruhig. Inge Neumann polierte ihre Designer-Brille mit einem schneeweißen Taschentuch, setzte sie dann geschickt auf die Brücke ihrer Nase zurück und schnaubte einmal leise.

„So, meine Liebe, ist das alles?" Sie packte meine Einkäufe geschickt in eine grüne Tragetüte. Ich bezahlte, dankte ihr und ging. Erst, als ich anfing, zuhause die braunen Papiertüten herauszunehmen, entdeckte ich den duftenden Veilchenstrauß, der zusammen mit den Tomaten und Pilzen eingepackt worden war.

Kapitel 8

Erinnerung

Eine endlose Flucht von weiten teppichbelegten Stufen. Jemand stolpert und fällt. Ein Schrei, wenn auch nicht sehr laut. Schmerz? Furcht. Schweigen.

Hans und ich erreichten London an dem Tag zwischen Karfreitag und Ostersonntag. Er war von einem Seminar in Berlin direkt nach Heathrow gekommen, ich kam eine Stunde später von Hamburg aus an. Unsere Karrierefrau/Tochter Jane flog von Frankfurt aus ein, um sich uns anzuschließen. Wir planten, eine gute Zeit zu erleben, die Sehenswürdigkeiten auf uns wirken zu lassen, an den Abenden Kultur in Form der neuesten Filme, Musicals und desgleichen mehr zu absorbieren. Im Gegensatz zu Jane waren Hans und ich beide ein wenig überarbeitet und müde. Wie bei Männern üblich, wollte Hans es nicht zugeben, jedoch ließ er mir meinen Willen und studierte, da er nun einmal der perfekte Führer war, im Voraus Stadtführer und U-Bahn-Verbindungen, so dass die Prozedur, von A nach B zu gelangen, unkompliziert sein würde.

Im Hause meiner Schwester in Hertfordshire mussten Kästen und Schubladen voll mit Briefen, Fotografien und Dias aus dem Aktenschrank meiner Mutter gesichtet, studiert, darüber verfügt oder weggeworfen werden. Manchmal war es faszinierend, gelegentlich ermüdend, besonders für meine beiden Nichten von fast neun und fast zwölf Jahren. Warum hatten die vor uns Lebenden diese Dinge nicht in irgendeine Art von Ordnung gebracht, oder wenigstens Namen und Daten auf die Rückseiten von schnell verblassenden Schnappschüssen geschrieben? Wir wühlten uns durch Berge von Familiendokumentationen, bis wir müde waren und ich außerdem die alten Symptome der Vaterlosigkeit wieder spürte. Schließlich fanden wir eine Serie von kleinen Photos von unserer Mutter mit einem männlichen Begleiter. Bei genauerer Betrachtung waren es zwei verschiedene Männer, die entweder neben ihr standen oder saßen.

Einer dieser glatt gekämmten Männer mit Schnurrbart schien dem originalen jugendlichen Porträt zu entsprechen, das ich bei den Scheidungspapieren gefunden hatte. Er hatte ein langes Kinn, blasse Augen mit Brille und die dunklen, vollen Augenbrauen, die meine Kinder und ich als besonderes Kennzeichen tragen. So war also dieser Mann John C.? Es war irritierend, dass sie in den 1940er Jahren Photos aus großer Entfernung aufgenommen hatten, so dass die Leute winzig waren, nicht ganz klar umrissen und extrem schlecht zu erkennen. Sogar mit den heutigen Scannern und mit den Vergrößerungsmöglichkeiten sind die Ergebnisse kaum zufriedenstellend. An einem bestimmten Punkt, so gegen Mitternacht, entschloss ich mich, das sanfte Gesicht mit der randlosen Brille als das meines Vaters zu bezeichnen.

Das Haus meiner Schwester, das in einem großen Garten liegt und zu der Zeit voller Frühlingsblumen war, war ruhig gewesen, fast wie eine friedliche Wohnung in einem Roman von Jane Austen - das heißt, wenn man von der Kleintier-Menagerie einerseits und solchen Romanfiguren wie den Bennet-Töchtern und deren Mutter andererseits absieht. Im Vergleich dazu war London laut und hyperaktiv. Als Touristen hakten wir manches ab: Canary Wharf, Covent Garden, das Embankment, Leicester Square, China Town und ruhigere Ecken. Wir sahen *Die Mausefalle*, die schon seit fünfundvierzig Jahren gespielt wird, wir saßen hingerissen im Coliseum und hörten Glucks *Orpheus und Euridyce*: Fünf kompakte Tage lang erlebten und atmeten wir Großstadtluft. Das Britische Museum gaben wir als zu zeitverschlingend auf, nahmen jedoch am Mittwochmorgen die U-Bahn und gingen auf die Suche nach dem Büro des Zentral-Registers. Nachdem wir es sehr schnell gefunden hatten, entdeckten wir ein kleines Schild mit dem Hinweis, dass das Büro gerade in neue Räume in einer völlig anderen Gegend umgezogen war. Ich war nahe daran aufzugeben und notierte die Anschrift, damit ich brieflich Kontakt aufnehmen konnte, als Hans eine handgeschriebene Fußnote bemerkte:

Ein kostenloser Shuttle-Service fährt alle halbe Stunde ab ...Straße.

Wo? Um die Ecke - schnell! Es ist fast halb elf. Und innerhalb von Minuten hatten wir uns in einen Kleinbus gezwängt, der sich ruhig und vertrauensvoll in den brodelnden Verkehr einfädelte und uns wer-weiß-wohin brachte.

Die Räume des Zentral-Register-Büros waren superneu: blasse schlichte Holzmöbel, fleckenlose Teppiche, Reihen von Fenstern, auf denen ein Film von ‚Neubau-Staub' lag. Im Eingangsbereich wurden wir höflich gebeten, unsere Taschen kontrollieren zu lassen, dann konnten wir durch weite

Räume mit Regalen und taillenhohen Lesepulten wandern. Es hätte eine moderne Bibliothek sein können außer der Tatsache, dass die Bücher alle einheitlich gebunden waren und Hauptbuch-Format hatten. Von der Decke hingen Zeichen an Ketten wie Richtungsweiser in Supermärkten, die einem helfen, Konserven oder Reinigungsmaterialien zu finden. In diesem stummen Büro gab es jedoch nur drei Kategorien: Geburten in grünen Einbänden; Eheschließungen in roten Einbänden; Sterbefälle in schwarzen Einbänden. Jede Abteilung von Regalen enthielt Bücher, die alphabetische Verzeichnisse in vierteljährlichen Abständen waren. Ich starrte auf Reihe für Reihe ordentlicher schwarzer Bände und bat Hans und Jane, mir zu helfen, die entsprechenden durchzusehen, um herauszufinden, ob mein Vater tot war.

Während ich diese Dinge niederschreibe, beginnt mein Herz, ungleichmäßig zu schlagen, sogar jetzt noch. Die komplexe bange Suche war so einfach geworden. Für die kürzeste aller Sekunden überlegte ich, ob ich nicht lieber in dem jetzigen Zustand der Unkenntnis bleiben sollte. Wollte ich wirklich unwiderruflich wissen, was aus John D. Colbourne geworden war? Ja. So nahm sich jeder von uns eine Reihe großer schwarzer Bücher vor. Wir begannen 1950, in dem Jahr, in dem die Scheidung meiner Eltern ausgesprochen wurde, zu einer Zeit also, als mein Vater mit Sicherheit noch lebte.

Innerhalb von zwanzig Minuten hatte ich eine Eintragung gefunden: *John D. Colbourne, zweites Vierteljahr 1959. Kettering, 45 Jahre alt.*

Die knappe Information passte, und ich beantragte eine Sterbeurkunde und setzte dabei den Mittelnamen Dollan ein. Die Regeln sind einfach: wenn die zusätzliche Information, die durch den Suchenden eingegeben wird, stimmt, wird die Urkunde erstellt und ausgehändigt. Ich bat um den erheblich teureren 24-Stunden-Service, bezahlte die Gebühr, und wir verließen schweigend das Gebäude. Ich war starr, empfindungslos. Hans hatte mich eingehakt, und mit Jane an meiner anderen Seite gingen wir zur nächsten U-Bahnstation nach Kew Gardens wie geplant.

Wenn ich jetzt versuche, es zu beschreiben, sehe ich uns in dem nächsten Bild, das mein Gedächtnis gespeichert hat, vor dem Palmenhaus in Kew sitzen und über eine Fläche von sich bewegenden pinkfarbenen Primeln mit prächtig kontrastierenden blauen Hyazinthen blicken. In kurzen Abständen flogen Flugzeuge über uns hinweg, vermutlich, um in Heathrow zu landen. Es kam mir vor, als ob sie im Fluge sanken, nicht stiegen. Leute aller Altersgruppen, Typen und Farben schlenderten vorüber, einige mit Handstöcken, Schirmen, mit Körben, Rucksäcken, Zeitungen, Büchern, Reiseführern, Kameras oder nur mit Lunchpaketen, wie wir sie hatten. Ich höre noch die selbstgefällige Stimme einer älteren Dame, die im East Midland-Dialekt ihren Mann informierte:

„Das Blau jener Hyazinthen ist zu dem Rot der Primeln die perfekte farbliche Abstimmung, nicht wahr?"

Der Tag wurde größtenteils so verbracht, wie wir geplant hatten; wir genossen Kew, Leicester Square und erledigten hier und dort Einkäufe. Während ich an allem teilnahm, dachte ich fortwährend über die Eintragung nach. Der Mann im Register war sehr wahrscheinlich mein Vater. Ich konnte nicht entscheiden, ob ich mir wünschte, dass es so wäre, oder nicht. Gewissheit war es, wonach ich mich sehnte. Natürlich wäre es besser, eine andere Chance zu haben, den ‚richtigen' John D. Colbourne zu finden, nicht in einem schwarzen Buch, sondern lebendig und gesund. Der Name war sehr ungewöhnlich, und es bestand daher eine hohe Wahrscheinlichkeit dafür, dass diese Person mein Vater war.

Ich ging zum Schalter im Büro des Zentralregisters und gab meine Quittung über die bezahlten Gebühren für den Antrag Nr. 597/98 ab. Eine stämmige asiatische Dame unbestimmbaren Alters blätterte in einem Ordner, lächelte nett und gab mir ein Dokument.

Beglaubigte Kopie einer Sterbeurkunde

Register-Bereich:	*Northampton 1959*
	Todesfall im Stadtteil Northampton III in der Grafschaft Northampton
Wann und wo gestorben:	*Männliche Leiche am 16. Mai 1959 im Fluss Nene bei Northampton gefunden*
Name und Vorname:	*JOHN DOLLAN COLBOURNE*
Geschlecht:	*männlich, 45 Jahre alt*
Adresse:	*1 Chaucer Road, Kettering*
Beruf:	*Zeichner*

Todesursache: *Ersticken verursacht durch Ertrinken.*
Selbstmord im Zustand von Unzurech-
nungsfähigkeit
Attest erhalten von A.S. ..., Stellvertretender Untersuchungsrichter
der Grafschaft Northampton.
Gerichtsverhandlung zur Feststellung der Todesursache gehalten am
19. Mai 1959

„Mein Vater ist tot." Die vier Worte wiederholten sich von selbst ungebeten in meinem Kopf, als wenn ich versuchte, mir schwer zu behaltende Vokabeln in einer fremden Sprache einzuprägen. Die Bedeutung war klar, aber das notwendige Grundverständnis fehlte. Hans und Jane waren geduldig, ließen mich die Zeilen der Urkunde wiederholen, so oft ich es wollte, obgleich sie sie selbst gelesen hatten; sie hörten meinen Fragen zu, so unfähig wie ich selbst, sie zu beantworten. Ich vergoss ein paar Tränen, ohne die Gefühle zu verstehen, die sie auslösten. Traurigkeit, Enttäuschung, Zorn, Resignation, Entsetzen, Verwirrung - das alles zusammen verursachte meine Reaktion. In meinem Hotelbett in London träumte ich, dass ich immer noch nach Hinweisen über den Verbleib John Colbournes suchte; jede Station erreichte ich gerade etwas zu spät, um dann sanften Gesichtern und anonymem Kopf.

Es war merkwürdig, dass das Sightseeing während des Tages bald ausreichende Ablenkung brachte, so schien es jedenfalls, denn wir besuchten Covent Garden, verbrachten Stunden in Buchgeschäften, spazierten am Embankment entlang, genau wie wir geplant hatten, scherzten, verhielten uns wie wohlerzogene Touristen. Es gab einen erschreckenden Vorfall, als ich die Damentoilette bei Harrods aufsuchte, nur um zu entdecken, dass mich dieses Privileg ein Pfund kosten sollte, und ich hatte keinerlei Kleingeld. Ich geriet unverhältnismäßig stark in Panik (mein Bedürfnis, ein Pfund auszugeben, verflüchtigte sich zum Glück), ging zitternd zu Hans und Jane zurück und verlangte, dass wir sofort das Geschäft verlassen sollten. Als ich fähig war, über meine Reaktion nachzudenken, erkannte ich, dass ich für einen Moment desorientiert gewesen war. Die glanzvolle Aufmachung des Geschäftes und die luxuriösen Gegenstände, die auf jeder sichtbaren Fläche ausgebreitet waren, wurden trivial bis zur Obszönität, wenn man sie mit dem Bild eines geistig gestörten Mannes verglich, der tot im Wasser lag, das sicher zur Frühlingszeit sehr kalt gewesen war. Wenn unsere Reaktionen schneller sind als unsere bewussten Gedanken, kann das schon sehr erschreckend sein.

Bevor wir London verließen, nutzten wir die Gelegenheit, noch weitere Informationen vom Zentralregister zu beziehen, indem wir die roten Bücher aus den Jahren 1950 bis 1959 durchsahen. In dem Buch, das mit ‚1. Quartal 1955' bezeichnet war, fand ich die Eintragung‚‚ die später durch eine Kopie der Heiratsurkunde vervollständigt wurde:

Bereich Kettering in der Grafschaft Northampton
26. März 1955
John Dollan Colbourne,
44 Jahre alt, vorherige Ehe geschieden, Drucker
I Chaucer Road, Kettering,
Vater: John Colbourne (verstorben), Beruf des Vaters: Schiffsinspektor
mit:
Catherine May Jarvis, 46 Jahre alt, ledig, Büroangestellte
I Chaucer Road, Kettering,
Vater: James Henry Jarvis, Beruf des Vaters: Eisenbahn-Angestellter,
im Ruhestand
Zeugen der Eheschließung waren Grace Mary Kathleen Pierce und
James Henry Jarvis

Diese Entdeckung war ein unerwarteter Trost. John C. hatte es geschafft, nach allem noch einmal neu anzufangen. Dann erinnerte ich mich wieder an die düstere Tatsache, dass die Ehe nach etwas über vier Jahren mit seinem Selbstmord geendet hatte. Gab es noch weitere aussichtsreiche Pfade, denen man folgen konnte? Wenn man das Alter von Catherine und John C. in Betracht zog, erschien es unwahrscheinlich, dass sie Kinder gehabt hatten. Jedoch beschlossen wir, uns zu vergewissern.

Nach dem Durchsuchen der grünen Geburtsbücher zwischen 1955 und 1960 waren wir enttäuscht. Catherine und John Colbourne hatten keine Nachkommen gehabt. Es gab also keine Halbbrüder oder -schwestern. Es war das Ende der Linie, Stammbaum-Ast oder -zweig. Ich hatte alles erfahren, was es herauszufinden gab. Aber hier irrte ich mich.

Der London-Urlaub war vorbei. Jane war zurück in Frankfurt, Hans erst mal wieder in Berlin, ich war zurück in Kiel. Leben und Beruf wie normal. Ich lebte in unserem komfortablen Haus mit Peppi, meiner gebieterischen getigerten Freundin, ging meiner Arbeit in der Schule nach und fuhr fort, den Platz zu besuchen, meine Wahlheimat.

Frau Wang hieß mich willkommen, als wenn ich auf einer langen beschwerlichen Weltreise gewesen wäre. Ja, ich war wohlauf, und wie ging es ihnen? „Mein Mann für zehn Tage in Hongkong. Dinge zu tun, bevor China übernimmt. Nun zurück. Mein Mann Kiel Bahnhof, dann in Küche. Müde?"

Die Frage stellte sie vor Überraschung über meine Annahme, ihr Mann müsse sich vor der erneuten Arbeit in der Küche erst einmal ein wenig von seiner Reise erholen. „Nein, mein Mann glücklich im Restaurant!" Und so schien es wirklich zu sein, denn Herr Wang kam von irgendwo aus dem Hintergrund, und wir führten eine kurze Unterhaltung über China Town in London. Er strich abschließend über seine weiße Schürze.

„Touristen-Gerichte! Zu teuer, aber gutes Geschäft, natürlich." Er lächelte, aber in seinen Augen lag ein Scharfsinn, der den Unternehmer hinter dem Koch verriet. „Sie haben gute Zeit in London?" Und wir drei plauderten leichthin, während ich meine würzige Gemüsesuppe trank. Ich erwähnte Catherine und John nicht, es wäre zu kompliziert gewesen, und welchen Sinn hätte es gehabt? Gerade als ich im Begriff war zu gehen, kam die ältere Tochter der Wangs aus der Schule zurück, ein großes, kräftig gebautes Mädchen von siebzehn Jahren, das fast keine Ähnlichkeit mit seinen feingliedrigen Eltern hatte. Sie winkte mir mit schelmischem Grinsen zu, ein Gesichtsausdruck, der auf ihren Vater und ihre Mutter sehr fremdartig gewirkt haben musste. Frau Wang sprach mit ihrem Mann, dann mit ihrer Tochter in harschem Kantonesisch, aber es konnte kein Verweis gewesen sein, denn bei den letzten Worten streichelte sie leicht über ihre Wange. Die drei Wangs drehten sich um, um mich strahlend und vertrauensvoll anzusehen. Ich konnte nur ihr Lächeln erwidern, hatte jedoch keine Ahnung, was vorging. Die stattliche Tochter, deren Namen ich noch nicht gelernt hatte, begann, in perfektem Deutsch für mich zu übersetzen:

„Mein Vater sprach mit meiner Mutter, meine Mutter hat mit mir gesprochen und mich ersucht, Sie um einen Gefallen zu bitten. Würden Sie irgendwann, das heißt, wenn Sie nicht so viel zu tun haben, es ist wirklich nicht dringend; nun, könnten Sie unsere Speisekarte ins Englische übersetzen?" Als es offensichtlich war, dass sie die Kernfrage stellte, verbeugten sich ihre Eltern mit niedergeschlagenen Augen und warteten auf meine Antwort.

„Natürlich! Geben Sie sie mir jetzt mit, ich werde zwischendurch daran arbeiten und sie Ihnen so bald wie möglich zurückgeben."

„Keine Eile, bitte, keine Eile!" Frau Wang legte demütig ihre Hand auf meinen Arm. Schließlich wurde Herr Wang überredet, mir eine Mini-Version der deutschen Liste der Gerichte, sämtliche 104!, zu geben, und ich hatte etwas, womit ich auf dem Computer spielen konnte, das mehr Sinn hatte, als nach einem langweiligen Arbeitstag endlos elektronische Patiencen zu legen.

Als ich dabei war, einen Teil der langen Liste schmackhafter kulinarischer Schöpfungen zu tippen, dachte ich über Wangs nach. Überall am Dreiecksplatz hatte ich Familiengeschichten und Anekdoten gehört, Geschichten von Freude und Leid, die mir immer wieder einfielen, wenn ich meine regelmäßigen Besorgungen machte. Wangs jedoch waren konsequent verschwiegen im Zusammenhang mit ihrer Vergangenheit, obgleich wir in einem beinahe freundschaftlichen Verhältnis zueinander standen, das aus unveränderlicher Höflichkeit und Freundlichkeit entstanden war. Es gab natürlich das Sprachproblem und die Tatsache, dass sie kaum Zeit hatten um herumzusitzen und zu plaudern. Als ich irgendwann zur Mittagszeit meine Zeitung gelesen hatte, hatte ich Herrn Wang einen Artikel über Hongkong gezeigt. Es war einige Monate, bevor es unter chinesische Verwaltung zurückkehren sollte.

Herr Wangs Reaktion war vorsichtig gewesen. Er erklärte, dass er in Hongkong geboren war, während seine Frau und seine Kinder in China geboren wurden, und das sei kompliziert gewesen. Ich fühlte, ich hatte nicht das Recht, weiter zu bohren und zu fragen. Die Wang-Töchter waren weniger als zwanzig Jahre alt, Frau Wang war in den späten Dreißigern oder frühen Vierzigern; Herr Wang war möglicherweise etwa zehn Jahre älter. Hatte es politische Verfolgung gegeben? Hongkong war eine britische Kronkolonie gewesen, die 1898 für 99 Jahre von China gepachtet worden war. Das konnte sicherlich nicht von direkter Bedeutung sein. Als ich dann eine Chronik aus den vierziger Jahren durchblätterte, fand ich einen möglichen Hinweis auf vergangene Unannehmlichkeiten oder eine Tragödie. Am Weihnachtstag 1941 hatte die 6000 Mann starke Garnison der britischen Kronkolonie Hongkong bedingungslos vor den Japanern kapituliert. Der Gouverneur erklärte: „So endet eine große Schlacht gegen eine gewaltige Übermacht." Und die Japaner hatten, wenn ich mich richtig erinnerte, bereits 1937 China überfallen und waren dort eingedrungen, wobei von entsetzlichen Grausamkeiten berichtet wurde. Hatte Herrn Wangs Familie gelitten? Einmal hatte er von der Flucht seines Vaters nach Hamburg in den 1950er Jahren gesprochen, und ich hatte geglaubt, es sei eine überdramatische Beschreibung seiner Auswanderung. Seine Mutter war schon tot, seine Brüder und Schwestern ... , er hatte seinen Satz nicht beendet. Interessant für einen Zuhörer wie mich, aber Herr Wang hatte seine Geschichte nicht fortsetzen wollen und begonnen, von den Fortschritten seiner Tochter beim Erlernen der Mandarin-Sprache hier in Kiel zu sprechen. Ich kannte ihre Lehrerin, eine lebhafte, aufgeschlossene Dame, die Chinesisch an der Schule unterrichtete, so sprachen wir über dieses und das und waren, soweit es unsere Unterhaltung betraf, zurück auf sicherem Boden.

Kapitel 9

Erinnerung

Wie jeder Brite über zwanzig Jahre, der im Ausland lebt, zugeben wird, kann eine Welle von Nostalgie über ihm zusammenschlagen, wenn er eine Aufzeichnung vom Glockengeläute einer Gemeindekirche hört, das ihn dann wiederum an die Freude über Sonntagszeitungen erinnert.

Ich vermutete, dass das Kapitel über John Dollan Colbourne geschlossen war. Ich besaß seine Geburtsurkunde, seine Heiratsurkunde mit meiner Mutter, Isabel Millar Colbourne geborene Thomson, seine Heiratsurkunde mit Catherine May Colbourne geborene Jarvis und seine Sterbeurkunde. Warum zögerte ich dann so sehr, das Buch seines Lebens zu schließen? Ich konnte es nicht sagen und kann es, wenn ich zurückblicke, immer noch nicht. Vielleicht war es einfach so, dass ein versöhnlicher Charakterzug fehlte, irgendetwas Positives, das eine Verbindung zwischen ihm und mir hergestellt hätte, etwas, das mir erlaubt hätte, diesen unbekannten schattenhaften Vater zu akzeptieren oder sogar zu mögen.

Bei Hans' nächstem kurzen Besuch aus Berlin erforschten wir die Möglichkeiten des Internets. Wir riefen Großbritannien auf, dann Kettering, zoomten dann zum Northamptonshire County Council - Erziehungswesen und Büchereien. Es war etwa 8.00 Uhr abends nach deutscher Zeit, in Kettering also eine Stunde früher, daher eine gute Zeit, eine Bücherei anzurufen und um Informationen über mögliche Archive zu bitten. Ich hatte Glück. Ja, sie hatten Zeitungsberichte, die bis in die 1950er Jahre zurückreichten, und ja, sie würden mir jede Information zusenden, die sie finden könnten; ich solle ihnen nur einen erklärenden Brief schicken.

Innerhalb von zehn Tagen erhielt ich ein dickes Paket Kopien von Zeitungsausschnitten und einen hilfreichen Begleitbrief, in dem der Bibliothekar mir vorschlug, mich wegen weiterer Berichte an den Untersuchungsrichter zu wenden. Dies erwies sich später als fruchtlos, was gut gewesen sein mag, weil die Zeitungsberichte aufschlussreich genug waren. Diese waren sorgfältig in chronologischer Folge ausgeschnitten.

1. *Northampton Chronicle and Echo*, 16. Mai 1959
Leiche im Fluss gefunden
Die Polizei barg heute die voll bekleidete Leiche eines Mannes, vermutlich mittleren Alters, in der Nähe der Schleusen am Becket's Park aus dem Fluss Nene. Später bemühte man sich,, die Identität des Mannes anhand persönlicher Gegenstände, die bei der Leiche gefunden wurden, festzustellen. Die Leiche, die vermutlich mehrere Tage im Wasser gelegen hatte, wurde ins Leichenschauhaus der Northampton Borough Polizei gebracht.

2. *Northampton Chronicle and Echo*, 18. Mai 1959
Leiche im Nene identifiziert
Die Leiche des Mannes, der am Sonnabendmorgen an den Schleusen am Becket's Park aus dem Fluss Nene geborgen wurde, wurde als der des John Dollan Colbourne (49), eines Zeichners, der in Kettering in der Chaucer Road wohnte, identifiziert. Er war verheiratet. Der Untersuchungsrichter von Northampton Borough (Mr. T.F.) wird morgen Abend eine Gerichtsverhandlung zur Feststellung der Todesursache abhalten.

3. *Kettering Leader and Guardian*, 22. Mai 1959
Untersuchungsergebnis
Der Northampton Deputy Coroner stellte bei der Untersuchung des Todes von Herrn John Dollan Colbourne Selbstmord durch Ertrinken infolge von geistiger Unzurechnungsfähigkeit fest. Er wurde am Sonnabendmorgen am Becket's Park im Fluss Nene gefunden.

4. *Kettering Leader and Guardian*, 23. Mai 1959
Alkoholiker tot im Fluss Nene gefunden
Das Urteil ‚Selbstmord durch Ertrinken' verursachte großes Leid für Frau Catherine Colbourne, die Witwe von John D. Colbourne, dessen Leiche in der letzten Woche aus dem Nene geborgen wurde. Er war Alkoholiker, der während der letzten Jahre mehrfach zur Behandlung in der Klinik war, wie Frau Colbourne sagte. Er hatte Medikamente erhalten, die Depressionen verursachten; vermutlich haben diese ihn zu dem Entschluss gebracht, sich das Leben zu nehmen.

Weit entfernt davon, mir irgendwelche versöhnlichen Charakterzüge meines Vaters zu offenbaren, brachte mir diese Bestätigung dessen, was

95

ich schon wusste, nur noch einmal den Schrecken seines Endes vor Augen. Wie hatte Catherine, seine Witwe, das Geschwätz und die Kommentare ertragen, die sie zu hören bekam, als die Bekannten und Nachbarn die Zeitungen lasen? Wenn Alkoholismus noch heute, in unserer aufgeklärten Zeit, ein Stigma ist, welche Bedeutung hatte er dann in den vergleichsweise uninformierten 1950er Jahren? Hatte Catherine ihn betrauert, ihn bemitleidet, ihn verachtet, ihn geliebt? Ein nebelhaftes Bild dieser Frau begann sich in meinem Gehirn zu formen. Und in welchem Verhältnis stand sie zu mir - war sie ein Niemand oder eine Stiefmutter? Was hatte die ganze traurige Angelegenheit mit mir zu tun? Aber ich konnte nicht aufhören; ich dachte über meine Mutter, meinen Vater und Catherine nach, betrübt über die begrenzte endgültige Information. Ich erwog sogar, nach England zurückzugehen, um weitere Ermittlungen anzustellen, kapitulierte dann aber dankbar vor der Menge meiner Arbeit. Wenn ich keine Zeit hatte, musste ich es so gut sein lassen. Ich würde alles wegpacken und später darüber nachdenken und mir Sorgen machen - wann immer das auch sein mochte. So stürzte ich mich in lange Bürostunden, vermehrtes Unterrichten, mehr Tutoren-Arbeit, spezielle Diskussions-Gruppenarbeit über weitergehende Ausbildung. Ich erkenne nun, was ich damals nicht im entferntesten bemerkte - ich war gewillt, alles zu tun, um meiner neu entdeckten Vergangenheit zu entfliehen.

Diese Arbeitssucht war neu und angenehm effektiv. In diesem Frühjahr war mir jede Form von Privatleben erst in zweiter Linie wichtig, und ich ging nur mit Freunden aus, wenn ich regelrecht dazu gezwungen wurde, ich schob dringende Termine vor, um keinerlei gesellschaftliches Leben führen zu müssen. Es war einfacher, den ganzen Tag über hart zu arbeiten, abends fernzusehen - ich hatte inzwischen sogar ein kleines Fernsehgerät in der Küche installieren lassen -, während ich die nötigen Hausarbeiten machte, und dann ins Bett zu gehen, wo ich so lange in meiner jeweiligen Nachtlektüre las, bis mir das Buch aus den kalten Fingern fiel. Es war egal, was ich las, denn am nächsten Abend hatte ich den Inhalt der Geschichte und die Personen wieder vergessen. Ich fiel in tiefen Schlaf, sobald ich das Licht ausschaltete, nur um mit solcher Intensivität zu träumen, dass ich sofort danach wieder aufwachte wie jemand, der eingenickt ist, während Musik spielt, und jäh wieder erwacht, wenn sie endet.

Farley Grange entsprach überhaupt nicht dem, was ich erwartet hatte. Nicht, dass ich so viel Erfahrung gehabt hätte mit - ja, womit genau, Pflegeheimen, Altenheimen, Heimen für Senioren? Am Eingang der Einfahrt stand lediglich ein glänzendes dunkles, hölzernes ca. 90 Zentimeter breites Schild mit dem Namen ‚Farley Grange' in erhabenen weißen Buchstaben. Die auf einem Zementsockel an der linken Seite des doppeltürigen Eingangs angebrachte Platte mit dem nächsten Hinweis wiederholte den Namen und bot in kleineren grauen Buchstaben weitere Information: ‚Betreutes Wohnen. Medizinische Versorgung, wenn erforderlich. Alle Altersgruppen willkommen.' Lag es an mir, oder klang es wirklich ein wenig nach Charles Dickens? Ich hatte mir so einen Ort als aus alten Gebäuden in gedämpften Farben bestehend und von Kiefern und anderen immergrünen Pflanzen umgeben vorgestellt. Vermutlich war dieses Klischee bei mir durch gewollt humoristische Fernseh-Situationskomödien entstanden. Meine Wangen wurden warm, als mir meine eigene Ignoranz bewusst wurde. Dieses L-förmige Gebäude hatte cremigweiße Rauputz-Wände, Fensterrahmen aus mattem Naturholz, das einen reizvollen Kontrast zu den polierten Scheiben bildete, und über dem Eingang hatte es einen runden zierenden Balkon, auf dem Kübel mit roten Geranien und königsblauen rankenden Lobelien standen. Es wirkte ein wenig wie eine Pseudo-Mischung aus Kolonial- und nordischem Stil, aber trotzdem ansprechend. Niemand war zu sehen. In Filmen wären auf den gepflegten Rasenflächen Persil-weiß uniformierte Schwestern und Pfleger zu sehen gewesen, die schwache aber lächelnde ältere Bewohner in - waren es Badestühle? - nein, in den neuesten Kassen-Chrom-Rollstühlen schoben oder zogen. Oder sie halfen den Rüstigeren, ihre Gehwagen so gut wie möglich zu benutzen. Etwas, das eine Schwester, ich glaube, ihr Name war Angie, während der letzten Tage meiner Mutter gesagt hatte, kam mir in den Sinn:

„Nun, wissen Sie, meine Liebe, wenn das Bein Ihrer Mutter amputiert werden muss, wird alles sehr gut gehen! Sie kann mit Hilfe eines Gehwagens umherhüpfen; kein Problem, weil sie leicht ist wie ein Spatz." Möglicherweise hätte Angie recht behalten, aber ich hatte meine Zweifel. Egal, es kam niemals dazu. Sie starb neun Tage, nachdem ‚das Bein' (das linke) ordentlich und unwiederbringlich entfernt worden war. Musste ich ausgerechnet jetzt daran denken......?

Was wäre, wenn Catherine.....? Also, was wäre, wenn Catherine Colbourne sich mit einer Gehhilfe bewegen müsste?

Es würde mir nichts ausmachen.

Eine Frau mit sanftem Gesicht und einem pink-weiß gestreiften Kittel bittet mich in einen kühlen, irgendwie spartanisch eingerichteten Wohnraum mit einem riesigen Fernsehgerät am anderen Ende. Sie wird ‚unsere Catherine‘ sofort holen, und sie verschwindet mit langen ruhigen Schritten. Soll ich stehen bleiben oder mich setzen? Wird die alte Dame in der Lage sein, mich zu sehen oder zu hören? Ich hätte mir keine Sorgen machen müssen. Eine überraschend große Dame mit geradem Rücken betritt den Raum, ohne Hilfe und mit gütigem Lächeln und einer ausgestreckten Hand. Sie ist in keiner Weise irgend jemandem ähnlich, den ich bisher getroffen habe; sie ist eine völlig Fremde, und ich bin darüber außerordentlich froh.

„Sie müssen - Laura sein?“ In ihrer Altstimme ist ein sehr entferntes, schwaches Zittern hörbar.

„Ja“, ich muss mich räuspern. „Ja, und Sie sind Frau Catherine Colbourne? Ich freue mich sehr, Sie kennen zu lernen. „Die Haut ihrer Hand ist weich, ihr Griff ist fest trotz der Arthritis, die ich dann später bemerke. Wir setzen uns in olivgrüne Sessel im Erker und beginnen, uns zu unterhalten.

Ich hatte vor einigen Wochen einen langen vorsichtigen Brief an Catherine Colbourne geschrieben, in dem ich versucht hatte, den Hintergrund für die Suche nach meinem Vater zu erklären, an deren Ende ich entdeckt hatte, dass er tot war. Vor dem Abschicken des Briefes hatte ich Fräulein Pringle, die Leiterin von Farley Grange, angerufen und sie um ihren Rat gebeten. Amy Pringle konnte mir versichern, dass Frau Colbourne mit höchster Wahrscheinlichkeit in der Lage sein würde, mit solchen unerwarteten Neuigkeiten fertig zu werden. Sie hatte leichte Schwierigkeiten mit ihrem Kurzzeitgedächtnis, war aber für neue Dinge und neue Menschen sehr aufgeschlossen. Ja, sie hatte ihren Ehemann erwähnt und auch die Tatsache, dass er Selbstmord begangen hatte; es war in der Grange allgemein bekannt. Diese Bezeichnung erschien mir viel besser als ‚das Heim‘. Für Catherine, wie sie von allen genannt wurde, war das Schreiben wegen ihrer schweren Arthritis sehr schmerzhaft; sie hatte deshalb sie, Amy, gebeten, mir für meinen Brief zu danken und mich zu fragen, ob ich sie nicht besuchen wolle. Offensichtlich hatte Catherine die Tatsache übersehen, dass ich nicht in der Nähe in England lebte.

Catherines jetzigen Wohnort herauszufinden, war nicht so kompliziert gewesen wie Teile der Suche nach John C. Nachdem ich ihre Anschrift notiert hatte, leistete ich Detektivarbeit. Vielleicht wäre das meine wahre Berufung im Leben gewesen - ein damenhafter Philip Marlow oder - das Unerreichbare - ein Blaustrumpf-Inspektor Morse. Warum hatte Colin Dexter bis jetzt nicht entschieden, für diesen reizenden mürrischen Charakter eine Frau zu finden und sie als Romanfigur zu behalten? Ich wäre ihm mit der größten Inbrunst gefolgt. Dieses war jedoch nicht die Aufgabe des Augenblicks. Ich drehte mich um, um Catherine zu sehen und mit ihr zu sprechen. Sie war nirgendwo zu sehen.

Statt dessen starrte ich ins Dunkle. Der wohlbekannte Raum beruhigte sich, und es war eine große Erleichterung für mich, Peppis samtige Nase zu fühlen, die meine Hand anstieß. So sollte mein Interview mit Catherine niemals stattfinden, außer vielleicht in einem weiteren Traum.

Das Syndrom des Nach-Strohalmen-Greifens war immer noch da. Als eine meiner Studentinnen erwähnte, dass sie für eine Woche nach England ginge, und fragte, ob es etwas gäbe, das sie mir mitbringen könne, sagte ich ihr, dass ich mich über einige Adressen und Telefonnummern aus den *Gelben Seiten* freuen würde. Welche Gegend? Kettering. Kein Problem, sie sei in der Nähe und würde bei Kirchen und Bestattungsunternehmern nachfragen. Nach dem Ende des Unterrichts schrieb ich die infrage kommenden Namen in Blockbuchstaben auf die Rückseite eines Briefumschlags, und Petra nahm diese Informationen an sich. Ich legte ihr nahe, sich deshalb keinen zu großen Unbequemlichkeiten auszusetzen und war daher nicht sehr zuversichtlich, irgendwelche Resultate zu erhalten.

Einige Abende später rief Petra an mit Neuigkeiten: sie hatte entdeckt, dass Catherine Colbourne erst fünf Jahre vorher im Alter von 83 Jahren verstorben war. Ich hatte sie nur um einige Jahre verfehlt! Sollte sie sich noch nach weiteren Dingen erkundigen? Ja, könnte sie herausfinden, wo mein Vater und Catherine beerdigt waren? Am nächsten Morgen rief Petra zurück und sagte mir, dass es keine Spur vom Grab meines Vaters gäbe, jedoch hatte sie die Verantwortlichen dazu gebracht, ihr den Namen der Person zu geben, die für die Beerdigung der Catherine Colbourne verantwortlich gewesen war. Bei ihrer Rückkehr am Montag würde sie mir Namen, Anschrift und Telefonnummer geben.

Bevor wir uns verabschiedeten, sagte Petra: „Weißt du, etwas ist merkwürdig, direkt unheimlich. Ich ging in das Büro der Stadtverwaltung, um mich nach deinem Vater zu erkundigen, und als die Dame seinen Namen heraussuchte und die Eintragung las, sagte sie: ‚Welch ein Zufall meine Liebe, heute ist der 13. Mai, der Tag, an dem der Herr, nach dem Sie fragten, starb.‘ Und mir wurde ein wenig weich in den Knien.“ So erging es mir auch.

Als ich den Hörer hinlegte, konnte ich meine Reaktionen auf diese unerwartete Entwicklung nicht so recht einordnen; ich konnte nur zur Kenntnis nehmen, dass das Ende der Suche noch nicht gekommen war.

Petra reichte mir ein dünnes, kirschrotes Informationsheft über Kettering und Umgebung. Sie war zu der Adresse gegangen, die in den diversen Urkunden erwähnt worden war, und hatte sie im Stadtplan markiert. In der Mitte des Büchleins lag ein kleines Blatt Papier mit den Worten: ‚Frau Margaret Brotherton‘, ihre Anschrift und Telefonnummer.

„Du wirst zu dieser Dame Verbindung aufnehmen, nicht wahr?“ Petra winkte mir zu, als sie den Raum verließ, ihre Englischbücher unter dem Arm. Natürlich würde ich, aber ich war nervös und musste erst einmal den für mich richtigen Moment dazu finden. Als ‚mein Moment‘ kam, meldete sich niemand am Telefon, weder an diesem Abend noch bei den drei folgenden Versuchen. So war es nicht das sprichwörtliche dritte sondern das fünfte Mal, bei dem ich Glück hatte, bei dem eine klare Stimme zu mir sprach.

„Hallo?“ Eine Pause, um meiner eiligen Erklärung zuzuhören, dann erstaunlicherweise: „Ja, hier ist Margaret Brotherton, und ja, ich kannte Ihren Vater...“

Ob Frau Brotherton meinen lauten schweren Herzschlag hören konnte? Ich war außerordentlich froh darüber, auf einem niedrigen Stuhl neben dem Telefon zu sitzen und versuchte, mich durch langsames und gleichmäßiges Atmen zu beruhigen. Später sollte mir klar werden, wie ungewöhnlich Frau Brothertons unmittelbare aber unerschütterliche Höflichkeit bei diesem spät am Tage stattfindenden Telefongespräch gewesen war.

Margaret Brotherton war Catherine Colbournes engste Freundin gewesen. Sie hatte Catherine in ihrem eigenen Hause, in 1 Chaucer Road,

Kettering, gepflegt bis zu ihrem Tod. Catherine hatte zwei Jahre zuvor einen schweren Schlaganfall gehabt und war bis zu ihrem Tode vollständig von Margaret abhängig gewesen.

„Cathy war eine reizende Dame, jeder mochte sie; sie betete Kinder an und konnte gut mit ihnen umgehen. Es war ihr größter Kummer, dass sie nie eigene Kinder hatte." Frau Brotherton erzählte mir, dass sie keine Photos oder sonstige Dokumentation von John C. hatte; aber ihre Freundin Mary hatte meinen Vater und dessen Frau gut gekannt. Vielleicht könnte sie mir helfen. Würde ich ihr meine Telefonnummer geben, so dass Mary mich anrufen könnte?

An diesem Punkt trat das Deutschland/England-Problem mit der langen Entfernung klar zutage, deshalb willigte ich ein, ihr einen Brief mit Anschrift, Telefonnummer und anderen Angaben zu schicken.

„Wussten Sie, dass Cathy Ihre Mutter einmal angerufen hat?" Das war erstaunlich. Offensichtlich war der Grund dafür die Gefängnisstrafe meines Vaters gewesen (zumindest darüber hatte meine Mutter mich informiert). Catherine hatte vermutlich mehr über diesen Mann wissen wollen, bevor sie ihn heiratete, was verständlich war. Es war eine freundschaftliche Unterhaltung gewesen, jedoch hatte meine Mutter sie mir gegenüber nie erwähnt. Zu der Zeit muss ich sechs oder sieben Jahre alt gewesen sein, sie selbst war gerade dabei, sich ein neues Leben aufzubauen; sicher war es ihr damals sinnvoll erschienen, es mir nicht zu erzählen. Ich kann nur annehmen, dass sie später wünschte, es zu vergessen, und damit Erfolg gehabt hatte. Frau Brotherton zögerte und fuhr dann vorsichtig fort.

„Ich weiß nicht, wie viel Sie wissen." So erklärte ich, dass ich die schlimmen Einzelheiten der wiederholten alkoholbedingten Probleme, auch in seiner ersten Ehe, und seinen Selbstmord durch Ertrinken entdeckt hatte. Ich fragte sie: „Können Sie mir sagen, wie er aussah? Wie war er, wenn er nicht unter dem Einfluss von Alkohol stand?"

Sie überlegte einen Moment. „Er war groß, ja recht groß, schlank und hielt sich sehr gerade." Das war ein körperliches Merkmal, das meine Mutter bei mir und bei Robin wiederentdeckt hatte. „Und er sah gut aus. Er war auch nett, sehr unterhaltsam. Er versuchte immer wieder, den Alkohol aufzugeben, aber es war sinnlos." Catherine hatte jedoch nie die Hoffnung aufgegeben, wie es schien. Als Margaret Brotherton meinen Namen notierte, erklärte ich ihr, dass ich den Namen ‚Colbourne-Franzen' benutzte, weil ich Schriftstellerin war. Sie schwieg und sagte dann ruhig: „Das ist wirklich merkwürdig. Wissen Sie, Ihr Vater mochte gern schreiben, und er schrieb viel. Cathy liebte seine Briefe, sie sagte, sie seien wundervoll!" Ein Schauder lief mir den Rücken hinunter.

Margaret Brotherton sprach sehr freundlich zu mir und erklärte, dass sie mir helfen würde, so weit sie es konnte. Ich versuchte, meine tiefempfundene Dankbarkeit auszudrücken. Hätte sie es vorgezogen, nicht zuzuhören, wäre sie wegen all der traurigen Episoden, die ihre geliebte Cathy mit Sicherheit hatte erleben müssen, verbittert gewesen, wäre es unabänderlich gewesen, und ich hätte ihre Haltung akzeptieren müssen. Abschließend sagte Frau Brotherton, dass es sicher Catherine gefreut hätte, von mir und meiner Familie zu wissen; es war so schade, dass das nicht möglich gewesen war. Darüber hätte ich weinen können, es traf mich so unerwartet. Ich konnte nur mit Frau Brotherton darin übereinstimmen, dass so vieles von dem, was in John Colbournes Leben geschehen war, eine schreckliche Verschwendung darstellte.

Nach unserer etwa zwanzig Minuten langen Unterhaltung hörte ich nach und nach auf zu zittern und bereitete mich darauf vor, die weitere Entwicklung abzuwarten.

Ich schrieb ausführlich an Frau Brotherton, und es dauerte einige Zeit, bevor ich einen langen Antwortbrief bekam. Der Grund für die Verzögerung war, wie sie erklärte, dass sie wiederholt versucht hatte, ihre Freundin Mary dazu zu überreden, zu mir Verbindung aufzunehmen oder zumindest mit Margaret als Vermittlerin einige Fragen zu beantworten. Mary blieb unerbittlich. Sie wollte nichts mit mir oder irgend jemandem sonst in Verbindung mit John Colbourne zu tun haben. Sie hatte zu viel von dem Leid gesehen, das er verursacht hatte. Zum Zeitpunkt des Schreibens war Mary seit etwa sechs Wochen Witwe und vermisste ihren Mann sehr, der Johns Leichnam hatte identifizieren müssen. Sie waren Nachbarn gewesen und frühere Freunde der Colbournes. Margaret war wegen der Reaktion ihrer Freundin erregt, erklärte sie mir aber so freundlich wie möglich. Es kam mir so vor, als hätte ein freundliches Schicksal sichergestellt, dass es Margaret war und nicht Mary, die ich telefonisch erreicht hatte.

Kapitel 10

Erinnerung

Ein Sarg, klein genug für ein großes Kind, bedeckt mit zarten Blumen, vor einer sonnenbeschienenen Kapelle. Im Hintergrund Händels ‚Largo'. Ein freundlicher Pastor, der überraschend angemessene Dinge sagt.

Der Sommer kam, und Margaret und ich korrespondierten und telefonierten regelmäßig, so dass wir uns gut kennen lernten. Es gab sehr wenig, was sie dem hinzufügen konnte, das sie mir bereits über meinen Vater gesagt hatte; ich fühlte, dass sie wahrscheinlich einige von Catherines schlimmsten Erfahrungen zurückhielt, und ich entschloss mich, keinen Druck auf sie auszuüben. Verschiedene Vorfälle passten in das bekannte Muster: er hatte durch seine neue Frau Arbeit bekommen und sie verloren; er hatte ein Auto bekommen und es zu Schrott gefahren; er war zum Konfirmationsunterricht gegangen - merkwürdig, zwischen all seinen Vergehen - aber diese hatten ihn nicht stabilisiert; er war freiwillig zur Entziehungsbehandlung gegangen, insgesamt viermal, aber mit keinen über längere Zeit positiven Resultaten. Schüchtern erzählte Margret mir, was Catherine über die Hochzeitsnacht berichtet hatte. Während der Zeit vor der Hochzeit hatte er nichts Stärkeres getrunken als Tomatensaft (oder er hatte es einfach geschafft, seinen Alkohol diskret zu konsumieren), und in der Nacht nach der Hochzeit war Catherine nach oben ins Schlafzimmer gegangen und hatte ihn erwartet. Er hatte sich im Wohnzimmer bis zur fast völligen Betäubung betrunken, war die Treppe hinaufgestiegen und am Fußende des Bettes zusammengebrochen. Diese Anekdote klingt possenhaft und könnte doch als der Beginn vom Ende ihrer Ehe interpretiert werden. Endlose Spekulationen begannen, in meinem Kopf zu kreisen. Hatte er regelmäßig getrunken oder anfallsweise? Hatte er ungelöste sexuelle Probleme? Meine Mutter hatte wenig über ihn gesprochen und selbstverständlich nichts von ihren ehelichen Beziehungen erwähnt.

Der Sommer kam, und Kiel zeigte sich von seiner malerischsten Seite mit einem herrlich blauen Himmel, ultramarinblauer Ostsee, Stränden mit

Punkten aus Weidengeflecht-Strandkörben, jenen einzigartigen überdachten Outdoor-Doppelsofas, die so groß sind wie ein kleines Sommerhaus. Urlauber und Kieler schwärmten überall umher und genossen die Sonne und die See. Woher bekamen sie all ihre Energie und ihre Lebensfreude, überlegte ich, weil ich die Hitze anstrengend fand, ich ging früh ins Bett, nur um mit schlechterem Befinden, kurzatmig, mit schweren Gliedern und geschwollenen Händen und Füßen wieder aufzuwachen. Und ich hatte den Sommer immer geliebt, hatte nie ein Problem gehabt; so schleppte ich mich schließlich zum Arzt. Nachdem er mich sorgfältig untersucht und diverse Tests durchgeführt hatte, informierte er mich darüber, dass mein Herz nicht ordnungsgemäß funktionierte, es schlug zu schnell, zu unregelmäßig und erschöpfte mich dadurch, physikalisch gesehen, völlig. Er verschrieb Medikamente und Ruhe, wenn das nicht half, müsste ich in die Koronar-Abteilung der Universitätsklinik gehen und weitere Tests machen lassen. Ich befolgte die Anordnungen, mein Zustand besserte sich leicht, aber ich blieb schwach. Ich ging weiter zur Arbeit, gerade fähig zu funktionieren. Die Bergstraße hinauf zum Dreiecksplatz zu gehen, wurde ein Riesenunternehmen; Absätze und Stufen waren ein Problem, welches nach Möglichkeit vermieden werden musste. Schließlich konnte die Tatsache, dass mein Gesundheitszustand schnell schlechter wurde, nicht länger ignoriert werden. Eine Hitzewelle zog über den Norden Deutschlands und brachte sogar die fittesten Menschen dazu, schlapp zu machen und während des Tages in Lethargie zu verfallen, um am nur wenig kühleren Abend wieder zum Vorschein zu kommen und sich zu verhalten wie die Südeuropäer, mit Gesprächen und Gelächter, Essen, Trinken und viel Frohsinn und dann glücklich draußen zu bleiben bis lange nach Mitternacht. Es war also nichts Ungewöhnliches mit mir los? Ich hielt durch bis Ende September. Dann wurde ich an einem frühen Nachmittag bei Wangs beinahe ohnmächtig und musste mit in Eiswasser getauchten Tüchern wiederbelebt werden. Ich hatte Angst, war aber bei weitem nicht so verstört wie Herr und Frau Wang. Glücklicherweise war kaum jemand im Restaurant, nur ein älteres Ehepaar in einer Ecke am Fenster, und sie waren völlig davon in Anspruch genommen, ihren verfetteten Pudel mit Leckerbissen zu füttern.

„Sie gehen Arzt, ja?" Herr Wang nahm sich der Situation an, als ich mein volles Bewusstsein wieder erlangte. Ich nickte und wünschte mir nur, allein gelassen zu werden, meine fünf Sinne wieder beisammen zu haben und in der Lage zu sein, nach Hause zu fahren. Frau Wang betupfte immer noch meine Handgelenke mit dem feuchten Tuch.

„Ja, das will ich," sagte ich und lächelte beruhigend.

„Vielleicht versuchen Sie chinesischen Doktor?" Es war mir wirklich egal, und doch überlegte ich müde, warum ich hier in Deutschland ausgerechnet zu einem asiatischen Arzt gehen sollte, so nickte ich nur wieder.

Als ich Petra (meiner Kettering-Forscherin) von dem Zwischenfall und Herrn Wangs Empfehlung erzählte, dachte sie einen Augenblick nach, bevor sie ihre Meinung äußerte.

„Weißt du, dein Freund, Herr Wang, könnte recht haben". Petra ist selbst Ärztin und sehr versiert in Bezug auf alternative Formen der Medizin.

„Aber weshalb ein chinesischer Arzt?"

„Es muss nicht unbedingt ein gebürtiger chinesischer Arzt sein; wie wäre es mit einem Spezialisten für chinesische Medizin?"

„Du meinst Akupunktur?" Ich konnte mir nicht vorstellen, dass mir diese helfen könnte, weil ich immer angenommen hatte, sie würde nur zur Linderung chronischer Schmerzen wie Migräne oder Ischias angewendet, und äußerte meine Skepsis.

„TCM, oder: Traditionelle Chinesische Medizin, bedeutet nicht nur Akupunktur, es handelt sich um eine alles umfassende Form von Behandlung, die Medikamente auf Kräuterbasis, Diät, Übungen, Meditation und geistige und körperliche Einstellung beinhalten kann." „Oh". Ich kam mir ein wenig dumm vor. Und Petra fuhr fort, mir mehr über diese ‚sanfte Behandlung' zu erzählen. Vielleicht war es eine Möglichkeit, wenigstens war es einen Versuch wert. Sie erzählte mir von einem Kollegen, der sowohl Arzt im normalen Sinne als auch Spezialist für TCM war.

„Du erzähltest mir, dass dein Arzt sagte, du solltest zu einem Kardiologen gehen, und du hast dich entschlossen, es aufzuschieben, nicht wahr? Nun, du musst wirklich etwas tun; du kannst nicht weiterhin deine Freunde damit erschrecken, dass du in regelmäßigen Abständen ohnmächtig wirst."

„Nein, und ich werde etwas unternehmen, ehrlich. Aber," ich unterbrach mich wegen des Effekts, „ich habe dir auch gesagt, dass ich alle Projekte aufschieben will, bis dein Baby sicher geboren ist, erinnerst du dich daran?"

Petras Baby wurde in der letzten Septemberwoche erwartet, in ein paar Wochen also, und ich hatte versprochen, mich um Petras Erstgeborenen, Tim, der noch keine eineinhalb Jahre alt war, zu kümmern, wenn sie in die

Klinik ginge. Von dem Moment an, als dieser Vorschlag gemacht wurde, hatte ich es als ein Privileg betrachtet, weil Tim eine wunderbare kleine Person war, aufgeweckt und zutraulich, der mich mit seinen großen braunen Augen ansehen und damit meine volle Aufmerksamkeit bewusst auf sich ziehen konnte.

Kardiologe oder nicht, es kam für mich nicht in Frage, meinen besonderen kleinen Freund im Stich zu lassen, wenn seine Mama schnell in die Klinik musste, um ihn mit einem Brüderchen oder Schwesterchen zu versehen.

Ich fuhr auf der Autobahn nach Norden, in Richtung Flensburg, und bog nach Westensee ab. Dann fuhr ich in der Dämmerung über eine schnelle Landstraße weiter. Ich hatte um 18.30 Uhr einen Termin bei Dr. von Felde und war gut in der Zeit, als ich mein Auto neben dem schönen großen Strohdachhaus parkte, dessen geräumiges Erdgeschoss die Praxis einer Reihe von Ärzten bildete. Es war, als ob man ein perfekt restauriertes Bauernhaus betrat, mit blassen Bodenfliesen und passender Einrichtung aus Holz, die von einer mit weichen Tönen schlagenden englischen Standuhr sowie merkwürdigerweise von einem gepflegt aussehenden Pianola mit Messingbeschlägen dominiert wurde. Eine Frau mit klugem Gesicht und von unbestimmbarem Alter nahm meine Personalien an einem Schreibtisch auf, der mit kleinen Sträußen aus Trockenblumen und einem Terrakotta-Huhn geschmückt war. Dann führte sie mich durch die weite Halle zum ‚Lesezimmer' - offensichtlich gab es hier kein Wartezimmer, und das schien mir ein gutes Zeichen zu sein. Lesen oder warten? Lesen war sicherlich besser.

Ich wurde nervös, als der Zeitpunkt 18.30 Uhr näher kam. Ich wurde abrupt in ein großes Büro gebeten, vermutlich Dr. von Feldes Konsultationszimmer, mit gedämpften Licht, Ledersesseln, einer Couch, die von einem gestärkten Laken bedeckt war, und einem kleinen Schreibtisch mit einem Computer-Monitor, der meinen Namen, meine Anschrift und mein Geburtsdatum zeigte. Um sieben Uhr war ich noch allein in dem Raum, als die Empfangsdame hereinkam.

„Meine Güte! Ich dachte, Sie wären schon gegangen. War der Doktor noch nicht da? Ich habe eine Nachricht für Sie, hier steht : ‚Bitte Petra anrufen!'" Das Baby! Ich griff nach dem Telefon, wählte die Nummern und hörte Petras Stimme gerade in dem Moment, als der mir bisher unbekannte Dr. von Felde sein Büro betrat, verblüfft über diese unbekannte Frau, die sich seines Telefons bediente. Er war klug genug, hereinzukommen und zu warten, bis ich mit dem Zuhören und Sprechen fertig war.

„Dr. von Felde? Es tut mir leid, das war meine Freundin Petra, Ihre Kollegin, ich meine, mein Name ist ...." Selten war ich so aufgeregt gewesen. Schließlich erfasste er die Situation: bei Petra hatten die Wehen eingesetzt. Ob ich nach der Konsultation kommen könnte? Inzwischen würde sie Hans anrufen, der gerade einmal zu Hause war, und ihn bitten, für mich einzuspringen. Sie und ihr Mann müssten umgehend in die Klinik.

Die nun stattfindende Konsultation mit Dr. von Felde war die merkwürdigste, die ich je erlebt hatte. Es war auch die einfühlsamste. Er fühlte meinen Puls, sah in meine Augen - etwas später sollte ich die Tatsache registrieren, dass seine von einem auf

Für diesen Abend gab es andere Prioritäten. Als ich in Petras Wohnung ankam, saß Hans in dem weichen Sessel in der Ecke des Wohnzimmers und las friedlich die Zeitung. Tim schlief fest, zu einer Schlafanzugkugel am Kopfende seines Bettchens zusammengerollt, wonnig und völlig ahnungslos von den bevorstehenden Veränderungen in seinem Leben. Petras und des Babys wegen besorgt und müde nach einem langen und ungewöhnlichen Tag, fiel es mir schwer, mich zu entspannen, und ich ertappte mich dabei, dass ich auf das Telefon starrte. Endlich, kurz nach elf Uhr, rief Petra selbst mit heiserer Stimme aber euphorischem Ton an:

„Jenny ist da!" Alles war gut und ziemlich schnell gegangen. Ich schlich auf Zehenspitzen in Tims Zimmer und flüsterte: „Du hast eine kleine Schwester bekommen, Tim!" Er seufzte zufrieden im Schlaf und warf den rechten Arm lässig über den Kopf.

Ich sah die kleine Jenny am folgenden Nachmittag und war überwältigt von dem Wunder - wie man es in der Gegenwart eines neuen perfekten menschlichen Wesens empfindet. Ich hielt sie in meinen Armen und wurde wieder einmal an das Paradoxon erinnert, das ein Baby repräsentieren kann: wie winzig, jedoch auch wie kompakt und schwer. Ich wiegte sie, sowohl für ihre Bequemlichkeit als auch für meine, und blickte auf ihre Mutter. Wie blass und erschöpft sie war, aber sie wirkte nicht zerbrechlich, sie sah erleichtert und sehr glücklich aus.

Später schluckte ich vierzig Tropfen des chinesischen Elixiers und begab mich auf den Weg zu meiner ersten Akupunktur-Behandlung. Als ich auf der Couch lag und auf Dr. von Felde wartete, überkam mich eine überwältigende Müdigkeit: war es einfach Schlafmangel, oder war es das Medikament? Als er zwei Nadeln in die Muskeln zwischen Daumen und Zeigefinger und drei in meine Kopfhaut setzte, sagte mir Dr. von Felde, dass ich in den nächsten Tagen sehr müde sein würde, vielleicht mehr als je zuvor. Die Nadeln verursachten ziemliche Schmerzen, das war erschreckend, denn eine Behandlung gegen Migräne vor einigen Jahren war völlig schmerzlos gewesen. Nach zwanzig Minuten wurden die Nadeln entfernt, und dann bluteten die Wunden stark, was sogar noch erschreckender war. Ungewöhnlich, so eine heftige Reaktion, räumte Dr. von Felde ein, aber ausgezeichnet(!) Die Schmerzen blieben für einige Stunden in meinen Händen, und das Halten des Lenkrades auf dem Heimweg trieb mir Tränen in die Augen.

Dr. von Felde hatte gesagt, ich würde mich erschöpft fühlen, und er hatte recht. Obgleich mein Nachtschlaf normal gewesen war, ging ich nach dem denkbar kleinsten Frühstück wieder ins Bett, fühlte mich, als ob ich unter Jetlag litte und hatte schwere Glieder. Als sich dieser Zustand besserte, setzten andere Reaktionen ein: Wasserlassen wie nie zuvor, Entleerung meiner Eingeweide, als ob sie voller Gifte wären. Mein ganzes System wurde in heftige Tätigkeit versetzt. War womöglich mit der chinesischen Medizin etwas nicht in Ordnung? Vergiftete ich mich selbst? Als ich es nicht länger ertragen konnte, rief ich Dr. von Felde an, und seine Reaktion brachte mich trotz meines schmerzenden Kopfes und Bauches zum Lächeln. „Wunderbar! Ein sehr gutes Zeichen!" Mein Körper wurde gereinigt, allerdings etwas radikal. Nun war ich erleichtert, begab mich zufrieden zur Ruhe und trank große Mengen von Jasmin-Tee, wie Wangs mir empfohlen hatten.

So fuhr ich fort, auf Besserung zu warten; ich lebte das Leben einer Katze; schlief tagsüber und nachts unregelmäßig, lag lahm und lethargisch herum, vermied jede Art von Anspannung, existierte in einer Zwielichtzone. Zur Arbeit zu gehen, war unmöglich, aber es kümmerte mich wenig, denn dieser Zustand war sehr viel schlimmer als ein Anfall von Grippe. Nach etwa zwei Wochen trat eine abrupte Änderung ein, wie ich nun beim Durchsehen des Tagebuchs lese, das zu schreiben ich mich gezwungen hatte. Eine Freundin hatte mir ein kleines Buch mit vielen leeren Seiten zum Geburtstag geschenkt. Es hatte einen Einband aus dickem widerstandsfähigem Papier, das mit Stockenten bedruckt war, und ich gewöhnte mich daran, es in meiner Handtasche zu tragen, so dass ich meine Gedanken und gute und schlechte Erfahrungen niederschreiben konnte. Das chinesische Symbol für Glück ist eine Ente, so hatte der Einband meines kleinen Buches für mich etwas Angenehmes, Wohltuendes. Jetzt, wo ich die Seite dreizehn aufschlage, ist eine Eintragung immer noch bezeichnend:

Diese vierundzwanzig Stunden waren vielleicht die schlimmsten meines Lebens. Als endlich der Schlaf kam, brachte er Alpträume von Zurückweisung und Terror. Unter verschiedenen Szenen war eine mit Hans, in der ich versuchte, ihm zu erzählen, wie schlecht ich mich fühlte. Er antwortete, dass er das alles schon einmal gehört und nicht den Wunsch hätte, es sich noch einmal anzuhören. So sagte ich , es mache nichts, ich würde ihn nicht belästigen und wendete mich ab. Dann erschien ein Mann in einem braunen Anzug, und ich wusste, dass er mein Vater war, John Colbourne. Ich lief zu ihm und sagte: „Papa, ich habe solche Angst!" Sein einziger Kommentar war: „Was soll's. Singe uns ein Lied vor. Fange an!" Und ich erwachte schluchzend und war nicht in der Lage aufzuhören. Es kam mir vor, als ob ich die ganze Nacht weinte, wach oder im Halbschlaf . Das Muster von Ablehnung und Spott wiederholte sich mit drei oder vier Freunden und/oder Kollegen. Meine Augen und mein Kopf schmerzten, das alles durchdringende Elend blieb den ganzen Tag. An diesem Abend hatte ich Angst, ins Bett zu gehen, deshalb genehmigte ich mir eine halbe Valium-Tablette, die ich in der Ecke des Medizinschrankes fand.

Es war gut, am nächsten Tag mit Dr. von Felde zu sprechen, als ich zur Akupunktur musste. Als ich erklärte, dass ich mich gefährlich nahe daran gefühlt hatte, den Verstand zu verlieren, wurde er ernst, nickte und verstand es offenbar. Ja, es war hart. Es würde Zeit brauchen, aber er glaubte, ich würde es schaffen; es war wichtig, alles geschehen zu lassen. Und wenn ich mit den Alpträumen nicht zurechtkommen würde? Er behauptete, dass der Geist den Körper nicht mit mehr Dingen belasten würde, als dieser ertragen könne. Schließlich konnte ich sagen, dass ich enorme Angst vor möglichen schlimmen Träumen hatte, und er verschrieb Tropfen, die ich in Wasser nehmen sollte, wenn die Dinge drohten, mich zu überwältigen. Interessanterweise brauchte ich sie tatsächlich nie, obgleich die kleine braune Flasche mit einem Glas und einer Karaffe mit Wasser, das täglich erneuert wurde, während mehrerer Wochen auf meinem Nachtschrank stand.

Tag sechzehn
Eine leichte Besserung! Die Müdigkeit und Schlaflosigkeit sind immer noch da. Ich ging zum Markt, genoss das Einkaufen, doch war es wunderbar, wieder nach Hause zu kommen und sich auf die Couch zu legen. Diese Erschöpfung wird begleitet von Gleichgültigkeit gegenüber dem Essen, an sich unwichtig, aber merkwürdig. Meine Schuhe sind zu groß geworden, vermutlich helfen das magische Elixier und die Akupunktur meinen Nieren, das überflüssige Wasser aus meinem Körper zu entfernen. Ich hasse den Gedanken an schweres fettes Essen sogar noch mehr als sonst und habe Heißhunger auf Obst, Wein, gestampfte Rüben mit Kartoffeln und Grapefruit-Saft. Mein Geruchs- und mein Geschmackssinn sind geschärft, meine Zunge - regelmäßig von Dr. von Felde inspiziert - so blassrosa und zart wie die eines Babys.
Ich habe aufgehört, die Tage zu zählen. Mein Leben ist jetzt eine Serie von einzelnen Phasen. Die grausamen Alpträume haben aufgehört, außer einem, in dem ich mit Mengen von Leuten in einer Umzäunung war. Wir rannten alle in Panik umher, versuchten, davor zu fliehen, von einem undefinierbaren Monster getötet zu werden.

Die Menschen wurden getötet, einer nach dem anderen, und ich wusste, dass ich bis zuletzt aufgehoben wurde. Glücklicherweise wachte ich vor dem Ende auf.

Mein Zustand musste sich gebessert haben, denn allmählich wurde ich neugierig auf die Traditionelle Chinesische Medizin, bat Dr. von Felde und Petra, mir Literatur darüber zu empfehlen, und änderte meine Essgewohnheiten in Bezug auf einige Dinge. Breiige ‚Kompositionen' von Reis oder Kartoffeln mit Rüben oder Kohlrabi, Äpfel mit Streuseln, Hühnersuppe, das waren die Gerichte, die mir gefielen und gut bekamen und meinen Magen/Darm-Bereich nicht in Unruhe versetzten. Ich sollte entdekken, dass diese Mahlzeiten meine ‚Mitte' ernährten und halfen, ‚qi' aufzubauen, die ersetzbare Energie, woran es offensichtlich mangelte. Während ich mir das alles nicht bewusst erklären konnte, akzeptierte ich diese Schule des Denkens, diese freundliche Philosophie, als mein Zustand sich besserte. Die Müdigkeit war nicht länger so vorherrschend, es gab Stunden, in denen ich auf einem neutralen Plateau lebte, wo weder Freude noch Leid mich erreichen konnten. Und in der vierten Woche gab es Momente von tatsächlicher Heiterkeit, in denen mein ursprüngliches Selbst flüchtig durchschimmerte.

Ich brauchte mehrere Wochen dazu, Dr. von Felde die brennende Frage zu stellen: „Wie lange wird es dauern, bis ich ganz gesund bin?" Nach den ersten paar Wochen besserte sich mein Zustand stetig, aber würde ich jemals auf ein normales Niveau zurückkommen? Übrigens - was war ‚normal'? So wagte ich es bei einer der Behandlungen im November, als er vor mir stand und eine haarfeine Nadel in seinen starken Fingern hielt.

„Was denken Sie, wie lange könnte es dauern, bis ich wieder richtig auf den Beinen bin?" Er drehte die Nadel mit den Fingern, bevor er sie zwischen meinen Augenbrauen einsetzte.

„Nun, Sie haben ihren Körper während einer langen Zeit in diesen Zustand gebracht, deshalb wird es eine ganze Weile dauern, bis der Schaden behoben ist." Ich zuckte leicht, als er flink Nadeln an die Innenseiten meiner Handgelenke setzte, nicht gerade meine Lieblingspunkte.

„Wenn es fünfzig Jahre gedauert hat, diese negative Kondition aufzubauen, glaube ich nicht, dass ich weitere fünfzig Jahre zur Verfügung habe, um sie wieder auszugleichen."

Ich wollte einen Witz machen, aber er reagierte ernst, als er antwortete: „Oh, nein, nicht so lange!" Er schloss bedächtig seine verchromte Nadelbox. „Aber es könnte fünfzig Wochen dauern, das ist wahrscheinlich eine realistische Vorhersage." Und er verabschiedete sich höflich und ging seiner anderen Arbeit nach. Ich legte mich hin, um die Nadeln zur Wirkung kommen zu lassen. Nicht schlecht, fünfzig Wochen! Dann schoss ich fast senkrecht von der Couch hoch - fünfzig Wochen! Das war fast ein Jahr! Dann hatte ich noch ungefähr zehn Monate vor mir! Na gut. Mit neugefundener Taoisten-Ruhe akzeptierte ich die Prognose und schlief ein.

Kapitel 11

Erinnerung

Mengen lächelnder Leute, anlässlich einer Hochzeit festlich gekleidet. Frauen, die große oder kleine pastellfarbene Hüte tragen, über den Rasen schlendernde Männer in anthrazitfarbenen Anzügen, kleine Mädchen mit Blumen im Haar, junge Burschen, die an geborgten Krawatten zerren. Die Braut und der Bräutigam wie in den aufeinander folgenden Bildern eines Traumes.

Um Weihnachten lebte ich wieder. Ich wollte sagen: ‚lebte ich wieder mein altes Leben', aber das würde weit von der Wahrheit entfernt sein. Ich lebte nun mit mehr Bewusstsein und Achtsamkeit, aß nach wie vor früher unbekannte Gerichte, trank morgens grünen Tee, nachmittags Grapefruit-Saft und abends ein Glas Rotwein. Hans, Jane und Robin staunten etwas über diese Lebensweise, sahen aber, dass sie unauffällig geführt wurde, und schienen froh darüber zu sein, dass ich nicht mehr herumlag wie eine moderne Violetta. Auch wenn mir immer wieder Erinnerungen an meine Mutter in den Sinn kamen, regten sie mich weniger auf; die Vision ihres blumenbedeckten Sarges verflüchtigte sich allmählich, das Starren der großen, leeren, auf nichts konzentrierten, durch Morphium getrübten Augen in dem abgezehrten Gesicht war nicht mehr so zwingend. Der Schmerz über ihre letzten Tage machte anderen, tieferen Erinnerungen aus meiner Kindheit Platz. So lange ich mich erinnern konnte, war sie eine leidende Frau gewesen. Ich hatte es gehasst, aus der Schule zu kommen und sie liegend vorzufinden, weil sie Kopfschmerzen, Magengeschwüre oder Unterleibsbeschwerden hatte. Das Auseinanderbrechen des Familienlebens in diesen Zeiten hatte mich erschreckt, das wurde mir nun, nach so langer Zeit, klar. Ich hatte es abgelehnt und vermieden, krank zu sein, als Jane und Robin klein waren, zum Teil vermutlich, weil ich nicht wollte, dass sie dasselbe durchmachten wie ich. Natürlich hatte ich im Laufe meiner Langzeit-Behandlung an die unglücklichen Aspekte meiner Kindheit denken müssen, aber das Wichtige daran war, dass ich endlich damit abschließen konnte. Mein physischer und geistiger Zusammenbruch an sich war eine Therapie; ich hatte meine Kindheit, meine Jugend und mein Leben als Erwachsene aus der Nähe betrachten und sie aus einer neuen Perspektive sehen müssen, und es war, als ob ein neues ‚Ich' entstand, möglicherweise ein stärkeres mit einer heilenden geistigen Ruhe.

Um meinen langen Weg zurück zur Normalität zu unterstützen, schrieb ich mich für einen Lehrgang in Qi Gong ein, einer milderen Form von T'ai Chi, dem traditionellen chinesischen Schattenboxen. Schließlich hatte unsere Schule mehr zu bieten als nur Sprachkurse, und fast trotzig trug ich meinen Namen ein - erster auf der Liste - für einen Kurs freitags morgens um 8.00 Uhr. Die Beschreibung des Kurses als ‚auch für Ältere geeignet', ließ mich leicht zusammenzucken, aber vielleicht war es besser, nicht das älteste Mitglied in einer dynamischen Gruppe von Teens und Twens zu sein. Die weitere Erklärung dessen, was zu erwarten war, war beruhigend: „Qi Gong ist eine Methode von Meditationsübungen mit tiefem Atmen, die entwickelt wurde, um die körperliche und geistige Gesundheit zu fördern."

Nichtsdestoweniger erschien ich früh zur ersten Unterrichtsstunde, in einem Zustand von milder Angst, bekleidet mit, für mich untypischer, formloser, lockerer dunkelblauer Hose, einem neuen seegrünen Sweatshirt und Anti-Rutsch-Socken. Die anderen Lernenden, zwei Männer und sechs Frauen, kamen mir völlig normal vor und waren altersmäßig zwischen Mitte Zwanzig und Anfang Sechzig. Sie waren in Erdfarben gekleidet: rehbraun, creme, braun oder schwarz, bestimmt wegen ihrer politischen grünen Überzeugung. Nun, warum nicht? Interessanterweise trug der Lehrer - oder war es der Trainer - einen königsblauen Pullover und eine grüne Hose, alles ausgebeult, aber farbenfroh.

Es war alles sehr feierlich, beginnend mit einer Verbeugung aus Ehrfurcht vor denen, die vor uns Qi Gong betrieben hatten, gefolgt von Gehen im Kreis, Konzentrieren auf langsames Atmen und auf das Hochhalten unserer Köpfe, als würden sie leicht an einem seidenen Faden gezogen. Es war einfach gut; ich kam mir nicht einmal komisch vor, und, was wichtiger war, ich fühlte absolut keinen Zwang, mir selbst oder sonst jemandem zu ‚beweisen', dass ich es konnte. Der Trainer, Will, schien irgendwie ernst zu sein, etwas trocken und unpersönlich, jedoch wäre es unklug gewesen, ihn mit einem Sprachlehrer zu vergleichen, der notwendigerweise verbales Pingpong mit seinen Schülern spielen und ihre Aufmerksamkeit auf jeden Fall fesseln muss. Nein, dieses war ganz anders. Der Flug der Wildgänse, der Umriss eines Baumes, der von der Erde in den Himmel wächst, die

Wölbung eines Regenbogens, diese und viele andere nachfolgende Übungen wurden uns durch die Bewegungen und Gesten des Trainers gezeigt und dabei mit gemessener Tenorstimme erklärt. In der zweiten Unterrichtsstunde stellte ich fest, dass, wenn er die Übungen auf humorvolle oder sogar lustige Art erklärt hätte, einige von uns, wahrscheinlich von mir selbst angeführt, in schulmädchenhaftes Gekicher ausgebrochen wären und damit sein Konzept verdorben hätten. Reuevoll lernte ich meine Lektion: Kritisiere einen Lehrerkollegen nicht, bevor du nachgedacht hast. Genau wie von Ärzten angenommen wird, dass sie notorisch schlechte Patienten sind, so sind Lehrer häufig anderen Ausbildern gegenüber hyperkritisch. Mit diesen Gedanken im Sinn befolgte ich zufrieden Wills Anweisungen und begann allmählich, die Steigerung meines Wohlbefindens zu genießen. Ich wurde dabei nie besonders hingebungsvoll oder tüchtig, aber das war auch nicht mein Ziel. Ich genoss einfach die Ruhe, die anspruchslosen, sanften Bewegungen; manchmal führte ich mein unkompliziertes Programm sogar in einem abgelegenen Teil des Gartens durch, während im Hintergrund klassische Musik leise spielte.

Nach der Qi Gong-Stunde mussten meine Mitschüler sich auf dem zugigen Flur umziehen und ihre normale Kleidung anlegen, Will auch, bevor er dann seine gelbe Jacke wieder anzog. Er hatte andere, aber ich schätzte diese sonnige besonders. Ich war besser dran als meine Kurskameraden. Ich konnte einfach flink und behände die Treppe zu meinem Büro hinauflaufen, sorgfältig meine Tür abschließen so dass ich wieder ordentliche Arbeitskleidung anziehen konnte, und dann den Abteilungssekretär, Robert, telefonisch fragen, ob sich in meiner Abwesenheit etwas Dynamisches ereignet hatte, und dann mit ungewohnter Energie an meine Arbeit gehen. Und normalerweise dachte ich auch daran, die Tür wieder aufzuschließen.

An einem Nachmittag im März fuhr ich mit dem Auto aufs Land und pflückte einen Strauß der ersten Frühlingsblumen . An der Ecke einer Wiese legte ich mein Schöllkraut und meine Anemonen unter einem knorrigen Weißdorn in das tiefe feuchte Gras und sagte meiner Mutter ein letztes Mal Lebewohl. Ich weinte nicht, und es war alles in Ordnung.

In diesen Tagen dachte ich selten an John Colbourne. Nachdem ich nie ein bestimmtes Bild von ihm im Kopf gehabt hatte (oder in den Händen, was das betrifft) begann er sogar, aus meiner jüngeren Erinnerung zu verschwinden. Inzwischen fühlte ich mehr Mitleid als Scham oder Schrek-ken und konnte ohne Probleme mit Margaret Brotherton über ihn sprechen, wenn wir miteinander telefonierten. Es war Margaret, die die Rolle einer Verwandten übernahm, viel natürlicher als der schattenhafte John C., und ich konnte ganz sicher mit ihr zufriedener sein.

Hans war in diesem Frühjahr häufiger zu Hause, und wir entdeckten das Vergnügen und die Sicherheit neu, Zeit miteinander zu verbringen. Es passierte, als wir an einem dieser vorsommerlichen Nachmittage im April mit einem Glas Wein auf der Terrasse saßen, dass die Idee, einen Urlaub in England zu verbringen, zu keimen begann.

„Wir könnten in den Südwesten hinunterfahren, weißt du, Devon und Cornwall. Ich wollte schon immer einmal dorthin, es soll da so schön sein. Und da es jetzt nicht mehr so viele Leute gibt, die England besuchen, steht es uns frei, dahin zu fahren, wo wir möchten!" Hans lächelte und holte den Straßenatlas aus seinem Arbeitszimmer. Als die London-Seiten herausfie-len und auf den Bodenfliesen landeten, murmelte er: „Na, zuerst brauchen wir mal einen aktuellen RAC-Atlas." Und wir leerten die Flasche Wein, als wir die verschiedenen Routen studierten, die vom Kanal in Richtung Devon führten.

Frau Wang war für viereinhalb Tage in Urlaub gegangen, ein Ereignis von dem man noch nie vorher gehört hatte. Ihr irgendwie gestresster Mann nahm meine Bestellung über gebratenen Reis und Hühnerfleisch entgegen und befahl seiner jüngeren Tochter energisch, mir meinen Tee zu bringen. Das musste er gesagt haben, weil die blauweiße Teekanne auf ihrem Tablett das Ergebnis seines Befehls war. Lan zuckte verständnisvoll mit den Schultern, als sie sie neben die winzige weiße Porzellanvase mit der einzelnen korallenfarbenen Rose stellte.

„Mein Vater hasst es, wenn Mutter weg ist, weil er dann Dinge im Restaurant tun muss; er mag wirklich nur kochen. Oh, es macht ihm nichts aus, herauszukommen und ‚Hallo' zu sagen, wenn es ihm gefällt, er mag nur nicht die Bestellungen aufnehmen." Mit vierzehn war Lan meist schlecht gelaunt, wenn ihre Mutter sie bat, im Restaurant zu helfen. Als sie nun ihren Vater in einer für ihn unangenehmen Situation sah, war sie bereit, großmütig zu sein. Ein netter Charakterzug. Es war auch unkompli-zierter, mit ihr zu sprechen, weil ihr Deutsch perfekt war, aber es gab weniger, über das wir hätten reden können. Sie hätte es wohl nicht so witzig gefunden, wenn ich sie nach der Schule oder nach Jungen gefragt hätte.

Kapitel 12

Erinnerung

Man geht an einem grauen Tag im Frühherbst einen Pfad neben einer Trockenmauer irgendwo in den Yorkshire-Mooren entlang. Als endlich ein passender Platz gewählt ist, wird ein Picknick für die Familiengruppe bereitet. Ich, zwölf Jahre alt. Dicht dabei, in einem kirschroten Trage-Bettchen auf einem hölzernen Gestell ein fröhliches Baby, meine Halbschwester, ein einziges Wunder.

Ich ging früh ins Bett in dem vornehmen Hotel in Devon, las wenige Kapitel des neuesten Romans von Donna Leon, bis das Buch aus meiner linken Hand glitt, legte es sorgfältig auf den geschmackvollen Nachtschrank, schaltete die zierliche Lampe aus und schlief schneller ein als sonst.

Margaret übergab mir die etwas zerdrückte rechteckige Schachtel; sie war weinrot, marmoriert und hatte wahrscheinlich ein Geburtstags- oder Weihnachtsgeschenk von guter Qualität, zum Beispiel Briefpapier, enthalten. Ich löste die überraschend festen Knoten in dem schmalen Band, das einmal dunkelblau, jetzt kobaltblau war, nahm den verbeulten Deckel ab, und das erste, was ich sah, war eine große schwarzweiße Postkarte, die die Aufschrift trug: „Herzliche Grüße aus Blackpool"; Die Rückseite war ganz leer. Unter der Karte lagen zwei Notizbücher mit festem Einband, mit roten Ecken und ebensolchem Rücken. Ich konnte nicht entscheiden, ob meine Neugier oder meine Nervosität stärker war, als ich das oberste Buch öffnete. Die Seiten knisterten, weil sie jahrelang zusammengedrückt gewesen waren. „Zweites Buch" war die Überschrift auf der ersten Linie der rechten Seite, so legte ich das Buch an die Seite und nahm das andere heraus. Wie vorauszusehen war, hatte es innen (oder außen) keinen Titel. Schließlich hat man, wenn man anfängt, Dinge aufzuschreiben, keine Ahnung davon, dass andere Bücher folgen werden. Nein, der Schreiber hatte einfach damit begonnen, was immer es war, zu Papier zu bringen, indem er mit einem Datum begann: 9. Februar 1955. So war dieses also ein Tagebuch? War John C. der Autor? Plötzlich wurde ich von dem unerklärlichen Wunsch überfallen, mit dem Lesen aufzuhören, obgleich ich dafür keinen Grund hätte nennen können. Im Verlaufe all der Detektivarbeit, die ich geleistet hatte, um meinen Vater zu finden, hatte ich gelernt, meinen Instinkten zu vertrauen. Ich wollte mir auch dieses Mal Zeit nehmen, um in Ruhe zu überlegen. Ich legte die Schreibwarenschachtel mitsamt ihrem Inhalt in den Einkaufskorb, den ich benutzt hatte, um die Topfpflanze für Margaret zu transportieren und ging in die sonnige Küche, um mit ihr eine Tasse Tee zu trinken.

Margaret hatte mich mit der Schachtel allein gelassen, war weggegangen, um den Tee zu bereiten und hatte gesagt: „Komm und trinke eine Tasse, wenn du fertig bist." Von Anfang an hatte ich bemerkt, dass Margaret eine von Natur aus diplomatische Person war, die fähig war, an ihre eigenen Angelegenheiten mit bemerkenswerter Heiterkeit heranzugehen. Jemand anders hätte seiner verständlichen Neugier nachgegeben und über meine Schulter geschaut, wenigstens bildlich gesehen, mit dem Wunsch, irgendwelche Geheimnisse zu entdecken. Nicht so Margaret, die groß darin war, die Privatsphäre anderer zu respektieren. Ich lehnte mich gegen die Spüle, den Porzellanbecher in meinen Händen und erzählte ihr von meinem Fund.

„Die Notizbücher sehen wie eine Art von Tagebuch aus, das wahrscheinlich von meinem Vater geführt wurde", informierte ich sie ruhig, „aber ich brauche eine Atempause; wirklich merkwürdig, aber wichtig, bevor ich sie lese." Sie rieb den bereits polierten elektrischen Wasserkocher mit einem leinenen Geschirrtuch blank, bevor sie ihre Meinung äußerte.

„Könnte es sein, dass du ein wenig Angst hast vor dem, was du in diesen Notizbüchern finden wirst? Es ist eine „Pandora-Situation", nicht wahr? Du könntest etwas finden, das deine Mühen belohnt, oder aber etwas entdecken, von dem du lieber nichts gewusst hättest."

„Ja, du hast recht. Ich weiß. Aber andererseits kann ich die Zeit nicht zurückdrehen, nicht wahr?"

„Nun, wie auch immer. Nimm dir nur Zeit". Sie putzte nun die Wasserhähne über der schneeweißen Spüle mit ihrem Geschirrtuch.

117

Ich verließ Margarets Haus nach einer Weile und fuhr die Küsten-straße in westlicher Richtung entlang, und die bewusste Schachtel stand auf dem Beifahrersitz. Irgendwann hielt ich an, warf einen langen Blick über die Bucht, sah die Sonne untergehen und griff nach dem, was sich vielleicht als Büchse der Pandora erweisen konnte. Aber ich hatte kein Gefühl in meinen Fingern, alles fiel auf den Boden des Autos, das gleichzeitig seltsam bodenlos war.

Ich erwachte mit leeren Händen. Ungeachtet der Klarheit von Margarets Küche und vom Sonnenuntergang in Devonshire hatte mir mein schlafender Geist die ganze Episode vorgespielt. Enttäuscht lag ich wach, lauschte den ersten Morgengeräuschen und schlummerte dann, bis der Wecker klingelte.

September in Kiel, es war schon wieder so weit. Der kalte Sommer in England hatte mich ermutigt, mir einen Vorrat von Pullovern, Wolljacken und langen Röcken für den nächsten langen Ostsee-Winter zuzulegen. Die meisten Kleidungsstücke waren ein wenig zu lang. Die Jackenärmel hingen über meine Handrücken und brachten mich dazu, mich wie eine Heimatlose zu fühlen und wohl auch so auszusehen. Die notwendigen Änderungen waren natürlich wieder eine Aufgabe für Frau Adnan. Als ich die Sachen in einen mit Chintz ausgeschlagenen Korb legte, fiel mir ein, dass ich sie seit Monaten nicht gesehen hatte, und ich freute mich auf eine Unterhaltung mit ihr, auch wenn ich gelegentlich unter ihren kritischen Blicken zitterte, wenn ich ihr meine Neuerwerbungen zeigte. Wenigstens würde sie diesmal meiner Farbenwahl zustimmen, weil ich ihren Rat befolgt und tiefblau-grüne, weinrote und anthrazitfarbene Teile gekauft hatte.

„Tragen Sie keine Pastellfarben", hatte sie vor etwa einem Jahr gesagt, „Sie sind schon blass genug. Tragen Sie kräftige aber nicht grelle Farben, denken Sie daran!" Ihr Ton war spöttisch-streng gewesen, während ihre Hände über eine burgunderfarbene Tunika (nicht meine) strichen, bevor sie die Schultern einer taubengrauen Bluse (meine) zurecht zupfte und mit Stecknadeln befestigte. Ja, eine schwungvolle Unterhaltung mit Frau Adnan wäre nett. Ich hatte es schon immer gern gehabt, wenn Experten freundlich versuchten, über mich zu bestimmen, aber sie mussten richtige Experten sein. Egal, nach einem Butterbrot und einer Tasse grünem Tee im Büro ging ich mit meinem Korb über dem Arm los.

Man musste sich der Schneiderei aus schrägem Winkel nähern, und sie sah weitgehend aus wie immer: überfülltes Fenster mit der Nähmaschine, die dort stand, um möglichst viel Tageslicht ausnutzen zu können, halboffene Tür, die ich gerade weit genug aufschob, um mich hinter dem Bügelbrett durchzuquetschen.

Niemand war zu sehen, aber es gab viele Hinweise darauf, dass dort gearbeitet wurde: ein Berg von undefinierbarer Kleidung auf dem Tisch, das Bügeleisen griffbereit neben einem durchscheinenden Gewand, das bis auf den fadenbedeckten Teppich hing.

„Hallo?" Eine Stimme kam aus dem Hintergrund des Ladens, und etwas raschelte ziemlich laut hinter dem Vorhang. Ich antwortete mit derselben Frage, und eine winzige Frau mit zartbrauner Haut erschien, die einen seegrünen Sari trug und mich mit einen Lächeln willkommen hieß. Ich wagte es, „Guten Tag" zu sagen und muss ziemlich verdutzt ausgesehen haben, denn die kleine Frau lächelte womöglich noch breiter und erklärte: „Oh, Sie wollten Frau Adnan sehen? Nun, sie ist nicht hier, nicht mehr. Sie arbeitet ein Stück weiter die Straße hinauf, ja, ein Stück die Straße hoch in dem neuen Kleidergeschäft. Sie macht jetzt keine Änderungen mehr. Ich mache jetzt Änderungen. Ich bin Frau Patel."

„Oh," mir fiel nichts ein, was ich hätte sagen können. Die Frau stand direkt vor mir, die Arme verschränkt, ihre Haltung stand im Gegensatz zu ihrem strahlenden Lächeln. Ich konnte meine Sachen ebenso gut bei ihr lassen, aber ich war enttäuscht.

„Frau Adnan hat mich extra ausgesucht, ich kann Ihre Kleidung nähen, es ist in Ordnung!" Ziemlich beschämt wegen meiner Skepsis begann ich, ihr zu zeigen, was ich geändert haben wollte. Ihr Deutsch war ausgezeichnet, die Kommunikation war einfacher als mit Frau Adnan, wir hatten alles innerhalb weniger Minuten geregelt.

„Frau Adnan hat mir von Ihnen erzählt." Frau Patel lächelte trotz der Stecknadeln zwischen ihren Lippen über meine Überraschung. „Ja, sie gab mir eine Liste ihrer regelmäßigen Kunden, nannte ihre Namen, beschrieb ihr Aussehen, ihre Größe, ihren Geschmack in Bezug auf Kleidung, und sie ging die Liste mit mir im einzelnen durch. Dann müssen Sie also ...", sie nahm ein blaues Schreibheft vom Ladentisch, „Frau Franken sein?"

„Ich bin beeindruckt, und ja, das bin ich." Die Aussprache war fast richtig.

In diesem Augenblick gab es ein leichtes Geklapper kleiner Schritte hinter dem teilenden Vorhang; zwei kleine hellbraune identische Gesichter guckten uns prüfend an, eines an jeder Seite des Vorhangs, und lachten in Stereo. Frau Patel blickte mehrere Sekunden lang ernst in ihre Richtung, bevor sie zurück lächelte.

„Meine Zwillinge, Basra und Sani." Sie winkte sie in den Laden, zwei winzige Mädchen, ungefähr fünf Jahre alt, mit glänzenden rabenschwarzen Zöpfen und wadenlangen roten Kleidern. Sie näherten sich schüchtern, blieben in demselben Abstand stehen wie ihre Mutter und verbeugten sich. So verbeugte ich mich auch und sagte: „Hallo".

„Kindergarten. Wie war der Kindergarten heute?" fragte sie sanft auf Deutsch und gab jeder einen Kuss auf den Kopf.

„Schön," sagte eine.

„Können wir hinten hinausgehen zum Spielen?" fragte die andere.

Ihre Mutter nickte. „Aber umziehen. Zieht bitte erst eure Jeans und Sweatshirts an!"

„OK!" erklang es zweimal, als sie verschwanden.

„Es sind hübsche Kinder, Frau Patel. Sie müssen sehr stolz auf sie sein."

„Ja, sie sind alles, was ich habe." Sie senkte ihren Blick, und ich konnte ihre zarten elfenbeinfarbenen Augenlider mit den seidigen Wimpern sehen, die feine Schatten auf ihre glatten Wangen warfen. Sie sah auf, aber nicht in meine Richtung. „Sie haben keinen Vater; das heißt, sie haben keinen Vater mehr. Mein Mann wurde in Bangladesh getötet, als sie vier Wochen alt waren. Es war nur ein Zufall, dass die Babys und ich vom Roten Kreuz in Sicherheit gebracht wurden. Etwa einen Monat später wurden wir nach Deutschland geflogen."

„Es tut mir so leid," sagte ich hilflos.

„Es ist alles in Ordnung. Nun ist alles in Ordnung." Ich bemerkte, wie sie gewohnheitsmäßig gewisse Wörter wiederholte, als ob sie den Zuhörer überzeugen wollte, oder um sich selbst zu überzeugen? „Dieses ist ein gutes Land, nicht wahr? Basra und Sani sind so glücklich und gesund. Ja, und sie sprechen Deutsch wie alle anderen Kinder!"

„Sprechen sie auch ihre Muttersprache?" Hier war ich auf unsicherem Boden, was die Sprache (oder Sprachen) betraf, die in Bangladesh gesprochen werden.

„Oh ja, aber wir sprechen nur Bengali, wenn wir allein sind. Oder mit anderen Leuten aus unserem Land, aber das kommt nicht oft vor."

„Sind Sie wieder in Bangladesh gewesen, seit Sie es verlassen haben?"
Sofort bereute ich die Frage, weil es war, als ob ein Schatten zwischen
Frau Patel und mich gefallen wäre. Als Antwort kam nur ein knappes
Kopfschütteln. Zu spät wurde mir klar, dass sie eine solche Frage als
bürokratische oder sogar politische Befragung empfinden könnte.

„Ich denke, ihre Kleidungsstücke werden am nächsten Freitag fertig
sein," informierte sie mich höflich.

„Danke, Frau Patel. Ich wünsche Ihnen einen schönen Tag mit viel
Kundschaft, aber nicht zu viel." Sie bedankte sich und wünschte mir noch
einen schönen Tag. Ihr Ausdruck war freundlich, aber immer noch wachsam.

Als ich um die Ecke ging, hörte ich die hellen glücklichen Stimmen der
kleinen Mädchen. Ich erhaschte einen Blick auf sie durch eine offene
Einfahrt. Sie sprachen deutsch mit einem Mann, der durch die Hintertür
jenseits des Hofes Bier an ein Bierlokal lieferte. Der Mann, ein stämmiger
Norddeutscher mit rosigem Gesicht, der eine schwarze Cordweste trug,
fragte, ob sie ein Stück Lakritze haben wollten.

„Für jeden eins?" Der Mann lachte und grub tief in seiner Westentasche.
„Natürlich, meine kleinen Damen!"

„Aber wir müssen erst Mama fragen", machte der ruhigere Zwilling zur
Bedingung, und sie hetzte in den Laden zurück und überließ es ihrer
Schwester, die Süßigkeiten in Empfang zu nehmen.

So eine multikulturelle Gesellschaft kann sehr einfach funktionieren,
dachte ich beruhigt. Und doch wurde zu jener Zeit von den Neonazis so viel
Terror gegenüber türkischen Familien ausgeübt. Die Ausländer, oder vielmehr die Nicht-Deutschen am Dreiecksplatz schienen alle gut integriert zu
sein. Es war ein gutes Gefühl - eine heile Welt - in diesem Mikrokosmos
aus Chinesen, Türken, Bengalen, Italienern, Polen, Deutschen und mir.
Gerade an diesem Morgen, als ich mir einen Blumenstrauß für das Büro
kaufte, hatte ich Annette getroffen, eine junge Französisch-Lehrerin und
Muttersprachlerin, die sich entschlossen hatte, Floristin zu lernen, um ihre
Chancen zu verbessern, eine Ganztagsarbeit zu bekommen. Und da war
Georg Paczinsky aus Polen, ein früherer Schüler aus einem meiner ersten
Deutschkurse. Georg hatte mich in der Bergstraße angehalten, um über
seine Familie zu sprechen, um freundlich über andere Ausländer in der
Gruppe zu reden und mir Glück zu wünschen. Bisher gab es nirgendwo in

der Nähe meines geliebten Platzes irgendwelche Zeichen von Fremdenhass, und ich hoffte, es würde noch lange so bleiben.

Sprache im allgemeinen und ausländische Sprachen, geschrieben und gesprochen, waren seit meiner Kindheit meine persönliche Spezialität gewesen, als ich mit meiner Mutter und meinem Stiefvater sehr viel reisen musste, weil seine Arbeit ihn und uns in verschiedene Länder Europas führte. Ich hatte weiterhin Sprachen studiert, dann in diesen Fächern unterrichtet. Während der letzten paar Jahre war mein Job im College umfangreicher geworden, indem ich nicht nur für Englisch als Fremdsprache verantwortlich wurde, sondern auch für alle anderen, von Arabisch bis Türkisch. Meine Gesundheit und meine Energie hatten sich zum Positiven entwickelt, ich war wieder in meinem Element, konferierte mit den Lehrern, plante Kurse und lernte viel über europäische und asiatische Kulturen, als die Dinge sich entwickelten. Der Dreiecksplatz war im Grunde genommen eine multikulturelle kleine Welt; und die Schule, ein unansehnliches altes Backstein-Gebäude an der oberen Bergstraße, etwa einhundert Meter unterhalb des Platzes, war ein Schmelztiegel und summte von Betriebsamkeit.

An einem Freitagmorgen nach einer belebenden Qi Gong-Stunde hatte ich Gespräche von je etwa dreißig Minuten Dauer mit einem Lehrer für Polnisch, einem für Isländisch und dann mit einem für Griechisch anberaumt. Es war unbedingt erforderlich, jedem einzelnen genau zuzuhören, die Möglichkeiten der Kurse abzuschätzen, einiges an grober Planung zu notieren und den Gesprächspartner, wenn die eingeplante Zeit zu Ende war, höflich aber bestimmt zur Tür zu begleiten. Es ging glatt, wenn man die unterschiedlichen Temperamente der drei Männer in Betracht zog, bis es Zeit wurde, Herrn Megas davon zu überzeugen; dass es notwendig war; seine Manuskripte, seinen tragbaren Computer, seine Broschüren über ‚Griechisch lernen beim Insel-Hüpfen' und seine Notizbücher einzupacken und zu gehen, weil ein weiteres Treffen mit zwei Englisch-Lehrern und einem Beamten der Stadt Kiel, der für ein Verfahren zur Förderung des Erlernens der englischen Sprache verantwortlich war, bevorstand. Schließlich erklärte er sich bereit zu gehen, aber nur unter der Bedingung, dass er an einem anderen Tag wiederkommen könnte, wenn ich mehr Zeit hätte.

Paul Davies erschien als erster, ein großer dünner Waliser mit ausgeprägtem Pflichtgefühl und einem Mischlingshund, der ‚Humphrey' hieß, zu Füßen seines Herrn lag und mich mit wachsamen Augen ansah. Roger Taylor, ein stämmiger Mann aus Yorkshire, kam um Punkt neun Uhr, beladen mit einer Aktentasche und einem abgenutzten Schuhkarton. Fast gleichzeitig betrat Wolfgang Schmidt von der Stadtverwaltung das Zimmer, und nach herzlichem Händeschütteln setzten wir uns an meinen kleinen Konferenztisch. Roger stellte seine Aktentasche auf den Boden und seinen Schuhkarton vorsichtig auf den Tisch. In dem Deckel waren Löcher.

„Was ist denn darin, Roger?" fragte Paul mit seinem schönen Männerchor-Bariton.

„Oh, das ist George," sagte Roger und hob den schlecht passenden Deckel, um ein bewusstloses graues Kaninchen zu zeigen, das schlaff auf einem roten Handtuch lag. „Seine Krallen mussten geschnitten werden. Er kann sehr wild sein, deshalb entschloss sich der Tierarzt, ihn erst zu betäuben." Roger streichelte liebevoll Georges bewusstlosen Kopf. Herr Schmidt lächelte verwirrt. Humphrey war nicht verwirrt, oder wenigstens nicht lange. Mit einem bemerkenswerten Sprung landete er auf dem Tisch und stieß seine Nase in den Nacken des Kaninchens. Glücklicherweise ließ er seine Schnauze lange genug geschlossen, um George unbeschädigt davonkommen zu lassen und von Paul am Halsband auf den Boden zurück gezogen zu werden. Humphrey fühlte sich zurechtgewiesen und bellte als Protest, Stühle wurden umgeworfen, Papiere flogen umher. Herr Schmidt stand auf und rettete mit einem leichten Lächeln die Situation.

„So, das ist also die englische Art zu arbeiten? Machen Sie sich nichts daraus, meine Herren, wir brauchen diese armen Tiere nicht noch länger zu quälen. Wenn Frau Franzen Sie als Lehrer für unserer Projekt empfiehlt, bin ich sicher, dass das ausreicht. Vielleicht können wir uns in der nächsten Woche treffen, um die Einzelheiten zu besprechen. Ich glaube, es wäre eine gute Idee, diese Besprechung in meinem Büro stattfinden zu lassen ohne George und den Hund - ich habe seinen Namen nicht verstanden."

„Humphrey", riefen wir drei im Chor, und der Missetäter bellte und wedelte mit dem Schwanz vor Entzücken, als die Männer einander in den Weg liefen bei dem Versuch, mein Büro zu verlassen.

In diesen Tagen wurde ich durch die Arbeit belohnt. Sie konnte Spaß machen, sie konnte schwierig oder ermüdend sein, aber sie war die Energie, die ich dank der von Dr. von Felde, oder ‚Dr. Blue-Eyes', wie ich ihn in Gedanken nannte, aufmerksam überwachten Langzeitbehandlung zur Verfügung hatte, und die Anstrengung wert. Seine Prognose, meine Genesung betreffend, war recht genau gewesen. Ein gutes Jahr nach dem Zusammenbruch war ich in der Lage, meine Kraft einzuteilen und die Warnsignale zu bemerken, wenn ich zu hart oder zu lange arbeitete. Bevor ich krank wurde, hatte ich geglaubt, dass nur negativer Stress in Form von ungelösten beruflichen oder privaten Problemen oder von psychologischen Belastungen wie Schikanen, Mobbing und bewusster Rücksichtslosigkeit mich umwerfen könnten. Es war ein Schock für mich festzustellen, dass positiver Stress, wie übermäßig viele Überstunden während der Geburtswehen für ein aufregendes Projekt oder das Schreiben meiner Geschichten bis in die tiefe Nacht, ohne dass ich mir dann genug Schlaf gönnte, ebenfalls negative Auswirkungen auf mein körperliches und seelisches Wohlbefinden hatte. Kurz gesagt, wenn ich lernen könnte, mein Leben besser in den Griff zu bekommen, hätte ich weniger Gesundheitsprobleme. Es erscheint so einfach, wenn man es niederschreibt, in der Praxis erlitt ich jedoch mehr als einen Fehlschlag. Sogar jetzt, wo ich älter und klüger bin, funktioniert dieser Balanceakt nicht automatisch. Dr. Blue-Eyes beobachtete meinen Fortschritt über Monate in zunehmend längeren Abständen, bis ich meine volle Kraft und Zuversicht wieder erlangt hatte. Als ich an einem Nachmittag auf dem Weg zu einer Kontrolluntersuchung von der Autobahn ab und in die Landstraße einbog, die zur Praxis führte, überlegte ich plötzlich, weshalb ich eigentlich noch dorthin fuhr. Der Termin war jedoch verabredet und sollte eingehalten werden. Dr. Blue-Eyes kam freundlich und gut erholt (er war im Urlaub gewesen) ins Sprechzimmer und fragte mich nach meinem Befinden.

„Nun, eigentlich sollten Sie mir das sagen! Ich persönlich glaube, dass es mir sehr gut geht." Er ging das Ritual von Pulsschlag, Zungeninspektion und allgemeiner Befragung durch.

„Um es vorsichtig auszudrücken - ich glaube, dass es Ihnen wirklich gut geht. Ja, ich gratuliere Ihnen! Sie brauchen vor Ablauf von etwa drei Monaten nicht wieder zu kommen, es sei denn, Sie selbst halten es für notwendig." Statt einer Antwort strahlte ich ihn an. „Nur eines noch, bevor Sie gehen. Ich kann Ihnen jetzt sagen, dass ich, als Sie zum ersten Mal kamen, sehr besorgt um Sie war; ich war nicht sicher, ob Sie es schaffen würden". Er lächelte freundlich.

„Ich bin froh, dass Sie das damals nicht gesagt haben; aber wissen Sie, mir war nicht klar, wie schlimm die Dinge standen, ich fühlte nur, dass meine Energie zerrann. Es hätte sein können, dass ich einfach aufgehört hätte zu existieren, ja, dass ich gestorben wäre". Einen kurzen Augenblick lang schwiegen wir beide gedankenvoll, dann dankte ich ihm, so gut ich konnte, fuhr nach Hause, recht langsam diesmal, und hörte dabei Musik von John Field.

Merkwürdigerweise war während dieses Lernprozesses mein Leben reicher als vielleicht jemals zuvor. In der Abteilung gab es zwischen 80 und 90 Fremdsprachen-Lehrkräfte, alle verschieden, individuell, kompliziert, mit unterschiedlichen Fähigkeiten und Qualitäten. Es war meine Aufgabe, sie ihren Fähigkeiten entsprechend bestmöglich einzusetzen, wenn die Kurse eingeteilt wurden. Die Teilnehmer, etwa 2.500, sollten im Idealfall in ‚maßgeschneiderten' Gruppen lernen können, mit Lehrern, die exakt ihren Bedürfnissen entsprachen. Seltsamerweise gelingt das bei zirka 90% der Kurse. Genau wie Ärzte gelegentlich zugeben, dass Patienten trotz der Behandlung genesen, so vermute ich, dass die Studenten in einigen Fällen trotz der Hilfe ihres langmütigen Lehrers mit ihrem Lernprogramm zurechtkommen. Zynisch? Ja, aber nicht unfreundlich gemeint.

Spät an einem Abend, als es mir vorkam, als hätte ich den ganzen Tag damit verbracht, Leute zu beruhigen, einem Problem nach dem anderen zuzuhören, hilfreiche und hoffentlich akzeptable Ratschläge zu geben, sagte ich zu meinem Sekretär: „Weißt du, was das beste Training für diesen Beruf war?" Er schüttelte den Kopf - eine kluge Reaktion, weil er wusste, dass ich es ihm ohnehin erzählen würde. „Es war meine langjährige Erfahrung als Mutter, von der Kindheit über die gefürchtete Pubertät bis zum Erwachsensein! Aber ab und zu bin ich es verdammt leid, die verständnisvolle Mutterfigur zu sein!"

Robert ergriff die Zertifikate, die ich gerade unterschrieben hatte, und weil er mich schon seit mehr als zehn Jahren kannte, gab er mir den einzig möglichen Rat: „Warum begießt Du Deine Pflanzen nicht? Die heiße Luft in diesem Büro hat sie ziemlich ausgetrocknet," und er schloss leise die Tür hinter sich. So pflückte ich die weiter unten sitzenden welken Blätter von meiner deckenhohen Birkenfeige, mein Stolz und meine Freude, sicherte die Ranke einer namenlosen Pflanze hinter dem Computer und gab ihnen beiden eine Extra-Portion flüssigen Dünger. Ich sah für einige Augenblicke auf die Großaufnahme einer prächtigen Sonnenblume an der gegenüber liegenden Wand und fühlte mich beruhigt und erfrischt.

Wenn meine Arbeit auch anstrengend war und mich forderte, sie hielt mich doch wenigstens in meiner Heimatstadt. Das war in Bezug auf Hans nicht der Fall. Wieder einmal war er in den meisten deutschen Städten außer in Kiel, regelmäßig in den neuen Bundesländern, und wieder einmal war ich häufig allein zu Hause, abgesehen natürlich von der Katze. Das Haus war ruhig, aber nicht unbehaglich; manchmal mit ‚meiner' Musik auf CDs oder Fernsehsendungen, meistens hörte ich jedoch im Radio klassische Musik, egal was gerade gesendet wurde. Ich verließ das Haus bei acht Uhr herum, kehrte etwa um achtzehn Uhr zurück und begeisterte mich daran, dass ich den Abend zu meiner Verfügung hatte. Ich las mich durch meinen Vorrat an Büchern, die ich von England mit zurückgebracht hatte, schrieb Artikel oder Geschichten, wobei ich allein das Tempo bestimmte. In unregelmäßigen Abständen verbrachte ich Stunden in der Küche, bereitete meine Mahlzeiten entsprechend der Empfehlung der Traditionellen Chinesischen Medizin zu, und wenn ich die Mengen falsch kalkuliert hatte, fror ich den übrig bleibenden Teil ein oder stellte ihn in den Kühlschrank. Peppi, meine ewig neugierige Katzenfreundin, entwickelte sich zu einer Vegetarierin, nachdem sie entdeckt hatte, wie wohlschmeckend pürierte Kohlrabi mit Mais oder mit Rüben gestampfte Karotten sind; natürlich gab es für sie eine Grenze, bei geschmorten Äpfeln mit Birnen, die mit Honig und Gewürzen abgeschmeckt waren.

Es war eine gute Phase in diesem neuen Leben: während des Tages viele interessante Leute in meiner unmittelbaren Nähe, Zeit für Entspannung, zum Nachdenken und Alleinsein am Abend. Wochenenden? Die waren ausgefüllt mit Hausarbeit, ein wenig Gartenarbeit, Schreiben, Besuchen bei Freunden oder von Konzerten. Hans und ich telefonierten regelmäßig; es gab am Telefon so vieles zu sagen, wozu wir von Mensch zu Mensch wohl gar nicht die Zeit gefunden hätten. Jane und Robin waren mit ihrem eigenen Leben beschäftigt, fanden jedoch erfreulicherweise viele Gelegenheiten, miteinander und mit mir in Verbindung zu treten. Die Lektion zu lernen, die Dinge laufen zu lassen, war nicht einfach gewesen, doch am Ende hatte ich es geschafft. Vielleicht zum allerersten Mal überhaupt, konnte ich mich zurücklehnen und weitere Entwicklungen abwarten in Bezug auf alle Dinge, die das Leben noch für mich bereit hielt. Das war in der Tat eine neue Philosophie.

Als ich eines Morgens zur Arbeit kam, prallte ich beinahe mit einer jungen Chinesin zusammen, die wie verloren in der Eingangshalle stand. Auf ein Hilfsangebot in Deutsch reagierte sie mit einem schnellen ängstlichen Blick; dasselbe, in Englisch wiederholt, brachte die Antwort: „Ich suche ein Zimmer." Wir gingen hinauf in mein Büro, wo sie mir, vorsichtig von einem Wort zum nächsten tastend, erklärte, dass sie in der vergangenen Nacht aus Beyjing angekommen war. Sie war nie vorher außerhalb Chinas gewesen, und nun sollte sie sich zu einem Deutschkurs anmelden und sich an der Universität einschreiben lassen. Könnte ich ihr sagen, wie man zur Universität kommt? Das College ist in der Mitte der Stadt; die Universität weiter draußen in Richtung des Kanals, und als ich überlegte, wie ich ihr am besten beschreiben könnte, wie man dorthin kommt, sah ich vor den beiden großen Fenstern, die zum Hof hinausgehen, den Novemberregen fallen wie einen Vorhang.

„Ich gehe zu Fuß zur Universität!" Das schien mir keine gute Idee zu sein, den Bus zu nehmen, war auch keine bessere Lösung, deshalb fuhr ich sie mit meinem Auto dorthin und setzte sie in der Mitte des Hauptkomplexes, der den Campus bildet, ab. Ich konnte nirgendwo in der Nähe des Verwaltungsgebäudes parken, und außerdem konnte mein Büro mich nicht den ganzen Morgen über entbehren. Ich winkte ihr zu und hoffte, dass einer der Studenten aus dem Gedränge der Fußgänger und Radfahrer sie an den richtigen Ort bringen würde. Bevor sie ausstieg, griff Xü Li - ich hatte ihren Namen, der Shioo Li ausgesprochen wurde, inzwischen gelernt - tief in ihre olivgrüne Segeltuchtasche und nahm ein Cellophan-Päckchen Tee heraus, grünen Tee aus ihrer Heimat, und drückte es mir in die Hand.

„Danke sehr, Sie sehr freundlich"! Ich versuchte, ihr zu sagen, dass ich ihr gern geholfen hatte und dass kein Grund für ein Geschenk vorlag, aber sie bestand darauf. „Bitte, aus meinem Land!" So dankte ich ihr und hoffte, dass sie bald einmal wieder in mein Büro kommen und mit mir eine Tasse des besagten Tees trinken würde. Ich fühlte mich schuldig, weil ich sie dort verließ. Wie würde meine geliebte Jane reagieren, wenn sie mitten in Beyjing oder, vielleicht noch schlimmer, in einer Provinzstadt abgesetzt würde, wo sie niemanden kannte und noch nicht einmal sicher war, wohin sie sich wenden sollte, um Beistand zu finden. Diese junge Frau würde jedoch mit Sicherheit nur für kurze Zeit sprachlich behindert sein, und es war für sie wichtig, Unterstützung bei anderen jungen Leuten zu finden. So winkte ich ihr zum Abschied mit einem Lächeln zu, das optimistisch sein sollte.

Mit achtzehn hatte ich mein Elternhaus verlassen. Ich war jünger gewesen als Xü, zog jedoch nur in eine andere Stadt in England, nach Leeds, um mit dem Studium anzufangen, und ich hatte wochenlang Heimweh gehabt und mich einsam gefühlt. Wenn ich doch aufgeschlossen und couragiert gewesen wäre! Statt dessen war ich geplagt von Schüchternheit und unüberwindlicher Unsicherheit. Im darauf folgenden Jahr hatte sich diese Erfahrung in Tübingen während eines Semesters wiederholt, dann noch einmal in Brest in der Bretagne, als ich mich auf ein Austauschjahr eingelassen hatte. Ich hatte jedem neuen Ort mit demselben Zittern entgegengesehen, aber die Feuerprobe war unvermeidlich. Ich vermute, dass ich schließlich erwachsen und weniger schüchtern wurde und lernte, mich im Leben leichter mit neuen Situationen abzufinden. Als ich mich an diese großen Veränderungen in meiner Jugend erinnerte, hatte ich mich innerlich auf die Wellenlänge Xü Lis eingestellt, und es erschien natürlich, Sympathie zu zeigen. Wahrscheinlich würde sie sich in dieser Ecke Nordeuropas sehr schnell etablieren und, sollten sich unsere Wege wieder kreuzen, sich kaum daran erinnern, wer ich war. Ich konzentrierte mich wieder auf meine Arbeit und vergaß diesen Vorfall mehr oder weniger.

Am nächsten Tag ging ich zu Wangs zum Essen: Pute nach kantonesischer Art mit Gemüse und Cashewnüssen, begleitet von dem nie versiegenden Jasmintee. Frau Wang war besorgt wie immer, aber Herr Wang war nirgendwo zu sehen. Ich aß mein Menü und las mein eine Woche altes Exemplar des Guardian Weekly, ruhig und entspannt in der freundlichen und unhektischen Atmosphäre dieses Restaurants. Einige der Dekorationsstücke waren wie alte Bekannte: die bemerkenswert scheußliche lebensgroße China-Katze mit einer Uhr in der Brust, die über dem Eingang zu den Toiletten stand; die Vitrinen, zwei inzwischen, die die Miniatur-Teekannensammlung beherbergten; die gestickten abschirmenden Fensterbilder; die silbernen Tellerwärmer; den Bambus-Schirmständer und natürlich der rosarote Teppich mit den dazu passenden Polsterstühlen. Und alles war sauber und gepflegt, nicht verschlissen und fleckig wie in anderen Lokalen. Ich hatte nicht viel Zeit, deshalb ging ich auf der Suche nach Frau Wang um die Ecke in Richtung der Küche, um meine Rechnung zu bezahlen. Da stand Herr Wang und polierte das stählerne Ablaufbrett für die Gläser. Er sah auf, ohne sein gewohntes Lächeln und schweigend, kein Wunder, denn er war blass wie Pergament, und aus seinem Mundwinkel sickerte Blut. Frau Wang kam schnell dazu, um mir zu erklären: „Mein Mann beim Zahnarzt heute morgen. Zwei Zähne gezogen, und es geht ihm nicht gut." Sie beobachtete ihn aufmerksam, als sie es mir erzählte, vielleicht erwartete sie, dass er ohnmächtig würde, was nicht überraschend gewesen wäre.

„Oh," murmelte ich mitfühlend, „haben Sie Schmerzen, Herr Wang?" Er nickte, und seine Frau schüttelte den Kopf, vermutlich über die Schwachheit der Männer. „Können Sie nicht nach Hause gehen und sich heute Nachmittag ausruhen?" Diesmal nickte er langsamer und hielt sich an der Theke fest. Als ich bezahlt hatte - der Kunde ist König oder Königin bei Wangs - half Frau Wang ihrem Mann in den Anorak und begleitete ihn mit dem Versuch, ihn zu ermutigen, auf die Straße.

„Er geht nun nach Hause, morgen besser. Wenn nicht, dann zurück zum Zahnarzt." Sie war vernünftig, ungeachtet der Sorge in ihren Augen.

Wie kamen sie nur zurecht, überlegte ich. Wenn ein Angestellter wie ich eine größere Zahnbehandlung über sich ergehen lassen musste, blieb er für einen Tag oder so zu Hause, um sich davon zu erholen. Wenn er eine schlimme Erkältung oder Grippe hatte, konnte er sich den Luxus erlauben, sich vom Arzt krankschreiben zu lassen und sich bis zur Genesung ins Bett zu legen. Menschen wie die Wangs mussten arbeiten, bis sie umfielen; fanden nichts dabei, einen 15-Stunden-Arbeitstag zu haben, wobei das Saubermachen, das Einkaufen auf dem Markt oder beim Großhändler, das Gemüseputzen, das Tischdecken und das Silberputzen noch nicht eingerechnet waren. Und das alles sieben Tage pro Woche. Ein Vorfall wie das Ziehen eines Zahnes oder ein schlimm verbrannter Arm, den Frau Wang gehabt hatte, als ihr eine Schüssel mit heißem Öl aus der Hand gerutscht war, waren etwas, das man ignorierte, wenn das irgendwie möglich war, so dass das Geschäft weiter gehen konnte. Das machte mich nachdenklich.

Xü erschien wieder. Ich ging die Bergstraße hinauf, den Kopf wegen des ewigen Regens tief gebeugt, als ich plötzlich einer kleinen Gestalt, Xü, gegenüber stand. Sie hatte die Hände mit aufwärts zeigenden Fingern aneinandergelegt, und begrüßte mich, glücklich über das gegenseitige Wiedererkennen.

„Ich gehe nun in Deutsch-Klasse! Nun habe ich Zimmer im Studentenheim!" Und wir betraten zusammen das Hauptgebäude des College. Ich schlug ihr vor, nach der Erledigung der Anmeldeformalitäten in mein Büro zu kommen, wenn sie Zeit hätte.

„Oh, nein, nein." Sie schüttelte bedauernd ihren Kopf. Und kam etwa eine halbe Stunde später in mein Büro. Bedeutet ‚nein' auf chinesisch ‚ja'? Wie auch immer. Xü setzte sich und zeigte mir ein Stück Papier mit dem Datum und der Uhrzeit ihres Unterrichts und dem Titel des Buches, das sie kaufen sollte: *Deutsch für Ausländer*. Vom obersten Bord meines Bücherschrankes nahm ich ein Exemplar des Buches, das die Abteilung vor über zwanzig Jahren ‚geerbt' hatte, und gab es ihr. Arbeiteten die Lehrkräfte für ‚Deutsch als Fremdsprache' immer noch mit diesem Lernprogramm? Erstaunlich. Nun, es konnte sein, dass es inzwischen eine neue Ausgabe gab. Es wäre überflüssig und auch kompliziert gewesen, meine Zweifel Xü gegenüber zu äußern, und sie war einfach erfreut, etwas zum Arbeiten zu haben, bis ihr Unterricht anfing.

„Vielleicht könnte jemand in Ihrem Studentenheim Ihnen beim Deutsch-Lernen helfen, vielleicht mit Ihnen zusammen das Buch durchgehen?" schlug ich vor und reichte ihr einen Becher Tee.

„Ich weiß nicht. Kann sein. Aber hier in Deutschland jeder beschäftigt, alle keine Zeit." Eine unbehagliche Pause folgte, weil ich die Situation kannte, die sie gerade beschrieben hatte. Die Deutschen, besonders die im Norden, sind ‚fleißig', extrem emsig, und jemand, der neu hinzukommt, kann sehr leicht den Eindruck gewinnen, dass sie nie aufhören zu arbeiten und tatsächlich keine Zeit für Freizeit oder spontane Extras haben. Andererseits waren meine eigenen Anfangserfahrungen weitgehend dieselben gewesen: jeder hatte einen Auftrag außer mir, auf den Straßen, in den Schulen und Universitäten und - am allerschlimmsten - in den Büros im Rathaus. Ich versuchte, Xü zu beruhigen, die Dinge würden bald besser werden, das würde sie sehen. Sympathie und Verständnis können unerträglich sein. Xü brach in Tränen aus, und unter eindringlichen Bitten um Entschuldigung dafür, dass sie sich gehen ließ, bekannte sie, dass sie ihre Familie schmerzlich vermisste. Mein Büro enthält seit jeher eine Auswahl an Erste-Hilfe-Ausrüstung:

Tee, Kaffee, Aspirin, Taschentücher, Tampons, ein Telefon und ein Fax-Gerät. Keines dieser Dinge war bei Heimweh von irgendwelchem Nutzen, deshalb half ich Xü in ihren Anorak, ergriff meinen Mantel und meine Tasche, und wir machten uns auf den Weg zu Wangs, wobei ich darum betete, dass sie das Restaurant schon geöffnet hatten. Xü warf einen Blick auf Herrn Wang und flüsterte: „Nin Hao!" „Hallo, wie geht es Ihnen?" immer und immer wieder. Herr Wang rieb die Hände an seiner Schürze ab, begrüßte mich zuerst mit „Guten Tag" und hob die Augenbrauen, dann begann er, mit seiner heiseren, fast rauen Stimme mit dem Mädchen zu sprechen. Als ich die Chance bekam, murmelte ich etwas darüber, dass Xü Heimweh hatte, könnte er nur ein wenig mit ihr sprechen, damit sie sich besser fühlte?

„Ja, Essen und Trinken kein Problem, aber Arbeit? Nein, keine Möglichkeit." Der Geschäftsmann kam zum Vorschein.

„Nein, sie muss sich irgendwo anders nach Arbeit umsehen, das weiß ich. Alles, um was ich Sie bitten möchte, ist, dass sie sie in ihrer eigenen Sprache etwas aufheitern." Meine letzten Worte gingen in einer weiteren Lawine von - war es Mandarin? - unter. Herr Wang sprach hauptsächlich Kantonesisch, hatte aber, was deutlich zu hören war, in Xüs Sprache übergewechselt. Unglücklicherweise war Frau Wang noch nicht im Dienst, jedoch Herr Wang hatte es geschafft, Xüs Tränen zu stoppen, und sie sah viel weniger angespannt aus. Ich nahm sie in den Arm, für mich die internationale Form von Trost zwischen Frauen (und manchmal Männern...) und überließ die beiden ihrem Gespräch.

„Bis bald, Xü!"

Dann und wann überlegte ich, ob das Leben einfacher wäre, wenn ich mein Büro zum Dreiecksplatz verlegte. Nach der Episode mit Xü und Wangs war ich dabei, einen Französisch-Kurs mitten in Neumanns Gemüsegeschäft zu planen.

Eines Morgens erschien eine junge Französin mit ihren Papieren und suchte Arbeit. Ich informierte sie freundlich darüber, dass wir keinen Mangel an Französisch-Lehrern hatten; sie war eine enthusiastische Person mit glänzenden Augen und guten Qualifikationen. „Ich könnte ihren Namen auf unsere Warteliste setzen, für den Fall, dass Bedarf entsteht." Die Antwort war ein Schulterzucken mit einem verständnisvollen Lächeln. Dann fiel mir *Der kleine Prinz* ein. Um die Aufmerksamkeit neuer Teilnehmer zu erringen, versuchen wir, das jeweilige Highlight in jeder Sprache vorzustellen. Französisch war gerade auf einem Tiefpunkt, und ich hatte die Idee, ein nicht zu schwieriges Seminar von *Der kleine Prinz* durchzuführen.

„Kennen Sie den *Kleinen Prinzen?*" „Nun, nicht persönlich." Ihr Sinn für Humor war ansprechend, und wir einigten uns auf ein Umriss-Konzept für Saint-Exupérys Geschichte.

131

„Ich wäre interessiert," gab Madame Werner zu, „aber nicht allein. Ich würde es vorziehen, mit einem Partner zu arbeiten." Hm. Annette? Ja, Annette, eine unserer augenblicklichen Lehrerinnen, würde vielleicht bereit sein, mitzumachen. Dann fiel mir ein, dass Annette Teilzeitarbeit machte, bei Neumanns am Dreiecksplatz. Wieder einmal half ich einer nicht-deutschen Dame in ihre Jacke, nahm meine Sachen, und wir gingen die Bergstraße hinauf. Die Neumanns hatten in ein neues Geschäftszeichen investiert, fiel mir auf, eine auffallende Zusammenstellung von Gemüse und Obst: ein mehr als lebensgroßer schneeweißer Blumenkohl, umgeben von Äpfeln, Birnen, Pflaumen und Orangen von gleicher Größe; eine Avocado und ein Pfirsich waren dabei, ewig und kunstvoll aus dem Zeichen herauszurollen, als ob sie saftspritzend auf das Pflaster fallen würden. Das neue Schild war - anders. Nadine Werner blickte auf das Schild, dann auf mich.

„Ein Obst- und Blumengeschäft?" Wieder einmal war Kommunikation nur in beschränktem Umfang möglich, deshalb nickte ich. Frau Neumann strahlte mich an und strich über ihre perfekte Frisur, wie immer. Ja, Annette war da . Sie beendete gerade ihre Tagesarbeit. Innerhalb von Minuten unterhielten Annette, Nadine und ich uns angeregt über die Philosophie und die Handlung der Geschichte *Der kleine Prinz,* und auf welche Weise diese präsentiert werden könnte. Mein Französisch ist erheblich besser als mein Mandarin, deshalb beteiligte ich mich diesmal an der Unterhaltung, und das Heimweh wurde nicht erwähnt; es war eine freundliche Diskussion, während der Kunden um uns herum wimmelten und ihre vitaminhaltigen Einkäufe auswählten.

„Ja, Französisch ist eine schöne Sprache, nicht wahr, meine Liebe?" Dieses war an eine alte Dame gerichtet, die Pastinaken kaufte. „Ich selbst spreche kein Wort, aber es klingt nett, besonders, wenn unsere Annette es spricht!" Wir drei sprachen einige Sekunden lang etwas ruhiger, aber dann stieg das Volumen wieder an und erhob sich über die Geräusche des Ladens. Inge Neumann war so gelassen wie immer, ging flink und gewandt auf die Kunden und ihre Bedürfnisse ein. Wir wären gern hinausgegangen, nur regnete es sehr stark, schon wieder.

„Wenn ich nur einmal durchgehen kann, dann ist es schon in Ordnung. Nein, lasse Dich nicht stören, Annette, ich muss nur eben einmal an diese Kochäpfel. Na bitte, da sind sie. Fein!" Frau Neumann klopfte Annette ermutigend auf die Schulter, und als wir endlich das Geschäft verließen, hatte ich das notwendige Konzept für einen *Abend mit dem Kleinen Prinzen* im Kopf. Wir gingen unserer Wege, getrennt, jeder von uns mit einer Birne mit roséfarbiger Schale, ein Geschenk des Hauses, und ich dachte verwundert über die unorthodoxen Wege nach, die wir aufgrund meiner besonderen Form von Job-Kreativität einschlugen.

Es war nicht immer unterhaltsam und produktiv. Es gab Tage, an denen fast nichts richtig lief, und die Abteilung drohte, in einem Sumpf von Bürokratie, Einschränkungen und finanziellem Trübsinn zu versinken. Überlegte ich jemals, ob ich aufgeben, meine Kündigung einreichen und, wie viele Menschen mittleren Alters, ein Hausfrauendasein führen sollte? Ja, wie jeder andere Angestellte seit Menschengedenken. Der Gedanke daran, zu unchristlicher Zeit widerstrebend unter der warmen Bettdecke hervorzukrabbeln, in die November-Dunkelheit hinauszugehen und mit der Arbeit zu beginnen, war nie sehr ansprechend. Nirgendwo in der Welt kann der November düsterer sein als in Norddeutschland. Es konnte passieren, dass ich, bevor ich meine Bürotür aufschließen konnte, mit einem Hilfeschrei oder der Notwendigkeit, eine Entscheidung treffen zu müssen, was gewöhnlich dasselbe war, konfrontiert wurde. Was war zu tun, wenn ein Lehrer nicht mehr in seine Klasse ging und praktisch verschwand? Warum hatte ich mich nicht vergewissert, dass die Rechnung für die neuen Flip-Charts an die Finanzabteilung geschickt wurde? Es war zwecklos, darauf hinzuweisen, dass wir weder Charts noch Rechnung erhalten hatten. Wo waren die Zertifikate für die Leute, die Bildungsurlaub hatten, um einen Fortgeschrittenen-Kurs in Englisch zu machen? Waren die Statistiken (für mich ein Gräuel) fertig für die Pressekonferenz? Figaro hier, Figaro dort, largo al factotum. Dennoch kam alles irgendwie in Ordnung; ich arbeitete in einem Team nach eigener Wahl, das in mindestens 95% aller Fälle bereit, willig und fähig war.

Kapitel 13

Erinnerung

An einem gewissen Punkt hatte die Schule nur einen Reiz: Musik. Allein neben dem Flügel in der Halle stehen, der Musiklehrer spielt eine für junge Leute bearbeitete Mozart-Arie. Und die Entdeckung, dass das Singen reine Freude war.

Und immer noch gab es das Problem mit Hans' Abwesenheit. Er konnte nur in zunehmend unregelmäßigen Abständen für wenige Tage nach Hause kommen. Mein persönliches Leben war wie in einem Schwebezustand; es bestand im Moment aus den Ereignissen an meinem Arbeitsplatz, Unterhaltungen mit Freunden und Jane und Robin, gewöhnlich per Telefon. Ansonsten lebte ich ein einsames Leben in dem, was einmal das Heim einer Familie gewesen war. Und doch war ich zufrieden. Die Kapitel meiner Vergangenheit hatten sich sanft aber fest geschlossen; ich konnte auf die Kindheit der Kinder zurückblicken oder mich an meine Mutter erinnern mit den guten und weniger guten Dingen, durch die wir gemeinsam gegangen waren, sogar über alten Fotos in Erinnerungen schwelgen und blieb doch gelassen und unverletzt. Es war mir klar, dass ich in einer Art von Wartephase lebte, bereit für das, was kommen würde, irgendwann zur richtigen Zeit. Kein Wunder, dass die Zeit Wissenschaftler, Philosophen und den Rest von uns fasziniert hat, und es immer noch tut. In meiner Jugend war ich durch jede einzelne Phase geeilt, kaum geduldig genug, um die nächste Entwicklungsstufe abzuwarten; ich ging früher zur Universität als meine Altersgenossen (warum hatte ich nicht noch ein Jahr abgewartet, um nach Oxford oder Cambridge zu gehen?); ich hatte Hans im schwindelerregenden Alter von 23 Jahren geheiratet in dem Moment, als wir beide unser Studium abgeschlossen hatten; ich war begierig darauf gewesen, unsere Kinder so früh wie möglich zu bekommen; unmittelbar nach dem Ende ihrer Babyzeit nahm ich einen Full-Time-Job an. Es hatte ausgezeichnete und triftige Gründe für alles gegeben, und es gab wenige Dinge, die ich bedauerte. Nein, es war nur so, dass ich jetzt, in diesen mittleren Jahren, gezwungen war, mein Tempo herabzusetzen, die Gelegenheit zu ergreifen, das, was mit mir und rund um mich geschah, bewusst zu erleben. Mit 50 war ich mindestens so aktiv, wie ich mit 40 oder 30 gewesen war, jedoch es war mehr Tiefe in der Aktivität, und selbstverständlich würdigte ich auch alles sehr viel mehr. Obgleich die Zeit aus biologischer Sicht ablief, schien sie sich in anderer Weise ausgedehnt zu haben.

,Mein' Platz war schwarz und grau und voll von Pfützen. Die Autos und Busse, die sich an den Verkehrsampeln aufreihten, spritzten das Wasser über die Füße der wartenden Fußgänger. Sehr geübt, wie ich war, wusste ich, wo ich an jeder Ecke stehen musste, um das Bespritztwerden auf ein Minimum zu beschränken. Es hatte mehr oder weniger nonstop seit Ende September geregnet; wenn die Sonne einmal herauskam, war die Helligkeit so ungewohnt für uns, dass wir unsere Augen mit Gewalt öffnen mussten, geblendet und unfähig, das Sonnenlicht einfach nur zu genießen. Die Wangs bemerkten es nie wirklich, weil sie das Tageslicht kaum sahen, egal ob die Sonne schien oder nicht. Die Bäckerei, eingetaucht in Halogen-Beleuchtung, präsentierte der Welt eine gezielt heitere Schaufensterfront. Die Firma Schrader, das Juweliergeschäft, bediente sich ganz bewusst der Vorteile von indirekter und direkter Beleuchtung, als der junge Auszubildende ehrfurchtsvoll goldene und silberne Armbänder auf einem burgunderfarbenen Samtkissen im Schaufenster arrangierte. Bald würde die Zeit für Carola Sindt kommen, die winzige Weihnachtsstadt in dem langen, niedrigen Fenster der Apotheke aufzustellen, und der Weihnachtsbaum würde plötzlich an einem Montagmorgen in voller Pracht dastehen, nachdem er während des Wochenendes von geheimnisvollen Kräften aufgestellt worden war. Wir Sterblichen brauchen den Trost der Routine, der wechselnden Jahreszeiten, der chronologischen Rituale durch den gesamten Verlauf des Jahres. Alles das ging mir durch den Kopf, als ich meine Bürotür in heiter-philosophischer Stimmung aufschloss.
Einige Minuten später kam Will, der Qi Gong-Lehrer, auf ein Glas grünen Tee zu mir, und wir führten eine belanglose Unterhaltung über die neuen Übungen, die er in dieser Woche vorgestellt hatte, über andere Kurse, die er gab, über eine Oper, die ich sehen wollte. Robert erschien im Türrahmen und nahm sich kaum die Zeit zu klopfen.
„Es gibt ein Problem. Du kennst den Norwegisch-Kurs, den, der am Freitag ganztags stattfindet? Nun, der Lehrer, Herr Jakobs, ist nicht aufgetaucht. Die Teilnehmer sind ein wenig irritiert. Kannst du kommen?"

Taktvoll nahm Will seine kanariengelbe Jacke vom Haken hinter der Tür und sagte uns, dass er ohnehin gerade gehen wollte. Robert schaffte es, telefonisch einen Ersatzlehrer mobil zu machen, der bereit war, den Kurs zu übernehmen, jedoch nicht vor 10.00 Uhr dort sein konnte (es war 9.15 Uhr, und der Unterricht hätte bereits um 8.30 Uhr beginnen müssen.) Ich entschloss mich, zum Waisenhof hinüberzufahren, einem historischen Gebäude, wo solche Kurse abgehalten werden. Dieses College-Gebäude war in der Mitte der Stadt, zu Fuß zwanzig Minuten entfernt, per Auto zehn, wenn man auf der belebten Straße einen Parkplatz finden konnte, und wieder einmal goss es in Strömen. Wie durch ein Wunder gab es eine Parklücke gegenüber dem Eingang, und ich eilte hinauf in den dritten Stock, kam atemlos an und fand den Raum leer bis auf die Bücher und Papiere der abwesenden Teilnehmer und den neuen Lehrer, der auf magische Weise hierher geflogen sein musste, denn er vermittelte den Eindruck, dass er darauf gefasst war, eine unbestimmte Zeit .zu warten, und zwar in unerschütterlicher Ruhe. Wir loteten die Situation aus, und mit einem kalten, leeren Gefühl stellte ich fest, dass Gerald Jakobs seit mehreren Tagen von keinem von uns gesehen worden war. Er lebte allein; ich hatte versucht, ihn an diesem Morgen anzurufen; sein Kollege Norbert, der Vertretungslehrer, hatte mehrere Tage lang versucht, ihn zu erreichen, wie es andere auch getan hätten, sagte er. Nur der Anrufbeantworter meldete sich. Irgendetwas müsste getan oder zumindest versucht werden. Pünktlich um 10.00 Uhr kam die Gruppe zurück, und ich überließ den beunruhigten Norbert seinem Unterrichten, fuhr wieder in mein Büro und versuchte, eine Entscheidung zu treffen.

Meine Kollegin Maria, die mit Gerald Jakobs und seiner Familie in der Vergangenheit Kontakt gehabt hatte, fuhr schließlich mit mir zu seinem Haus, wo wir geschlossene Fenster und zugezogene Gardinen vorfanden. Niemand reagierte auf unser wiederholtes Klingeln an der Eingangstür. Wir gingen zu einer Nachbarin, die nur berichten konnte, dass sie Herrn Jakobs seit Tagen nicht gesehen hatte, was ungewöhnlich war, wenn sie darüber nachdachte. Von dort aus rief Maria Gerald Jakobs' Exfrau an, nachdem sie deren Telefonnummer glücklicherweise schnell gefunden hatte. Wir hatten bis dahin gezögert, diesen Schritt zu tun, weil wir befürchteten, er könnte als Einmischung empfunden werden. Frau Jakobs hörte genau zu und erklärte sich bereit, zu dem Haus zu gehen, für das sie einen

Schlüssel hatte, und zu versuchen, eine Erklärung zu finden. Wir gingen zum College zurück, bedrückt und stark beunruhigt.

Frau Jakobs rief Maria am späten Nachmittag an, um zu berichten, dass ihr Exmann Briefe hinterlassen hätte, über deren Inhalt sie schwieg, und dass er spurlos verschwunden sei. Sie hatte die Polizei benachrichtigt. Herr Jakobs war nun als vermisst registriert. Es gab nichts, was irgendjemand hätte tun können. Obwohl ich das erkannte und akzeptierte, hatte ich das Gefühl, versagt zu haben.. Ich war nicht für jeden in dieser Abteilung verantwortlich, aber ich war die Chefin, und nicht zum ersten Male wurde mir bewusst, was die Position alles mit sich brachte, vom ‚menschlichen Faktor' zu den Finanzen, von Besprechungen, die selten produktiv waren, bis zur Erstellung von Lehrplänen. Zufriedenheit mit der Arbeit? Ja, weiß Gott, und doch ... Eine Kollegin in Hamburg hatte mir, als ich anfing, geraten: „Wenn du tausend gute Ideen hast, versuche, neunhundertneunundneunzig davon in die Praxis umzusetzen und lasse die eine weg!" Viele Sprachlehrer waren von mir eingestellt und wurden von mir versorgt. Traf hier dasselbe zu? Wenn nur 87 von den 88 es schafften, mit ihrem Leben in privater und beruflicher Hinsicht zurechtzukommen, war das akzeptabel? Tat ich genug für sie? In dieser Nacht träumte ich von einem leeren, kalten Haus im Winter, dann von Xü und Lan Wang in einem Sommergarten, sie lachten und bewarfen sich mit winzigen Blumen. Peppi weckte mich, als sie meine Wange bei dem Versuch, meine Nase zu lecken, mit ihren Barthaaren kitzelte. Ich schob sie sanft an das Fußende des Bettes und schlief wieder ein, um Stunden später zu erwachen, bereit für einen neuen Tag.

Ich ging an jedem Dienstag gegen siebzehn Uhr nach der Arbeit zur Akupunktur, und an einem Dienstagmorgen wurde ich im Büro von Ying besucht, der Kollegin und inzwischen Freundin, die Chinesisch unterrichtete. Sie war auf einem Kurzurlaub in China gewesen, und wir hatten uns eine Zeitlang nicht gesehen. Das Leben in Deutschland war nicht leicht für Ying, weil der Arbeitsmarkt in Norddeutschland in den neunziger Jahren für Akademiker wenig zu bieten hatte. Sie nutzte jede Gelegenheit um Geld zu verdienen, gab Privatunterricht oder fütterte Computer mit Daten. Ungeachtet ihrer Schwierigkeiten und Ängste war Ying, zumindest äußerlich, immer heiter und lächelnd und zeigte der Welt ein glückliches Gesicht. An diesem Morgen strahlte sie vor Energie und gutem Willen und plauderte über ihre Kurse.

„Chinesisch ist nicht schwer, wirklich, es ist nur anders! Wenn du als Europäerin es erlernen möchtest, musst du dich einfach gehen lassen, nimm es auf, habe Freude beim Lernen." Sie wollte keine Tasse Tee, weder grün noch schwarz, noch Pfefferminz, Hagebutten oder sonst welchen, weil sie sehr wenig Zeit hatte; sie war auf dem Weg, um Wangs Töchtern eine Privatstunde zu geben.

„Ich hätte gedacht, dass man sehr viel Selbstdisziplin braucht, um Chinesisch zu lernen mit all den Symbolen und der komplizierten Betonung," wandte ich ein. Ying lachte in sich hinein, als hätte ich einen Spaß gemacht. „Nein, ehrlich, du musst nur in der richtigen Gemütsverfassung sein, ich kann es dir irgendwann zeigen! Aber ich muss in einer Minute weg. Ich bin nur schnell vorbeigekommen, um dir etwas aus China zu geben, ein Geschenk." Sie nahm ein flaches, rechteckiges, weißes Päckchen aus ihrer Anoraktasche und öffnete es für mich. Mir fiel ein, dass es in einigen asiatischen Kulturen ungehörig war, ein Geschenk, das man bekommen hatte, gleich zu öffnen, weil man damit den Eindruck erweckte, habsüchtig oder gierig zu sein. Deshalb half Ying mir, als sie ein Stück mitternachtsblauen Stoff herauszog, der ein Muster von silberweißen Symbolen hatte, ein großzügiges quadratisches Tuch aus unglaublich weicher, fließender, schwerer Seide. Es war sehr schön, und das sagte ich ihr, als ich ihr dankte.

„Siehst Du das Bild in der Mitte? Du erkennst die richtige Seite daran, dass diese kleine Sonne in der linken oberen Ecke ist, so, und dieses Bild in der Mitte ist ein Glücks-Symbol. Und siehst du all diese Zeichen an den Kanten? Sie sind alle verschieden, es sind genau hundert, und sie bringen auch alle Glück!"

„Ying, es ist wunderschön, und ich denke, ich sollte es einrahmen und zu Hause an die Wand hängen."

Ihre Augen weiteten sich hinter ihren Brillengläsern in ungeheucheltem Erstaunen. „Nein, oh nein, ein Glücksbringer muss getragen werden, du musst das Tuch also tragen - es wird dir Glück bringen und dich glücklich machen!"

Sechs Tage, nachdem Maria und ich Hilde Jakobs von der Abwesenheit ihres Mannes in Kenntnis gesetzt hatten, erhielten wir einen Anruf von ihr. Seine Leiche war aus der Förde geborgen worden. Er hatte sein Auto in eine der tiefsten Stellen gefahren, so dass es keine Überlebens-Chance gab.

Maria und ich starrten einander in stummem Schock an; Marias Lippen waren weiß, und ich konnte fühlen, wie mir das Blut vom Kopf in die Füße lief. Wir verharrten regungslos an unserem Platz, Robert stand starr neben uns, wir drei wussten nicht, was wir sagen sollten.

Kurz danach hörten wir von Norbert, der Mitgliedern der Familie nahe stand, dass Gerald alles genau geplant hatte, er hatte sogar seine Bücher und Kassetten für den Norwegisch-Unterricht in einem ordentlichen Stapel hinterlassen, auf dem eine Notiz mit der Anordnung lag, sie mir auszuhändigen.

Mein kleines grünes Auto ist ein Zufluchtsort für mich, ein Ort, an dem ich nachdenken kann, in keiner Weise ein potentielles und vorsätzlich zur Zerstörung benutztes Instrument, und ich dachte intensiv über Herrn Jakobs nach, als ich nach Hause fuhr. Ich erinnerte mich an andere Selbstmorde von Personen, die ich gekannt hatte, einen Nachbarn, einen Schulhausmeister, einen jungen Lehrer und eine alte Frau. Und dann war da noch mein Vater. Auch wenn ich an ihn keine bewusste Erinnerung hatte, so hatte ich doch eine lange Zeit gebraucht, bis ich mich mit seiner Entscheidung, sein Leben durch Ertrinken zu beenden, abgefunden hatte. Ich hatte Erklärungen für die Selbstzerstörung gelesen; ich hatte mit Menschen gesprochen, die den Krieg überlebt und mit angesehen hatten, wie Eltern ihre Kinder und dann sich selbst töteten. Ich hatte die Verantwortung und das Privileg erfahren, dass enge Freunde zu mir kamen oder zu mir gebracht wurden, wenn sie sich in solchen Tiefen von Verzweiflung befanden, wie ich sie selbst nie kennen gelernt hatte. Diese Freunde hatten sich schließlich dafür entschieden, weiterzuleben. Ich freute mich für sie und war aus einer egoistischen Perspektive dankbar dafür. Mehr und mehr wird die Freiheit, diese Entscheidung zu treffen, von den Psychologen und Fürsorgern verteidigt. Und doch, wie fühlen sie sich, wenn ein Patient buchstäblich sein Leben in die eigenen Hände nimmt? Ich kam zu dem Schluss, dass jeder Selbstmord so persönlich, so einzigartig, so individuell ist wie jedes Leben und jede andere Form des Todes. Kein sehr origineller Gedanke, aber für mich, in sicherer Distanz zum *Selbst*mord, vielleicht eine Form von Respekt auf dem Weg zur Akzeptanz.

Als ich beim Frühstück die Zeitung öffnete, bemerkte ich eine kurze Information:

Tanne aus Oslo für den Dreiecksplatz

In einer öffentlichen Zeremonie wird morgen, am Sonntag, dem 29. November, um 10.30 Uhr die ‚Nordstjerene'-Loge in Oslo und die ‚Holstentreue'-Loge in Kiel, Dreiecksplatz 9, den Kieler Bürgern einen Weihnachtsbaum aus Oslo schenken. Der Baum wurde in Norwegen gefällt und von der Color Line-Schiffsgesellschaft nach Kiel gebracht. Damit wird eine Tradition fortgesetzt, die während der letzten zehn Jahre entstanden ist.

Ich nahm nicht an der Zeremonie teil, sondern inspizierte den Baum am Montag in meiner Frühstückspause. Es war eine große, schlanke, ebenmäßige Fichte mit mehr üppig tiefgrünen Nadeln als gewöhnlich, obgleich es möglicherweise lediglich mein Gefühl von allgemeinem Wohlbefinden war, das mich dazu brachte, ihn so zu sehen. Die Lichter waren genau so wackelig wie immer an den höheren Zweigen festgeklammert worden, kein Kunstwerk, aber tröstlich vertraut. Etwas im Fenster der Bäckerei Jansen fiel mir auf, als ich vorbeiging: ein riesiger roter Filzstiefel, der verlockend über den mit Zuckerguss bedeckten Kuchen und Plätzchen schaukelte. Eine altertümlich anmutende Schriftrolle gab bekannt:

‚Vom 3. bis 5. Dezember können Kinder bis zu zwölf Jahren oder deren Eltern einen Stiefel oder Schuh bei uns abgeben, der dann mit kleinen Überraschungen gefüllt wird. Der Nikolaus wird seine Arbeit am Montag, dem 6. Dezember, beendet haben. Dann können die Stiefel von ihren Besitzern abgeholt werden. Wir bitten nur darum, dass die Schuhe sauber und ordentlich und mit deutlich geschriebenem Namen und der Anschrift versehen sind.'

Wie jedes Jahr um diese Zeit wurde ich daran erinnert, wie schön es ist, Advent und Weihnachten in Deutschland zu verbringen.

Zu Beginn dieses Dezembers entschlossen sich die Italienisch-Lehrer, eine Vorweihnachts-Party für ihre Studenten zu geben, und ich ging hin, um die Menge der Besucher zu vergrößern, was tatsächlich völlig unnötig war, denn der Klassenraum platzte aus allen Nähten. *Una festa italiana* - das war es wirklich, mit Flaggen - *tricolore* - in grün, weiß und rot - an den Wänden und Girlanden, die die Decke schmückten. Der Rotwein floss in

Strömen, ein improvisiertes Büffet trug Brotstangen, *panetone*, Käse, Schinken, Salami, Weintrauben, Feigen und Salate. Jeder wurde stürmisch begrüßt energisch aufgefordert, hereinzukommen und sich zu setzen, was während des fortschreitenden Abends zunehmend schwieriger wurde. Die Musik war entsprechend laut, von Eros Ramazotti bis Luciano Pavarotti, und der Höhepunkt war erreicht, als Rita und ihr Kollege Giancarlo alle Verse von ‚O sole mio' sangen, mit allem Gefühl, das ihr sizilianisches und sardisches Blut hervorbringen konnte. Als sich der frenetische Applaus gelegt hatte, erzählten sie uns von den Erfahrungen, die sie bei ihrem ersten Weihnachtsfest in Deutschland gemacht hatten.

„Ich dachte, jemand sei gestorben, nicht geboren worden," erklärte Giancarlo und blickte vielsagend an die Zimmerdecke. „Wisst ihr, es war so feierlich! In Sizilien singen und tanzen wir, und wir sind glücklich darüber, dass dieses Kind schließlich in der *presepio,* der Krippe, erscheint!" Seine Zuhörer waren gefesselt von den Anekdoten aus seiner Kindheit, und Rita beteiligte sich, indem sie allen von der guten Hexe erzählte, die am 6. Januar Geschenke für die Kinder in den Schornstein wirft. Als der Wunsch nach einem Weihnachtslied geäußert wurde, gaben Rita und Giancarlo eine prächtige Interpretation von ‚Santa Lucia', um an den Tag der Heiligen, den 13. Dezember, zu erinnern, eine weitere Gelegenheit für die Kinder, Geschenke zu empfangen, was ich auch aus meiner eigenen Kindheit wusste. Bei diesem Gedanken klatschte ich in die Hände und fand mich plötzlich, von den zwei ‚Künstlern' gezogen, in der Mitte des Raumes wieder.

„Und nun," kündigte Rita wie ein Zirkusdirektor an, „wird Laura uns die Geschichte eines kleinen Mädchens erzählen, das einmal vor langer Zeit in einem italienischen Dorf lebte!" Ihre Augen blitzten mutwillig, denn das geschah völlig spontan. Die Partygäste, die im Kreise saßen, klatschten erwartungsvoll, und von der ansteckenden Stimmung des Geschichten-Erzählens ergriffen, begann ich über meine erste Begegnung mit Italien zu sprechen, als ich als kleines Mädchen von meiner Mutter und meinem Stiefvater dorthin mitgenommen wurde. Ich sprach zumeist deutsch, streute jedoch gelegentlich etwas Italienisch ein.

„Die Reise von London nach Calais, durch die Schweiz nach Norditalien dauerte drei Tage, als ich ein Kind war. In unserem kleinen Auto, das etwa die Kapazität eines VW-Käfers hatte, war so ungefähr alles, was eine dreiköpfige Familie für einen einjährigen Aufenthalt brauchte: Kleidung, Bettwäsche, Handtücher, Geschirr, ein Radio, Bücher, Spielzeug und dreizehn Puppen. Diese waren besonders wichtig, weil ich erst neun Jahre alt war. Meine Eltern müssen andere Dinge für notwendig gehalten haben, doch das interessierte mich nicht weiter.

Wir kamen am Abend in Lovere an. Es hätte jedes Dorf in der großen weiten Welt sein können, weil es absolut dunkel war, es kam mir sogar so vor, als ob die unerwartet warme Luft, die uns umgab, so schwarz wie Tinte war. Tatsächlich war Lovere eine kleine Stadt am Iseo-See am Fuß des Gebirges, geographisch ausgedrückt zwischen Bergamo und Brescia, in der Lombardei.

Mein Vater hielt das Auto vor einem riesigen, hell erleuchteten, weißen Haus an. Eine schwarzgekleidete Dame mit silbrigem Haar eilte heraus, um uns zu begrüßen. Sie war etwa so alt wie meine geliebte Großmutter in Schottland und sah nett und freundlich aus. Ich beschloss, die weitere Entwicklung abzuwarten.

„Herr Cenio! Frau Cenio!" (Unser Name war Kenyon, völlig unitalienisch). Sie eilte zu meinen Eltern, und dann sah sie mich. „Und das kleine englische Kind! O!"

Mit einer starken, knochigen Hand strich sie über meine Locken, mit der anderen drückte sie meine Wange zwischen Zeige- und Mittelfinger und brachte meinen ganzen Kopf zum Schütteln.

„Sage ‚Guten Abend' zu der Dame," sagte meine Mutter.

„Hallo," murmelte ich, als die Signora mein Gesicht wieder losließ.

„*Ciao*," antwortete Signora Parisi, entzückt darüber, dass dieses kleine englische Wesen überhaupt sprechen konnte. „*Come ti chiami?*"

„Laura," sagte mein Vater, wiederholte „Laura" und sprach es dabei wie ‚La-uu-ra' aus.

„*Come?*" (Wie bitte?)

„Laura," wieder genau so merkwürdig ausgesprochen. Alle drei strahlten mich an. Ich war entsetzt. Wer in aller Welt wollte solch einen dummen Namen wie diesen haben? Ich selbstverständlich nicht. Signora Parisi sah mich an, bemerkte, dass ich Tränen in den Augen hatte, und schlug sanft vor:

„*Allora, Lora,*" (mehr oder weniger so ausgesprochen, wie ich es tat), „*ti piace il nome? Lora?*" Und sie presste mich an ihren schwarz beschürzten Busen, der sehr ungewohnt duftete, so als ob sie gerade Gemüse gekocht hätte. Von dem Augenblick an wurde sie meine italienische Großmutter, obgleich ich sie einfach immer mit „Signora" anredete.

Der nächste Morgen war klar und sonnig, und ich konnte meine neue Umgebung begutachten. Wir hatten ein Apartment im Erdgeschoss mit einer geräumigen Diele, an deren rechter Seite mein Schlafzimmer war, links eine Wohnküche und geradeaus das Wohnzimmer, durch das man gehen musste, um in das Schlafzimmer meiner Eltern zu kommen. Das Apartment hatte einen Terrazzo-Fußboden ohne eine Spur von Teppich, kalt und abweisend. Die Möbel waren von gewaltigem Ausmaß und aus dunklem Holz gebaut, die Polsterbezuge der Stühle und die Steppdecken auf den Betten bestanden aus schneeweißer, gestärkter Baumwolle. Es sah alles recht zufriedenstellend aus an diesem Sommermorgen, wenn auch etwas streng, verglichen mit dem gemütlichen, plüschigen, vielfarbigen Wohnzimmer im Hause meiner Großmutter. Ich würde mich vermutlich daran gewöhnen, obgleich der Mangel an Farbe und die grässlichen kreisförmigen Neonlampen störten.

Mein Vater war schon zur Arbeit gefahren - er war Ingenieur und von seiner Londoner Firma zum Arbeiten zu ‚Ilva', einer Maschinenbau-Gesellschaft, geschickt worden.

Meine Mutter und ich frühstückten in der Küche: graues Brot mit großen Löchern darin, salzige Butter, Marmelade, die nach Früchten schmeckte, die ich noch nie gegessen hatte, und Tee. Wir hatten noch unsere Morgenmäntel an, weil wir frische Sachen aus den noch nicht ausgepackten Koffern brauchten. Plötzlich hörten wir ein lautes Klopfen an der imposanten Eingangstür. Offensichtlich nicht für uns. Die Signora würde sich damit befassen. Offenbar war sie nicht da, weil nochmals geklopft wurde. Mutter und ich gingen auf Zehenspitzen ins Wohnzimmer. Wenn wir gehört worden wären, hätten wir reagieren und mit dem Besucher sprechen müssen, und wir waren keinesfalls in der Lage, etwas zu erklären oder zu verstehen. Die Eingangstür wurde geöffnet - von außen, - und eine Männerstimme rief:

„*Permesso!*" Wir blieben mucksmäuschenstill.

„*Permesso!*" Noch einmal, und die Stimme kam näher. Wir zogen uns rückwärts ins Schlafzimmer zurück und schlossen die Verbindungstür.

„*Permesso!*" sagte die Stimme, inzwischen aus dem Wohnzimmer. Mutter sah in ihrer Bestürzung um sich und entdeckte den riesigen Kleiderschrank. Sie öffnete die knarrende Mahagonitür, und wir kletterten hinein, gerade zur richtigen Zeit. Der Mann in Uniform (wir konnten ihn nun sehen, weil die schweren Türen nicht ordentlich schlossen) stand verwirrt und stirnrunzelnd mitten im Schlafzimmer. Er nahm seinen Hut ab, kratzte sich am Ohr und ging schließlich durch die Glastür hinaus auf die Veranda, in den Garten, von wo aus er vermutlich wieder auf die Straße gelangte.

Wir hatten unsere Angst fast vergessen und lachten, bis die Tränen an meinen Wangen hinunterliefen. Zur Mittagszeit erklärte Vater uns, dass es ein *Carabiniere* war, der uns die nötigen Formulare bringen wollte, die wir für unsere Aufenthaltserlaubnis ausfüllen mussten. Wir beschlossen, die Eingangstür zu unserem Apartment zu verschließen, bis wir die Sprache ein wenig verstanden.

Mein Vater beherrschte die italienische Sprache gut, jedenfalls glaubten wir das. Dann entdeckten wir, dass er hauptsächlich das technische Italienisch am Arbeitsplatz beherrschte, und außerhalb der Firma konnte er Mahlzeiten im *San Antonio* bestellen. Was er nicht konnte, war das Erledigen irgendwelcher Einkäufe. So nahm meine Mutter mich am zweiten Tag an die Hand, und wir gingen ins Dorf. In der Bäckerei klappte es gut: ein wenig Gestikulieren, ein freundliches Lächeln, und wir verließen den winzigen Laden mit Brot und *biscotti,* einer Art von getoasteten Brettern, die keinerlei Ähnlichkeit mit Keksen hatten. Ein Stück weiter die Hauptstraße entlang kauften wir Obst und Gemüse, was kein Problem war, obgleich es dort interessante neue Dinge gab, wie zum Beispiel Zucchini, Feigen und Khakifrüchte. Einen richtigen Schock bekam ich dagegen beim Schlachter. Als wir an der Reihe waren, schlug meine Mutter auf ihren Oberschenkel und rief mit lauter, klarer Stimme „Baa, baa!" Wenn ich nur in der Lage gewesen wäre, in der Erde zu versinken; nie in meinem ganzen Leben hatte ich etwas so Peinliches erlebt. Unglücklicherweise war der Schlachter selbst entzückt über den Scharfsinn der *Signora inglese,* und von der Zeit an bekamen wir das bestmögliche Fleisch, sogar dann noch, als meine Mutter es auf etwas konventionellere Weise bestellen konnte. Mehrere Monate später betraten wir das Geschäft und fragten nach Kalbfleisch. Es war noch nicht ganz fertig; ob wir nach dem Erledigen unserer anderen Einkäufe noch einmal vorbeikommen könnten? Auf dem Weg ins Dorf hatte ich die samtige Nase einer kleinen Kuh gestreichelt, die an einem Torpfosten angebunden war. Als wir nach etwa einer Stunde zurückkamen, gingen wir in das Geschäft, um unser *vitello* abzuholen: das dampfende Fleisch wurde gerade aufgeschnitten, und die kleine Kuh war nirgendwo mehr zu sehen.

Ein ähnlicher Vorfall ereignete sich mit dem Esel der Familie Garratini. Die Garratinis - Vater, Mutter und die Kinder Andrea, Lucia, Alberto, Giancarlo, Vittorio, Laura, Maria, Peppino und Daniele, waren unsere Nachbarn, und ich begann bald, mit den beiden jüngsten Kindern zu spielen. Im Herbst wurden wir zu einem Essen eingeladen - einer *festa* - , und es gab Unmengen von Essen und Trinken in endloser Reihenfolge. Wir Kinder kamen an den Tisch und gingen wieder fort, wir aßen und tranken, wenn wir es mochten; dann konnten wir eine Weile spielen, ein kurzes Schläfchen in einer Ecke des *sala da pranza* machen, wieder an den Tisch kommen und an allem knabbern, das serviert wurde. Mama Garratini zog mich auf ihren Schoß, strich über mein Haar wie immer und fragte:

„*Hai fame, Laura mia?*" (Hast du Hunger, meine Laura?)

Bevor ich antworten konnte, schob sie eine dünne Scheibe Salami zwischen meine Zähne. Sie schmeckte wirklich gut, wenn ich auch eigentlich im Moment nicht hungrig war. Endlich durfte ich von ihrem Knien rutschen. Im Esszimmer war es sehr warm und stickig vom Zigarettenrauch, deshalb beschloss ich, hinauszugehen und den Esel im Obstgarten zu besuchen. Ich konnte ihn nirgendwo sehen. *Strano, però.* (Merkwürdig, eigentlich.) Ich fragte Vittorio, meinen Lieblings-Garratini, der versuchte, Steine durch ein Loch im Zaun zu werfen.

„Wo ist der Esel?"

Vittorio lachte über die Ignoranz dieses englischen Kindes. „In der Salami, natürlich!"

Eine ganze Woche lang aß ich nichts außer Obst und Käse.

Das Leben in Lovere konnte höchst dramatisch sein, wie zum Beispiel an dem Tag, als Danieles Mandeln in dem *ospedale* hinter der Kirche am entlegenen Ende der Hauptstraße entfernt wurden. Es war vollkommen klar, dass er sich nicht im Hospital von der Operation erholen sollte, die Sache sollte ambulant erledigt werden. Der *zio inglese*, (der englische Onkel) mein Vater, besaß *una macchina*, unser treues

Familienauto, eine Rarität im Dorf, das oft als Taxi zur Verfügung gestellt wurde; so boten meine Eltern an, Daniele zu seiner Operation zu fahren und ihn dann nach Hause zu bringen. Es war nur natürlich, dass seine Mutter mitfahren wollte, - aber auch sein Vater, zwei Schwestern, Vittorio und ein Onkel, der extra gekommen war, um seinem Neffen in seiner schweren Stunde beizustehen? Ganz sicher war in der Familie üblich. Das Ergebnis dieser Fürsorge war allerdings, dass ich nicht mitfahren konnte, weil kein Platz im Auto übrig blieb, und ich war tief enttäuscht. Die ganze Angelegenheit hatte einen irgendwie festlichen Charakter - noch eine *festa* - in jeder Hinsicht, und ich war ausgeschlossen. Ich war jedoch nicht lange traurig. Nach einer überraschend kurzen Zeit kamen alle wieder. Der blasse Daniele wurde ins Haus zurückgetragen. Ich trat näher, um zu sehen, wie es ihm ging, und er schaffte es, mir stolz und flüsternd zu erzählen: *„Tonsille grande come arancie!"* (Mandeln so groß wie Apfelsinen!) Und während der folgenden Tage nahmen seine Mandeln an Pracht und Herrlichkeit zu, als er über seine bluttriefende Erfahrung sprach, bis sie nicht nur die Größe von Orangen gehabt hatten, sondern so groß wie riesige Pfirsiche oder sogar wie Grapefruits gewesen waren.

Und Weihnachten in Lovere? Alles war schneebedeckt; die Berge hinter dem Dorf waren wie eine gemalte Landschaft, die Sonne schien den ganzen Tag über, und die Abende waren dunkel und frostig, wenn ich von den Garratinis nach Hause kam. Laura Garratini hatte eine Skihose für mich genäht, und meine Mutter hatte Pullover und Jacken gestrickt, eine Notwendigkeit, weil es viel kälter war als in Schottland oder London. Wir fuhren nach Mailand, um Weihnachtseinkäufe zu machen, und theoretisch hatte ich keine Ahnung von all den Geheimnissen, dabei hatte ich schon seit Ewigkeiten gewusst, dass es in England oder Italien keinen Weihnachtsmann gab. Was ich nicht wissen konnte, war, dass am 13. Dezember das *festa di Santa Lucia* gefeiert wurde, bei dem sogar ein nicht-italienisches Kind Süßigkeiten und kleine Geschenke bekam; eins davon war ‚Mikado' (ich habe vergessen, wie es italienisch genannt wurde). Die Garratini-Kinder waren schlauer als ich und schrieen jedes Mal „Mosso! Mosso! Mosso!" - es hat sich bewegt - wenn eines der Hölzer zu zittern begann.

Weihnachten selbst war die größte *festa* von allem. Am Heiligabend war alles beleuchtet, besonders die Kirche und der Weg, der dorthin führte. Alle Dörfler gingen zu der offenen Kirchentür; die Männer trugen formelle Anzüge, die Frauen kamen in ihren schönsten Kleidern mit Spitzen-Schals. Nur die Kinder waren fast wie immer gekleidet, sie hatten dicke Wollsachen an, weil es so sehr kalt war. In der Nähe des Altars stand eine prächtige Krippe mit Tieren, Dekorationen, Schäfern, allerdings ohne Könige, die erst am 6. Januar ,ankommen' würden, aber die Krippe war leer. Das Baby Jesus würde dort wie immer erst am 25. Dezember gefunden werden. Ich beobachtete und hörte zu und erkannte, dass das *bambina inglese* ein Teil des Ganzen war, und ich war damit tief zufrieden."

Die Zuhörer waren still gewesen wie Kinder, denen eine Geschichte erzählt wurde. Als die Erzählung zu Ende war, applaudierten sie nachdenklich und griffen nach dem *panetone* und dem *bardolino,* die langsam aber sicher zur Neige gingen.

Kapitel 14

Erinnerung

Liebesbriefe, französisch geschrieben, lagen jahrelang in einem grünen Pappkarton, bis sie eines Tages bei einem großen Aufräumen ins Feuer geworfen wurden. Und lange, lange bemerkte es niemand.

„Könnt Ihr für eine Minute in mein Büro kommen?" fragte ich Maria und Robert am zweiten Tag des brandneuen Frühlingssemesters. Als sie es geschafft hatten, sich aus ihren Telefongesprächen herauszuwinden, kamen sie herein, setzten sich und beobachteten mich mit Besorgnis. Wir drei sind ein gutes Team; es war nicht zu vermuten, dass jemand gekielholt würde, aber es lag ein wenig Elektrizität in der Luft. Ich öffnete mein Exemplar des neuen Semesterverzeichnisses beim Fremdsprachenteil. ,Unsere' Seiten waren voll von Notizen, Daten und Frage- und Ausrufungszeichen. Der Rest des Buches, das die Größe eines kleinen Telefonbuches hatte, war sauber, beinahe im Urzustand; die Abschnitte für Computer, Gesundheit und Fitness, Musik, Ökologie, Philosophie oder was auch immer trugen keine Zeichen unserer Bleistifte oder Kugelschreiber.
„Oh-oh," murmelte Maria, „hast du die Spanischkurse aufgeschlagen?" Ich nickte.
„Ich sprach gestern mit Frau Alvarez, und sie beklagte sich, dass Frau Lopez mehr Teilnehmer hat als sie. Und ihr Klassenraum ist kalt. Und warum hat sie ihre Listen nicht rechtzeitig bekommen? Und soll sie in der nächsten Woche wieder hingehen, oder soll der Kurs abgesagt werden?" Das Team seufzte. Es war in jedem Semester dieselbe Prozedur mit Frau Alvarez.
„Ich werde heute Abend hingehen, wenn sie ihre nächste Gruppe hat, und alles klären, sagte ich. „Ich dachte nur, ihr solltet informiert sein, falls sie euch wegen eines weiteren Problems anruft, während ich in der Sitzung mit den anderen Abteilungen bin." Robert schlug vor, eine aktuelle Liste der Anmeldungen auszudrucken; ich könnte sie mitnehmen und den Lehrern beweisen, dass ihre Kurse zu viele Teilnehmer hatten (kein großes Problem) oder zu wenige (manchmal eine unüberwindliche Schwierigkeit).

„Ja, fein." Aber wir alle wussten, dass unsere Vorgesetzten erbarmungslos Kürzungen forderten. Es war eine undankbare Aufgabe, zu kleinen Teilnehmergruppen und deren Lehrern zu sagen, dass wir es uns nicht leisten konnten, ihnen das Weiterarbeiten zu erlauben. Nichtsdestoweniger fassten wir Mut, als wir die anderen Spanisch-Kurse durchgingen, die mit ihren Besucherzahlen größtenteils über den Berg waren.

Um Viertel vor sieben begann ich bei Raum 110: Italienisch, Mittelstufe 2. Rita eilte mir entgegen und lächelte vor Freude. „Ciao, Laura! Es ist gut, alles perfekt, siehst du?" Mit großer Geste öffnete sie ihre Arme weit in Richtung ihrer Gruppe von zehn Teilnehmern. Keine Diskussion erforderlich, deshalb wünschte ich ihnen ein gutes Semester und ging zur nächsten Tür.

Dieses war Dr. Beyers Polnisch-Anfängerklasse. Es waren achtzehn Personen - zu viele, um effektiv zu lernen, zu wenige, um zwei Gruppen daraus zu machen. Eine endgültige Entscheidung wurde bis zur nächsten Woche verschoben.

Türkisch für fortgeschrittene Anfänger: eine Musterklasse von zehn. Ja, kein Problem, außer der Tatsache, dass sie alle ihre Mäntel und Anoraks anhatten und versuchten, ihre Hände warm zu reiben. Ich beschloss, sofort den Hausmeister zu informieren und ihn um eine Kontrolle der Heizung zu bitten.

Schwedisch Mittelstufe 1 war bedauerlich ruhig. Ein junger Mann, ein Mann mittleren Alters und ihr ziemlich junger Lehrer saßen traurig an einem Tisch und warteten auf meine Ankunft, um aus ihrer Misere gerettet zu werden. Vielleicht könnten sie in einen niedrigeren Kurs zurückgehen oder in eine höhere aufrücken? Sie würden darüber nachdenken, glaubten es aber nicht.

Norwegisch, Anfänger 3. Siss, eine hübsche Dame mit aschblondem Haar und himmelblauen Augen lächelte mit fröhlicher Zuversicht und sagte mir, dass es nichts gäbe, um das man sich sorgen müsse. Zwölf aufmerksame Augenpaare beobachteten Siss und mich.

„Bringt Siss immer so viele Dinge mit zum Unterricht?" fragte ich sie und zeigte auf einen großen Korb.

„Ja, sie bringt uns Kekse und Schokolade mit, wenn wir brav sind, und wir sind immer brav!" Diese Information kam von einer aufgeweckten jungen Dame, und alle anderen nickten heftig.

Ich überließ sie alle ihren Sprachen und dachte an das, was meine Mutter und Großmutter oft gesagt hatten: „Das Leben ist großartig, solange du nicht schwach wirst!" Wie wahr. Ich liebte das Leben, das diese Arbeit mit sich brachte, gleichgültig, welche Steine die örtliche Regierung uns in den Weg legte, ich würde nicht schwach werden.

Auf einmal bildete sich eine kleine Welle in meinem persönlichen Teich, und ein neues und unerwartetes Kapitel öffnete sich. Ich hatte die Post aus unserem großen Briefkasten herausgenommen, ein Durcheinander von Zeitschriften, Katalogen, Reklamesendungen, die übliche Rechnung und eine Postkarte aus Bayern. Es hatte geregnet, wieder einmal in diesem Winter. Die Post war feucht, und dadurch hing eine rosa Karte an der Rückseite eines Computer-Handbuches fest. Die Deutsche Post informierte mich darüber, dass es nicht möglich gewesen war, mir ein Paket oder Päckchen auszuhändigen. Ob ich es während der unten angeführten Öffnungszeiten in der Hauptpost abholen könnte? Es war nach 18.00 Uhr, so musste ich also meine Neugier bis zum folgenden Nachmittag im Zaum halten, wenn ich auf dem Heimweg zur Post fahren konnte. Neugier? Wahrscheinlich war es nichts Interessanteres als unverlangtes Lehrmaterial für Fremdsprachen. Ich vergaß es beinahe, sah erst am nächsten Tag die auffallende Karte auf dem Beifahrersitz und konnte gerade noch rechtzeitig in die Bergstraße abbiegen, um zur Post zu fahren.

Es war ein arg mitgenommen aussehendes Päckchen, unbeholfen verpackt mit Hilfe von faltigem Tesaband, eine Ecke mit englischen Briefmarken beklebt. Es gab keinen Absender, keine kleine grüne Zollerklärung, überhaupt keinen Hinweis. Es war daher persönlich, denn es hatte nichts gemeinsam mit den glatten, zweckmäßigen Paketen, die von Verlagen oder anderen professionellen Absendern verschickt wurden. Die Adresse war in einer unbekannten Handschrift geschrieben. Ich wurde immer neugieriger. Zu Hause angekommen, packte ich das Auto aus, fütterte Peppi, hörte den Anrufbeantworter ab und setzte mich schließlich an den Küchentisch, bewaffnet mit einer Schere und meinem scharfen Lieblings-Gemüsemesser. Sobald das Tesaband zerschnitten war, fiel der Inhalt auf die blasse hölzerne Oberfläche des Tisches: ein Umschlag und ein ausgebeultes graugrünes Notizbuch. Ich öffnete den Brief zuerst.

Sehr geehrte Frau Franzen,

mein Name ist Mary Cooper. Ich bin eine Freundin von Margaret Brotherton, und war eine Freundin und Nachbarin von Catherine Colbourne. Margaret erzählte mir von Ihrer Suche nach Information über Ihren Vater, und ich muss zugeben, dass ich zuerst weder damit noch mit Dingen, die John, Catherines Ehemann, betrafen, etwas zu tun haben wollte. Ich möchte keine Einzelheiten ansprechen, lassen Sie mich nur sagen, dass er sie sehr, sehr unglücklich gemacht hat und dass ich nie in der Lage war, ihm zu vergeben. Wie auch immer. Mir ist klar, dass diese Dinge in keiner Weise Ihr Fehler sind, und so habe ich mich entschlossen, Ihnen das beigefügte Notizbuch zu senden. Es wurde von Ihrem Vater geschrieben, und deshalb gehört es nach Catherines Tod von Rechts wegen Ihnen.

Wie Margaret sagte, wussten wir nichts von Ihrer Existenz, deshalb räumten wir alles aus und gaben Dinge weg oder verbrannten sie, als Cathy starb. Dieses Notizbuch befand sich in der Seitentasche eines kleinen Koffers von Cathy, den ich behielt - er war ein Geschenk von meinem Mann und mir gewesen. Alle anderen Dinge hatten wir bereits entfernt, als ich das Notizbuch fand, und ich brachte es nicht fertig, es wegzuwerfen. Vielleicht war es Vorsehung, ich weiß es nicht. Ich selbst habe es nicht gelesen, weil ich von dem, was geschehen ist, so viel wie möglich vergessen möchte. Es tut mir leid, dass ich Ihnen keinerlei positive Information über Ihren Vater geben kann.

Margaret hat mir wiederholt am Telefon erzählt, dass Sie sehr nett sind; sie mag Sie, und so ist alles, soweit es mich betrifft, in Ordnung.
Ihre ergebene
Mary M. Cooper.

Es war der merkwürdigste Brief, den ich je erhalten hatte; der Inhalt völlig unerwartet, die Form, was meinen Vater betraf, kalt und unversöhnlich, mir selbst gegenüber misstrauisch. Nicht zum ersten Male in der John Colbourne-Odyssee erlebte ich Aufregung, Zorn, Traurigkeit, Bitterkeit, alles verbunden mit der Erleichterung darüber, dass eine weitere Tür sich öffnete. Es wäre nicht korrekt, zu sagen, dass der Inhalt des Päckchens von Mary Cooper mein Leben änderte, aber er brachte mich zum ersten und einzigen Mal direkt mit meinem Vater in Verbindung. Plötzlich wusste ich, wie es war, gleichsam an einen anderen Ort und in eine andere Zeit transportiert zu werden, so als ob ich durch das Lesen des Tagebuchs fähig war, selbst Stücke von John Colbournes Leben zu leben, fast so, als sei ich ein Medium. Ich habe das Tagebuch nun vor mir, auf meinem Schreibtisch.

Mittwoch, 8. Januar 1958

Heute ist mein 44. Geburtstag, vielleicht ein Meilenstein, wahrscheinlich aber weit mehr als die Hälfte vom biblischen Alter. Nun, auf jeden Fall hat es mich dazu gebracht, dieses Notizbuch zu öffnen!

Ich habe noch nie ein Tagebuch geschrieben, aber der Therapeut, Mr Livesey, den ich einmal pro Woche in der Klinik aufsuchen soll, hielt es für eine gute Idee, Dinge zu Papier zu bringen. Er fragte mich, ob ich ein Hobby hätte, und ich gebe zu, dass ich eine Weile nachdenken musste, bevor ich antworten konnte. Da gab es natürlich meine Briefmarkensammlung, aber ich wollte sie nicht erwähnen, weil ich sie vor einigen Jahren während einer Pechsträhne verkauft hatte. Ob ich malte oder zeichnete oder ein Musikinstrument spielte? fragte Mr Livesey. Nein, und an Sport war ich auch nicht interessiert, außer am Gesellschaftstanz, und das war nicht mehr von Bedeutung. Cathy wollte früher gern einmal zum Tanzen gehen, aber ich habe es geschafft, es ihr auszureden. Das ist eben nur etwas, was ich nicht mehr will. Und dann erinnerte ich mich daran, dass ich als Teenager einige Geschichten geschrieben hatte, nur so zum Spaß; ich erzählte Mr L. davon, und er schlug vor, dass ich wieder versuchen sollte zu schreiben. Er muss meinen zweifelnden Blick gesehen haben, denn er riet mir, zunächst etwas Einfaches zu versuchen, zum Beispiel ein Tagebuch zu schreiben.

Ich fand dieses Notizbuch in der Druckerei, in der ich eine Teilzeitbeschäftigung habe (Cathy besorgte mir den Job), und es scheint niemandem zu gehören, so habe ich also jetzt damit angefangen, in meiner Mittagspause.

Was hat sich in dieser Woche ereignet? Cathy und gingen am Montagabend ins Kino und sahen ,South Pacific'. Es war ganz nett, mehr ein Film für Frauen, zum Weinen, und Cathy schwelgte geradezu in Tränen. Es wäre schön gewesen, hinterher in ein Lokal zu gehen, um etwas zu trinken, und ich hätte mich auf Limonade beschränkt, aber die Ärzte haben mir geraten, mich von ,Orten der Versuchung' fernzuhalten, und ich denke, dass sie recht haben.

152

Wir blieben am Dienstag und Mittwoch zu Hause. Cathy versucht immer noch, einen Pullover für mich fertig zu stricken, so war sie damit beschäftigt, und ich las mein Buch aus der Bücherei: Die 39 Stufen, und wir hatten das Radio an, etwas über Palm Court. Und wieder gab es Kakao. Ist das Leben nicht aufregend? Ha-ha.

Donnerstag, 16. Januar

Ich erwachte mit Kopfschmerzen; Cathy gab mir beim Frühstück zwei Tabletten, und sie halfen; sie machten mich sogar ein wenig heiterer. Warum wird keine Spezial-Pille erfunden, die man nehmen kann, statt Alkohol zu trinken? Ich denke dabei nicht an Drogen, nur an etwas, das einem zu besserer Stimmung verhilft. Obgleich die Tabletten, die sie mir beim letzten Mal in der Klinik gaben, helfen sollen, haben sie nur die Wirkung, dass ich mich müde und deprimiert fühle. Als ich Mr Livesey von den Nebenwirkungen erzählte, sagte er nur, das ließe sich nicht ändern. Vielleicht gewöhnt sich mein Körper daran.

Mittwoch, 29. Januar

Cathy überredete mich, mit ihr zu gehen und mit dem Pastor zu sprechen, oder vielleicht lieber mit dem Pastor. Sie glaubt schon seit einiger Zeit, dass die Methodisten mich vielleicht vor dem Dämon Alkohol retten können. So ging ich mit, ihr zuliebe. Ich kam mir ein wenig dumm vor, obgleich ich sagen muss, dass der Pastor, Mr Jennings, ein sehr ,normaler' Mensch war. Wir sprachen über Krankheit, wie Menschen damit fertig werden, und er erwähnte sehr vorsichtig, dass jede Art von Sucht genau so eine Krankheit ist wie ein gebrochenes Bein oder ein Gehirntumor. Er achtete sehr darauf, das Wort Alkohol nicht auszusprechen. Vielleicht hatte Cathy ihn gewarnt, oder vielleicht erwartete er, dass ich das Thema anschneiden würde, ich weiß es nicht, ich fühlte mich nur unbeholfen. Sie behandelten mich beide, als sei ich ein Kind, auf das man eingehen, das man aufheitern musste.

Montag, 3. Februar

Wie ein braver Junge ging ich zu Dr. Livesey. Er ist schon in Ordnung, es ist nur so, dass er mir wirklich nichts sagt, was ich nicht schon weiß - denken Sie an all die Möglichkeiten, die Ihnen offen stehen, vermeiden Sie Plätze, an denen es Alkohol gibt, pflegen Sie ein Hobby, treiben Sie viel Sport usw.

Freitag, 7. Februar

Cathy war tränenüberströmt, ungewöhnlich für sie. Wir reden nicht viel über Frauenkrankheiten (oder die von Männern, wenn man so will - Cathy ist empfindlich, beinahe prüde). Sie sagte etwas über ihre Hormone und die Wechseljahre, und sie errötete, als sie das sagte. Wusste ich etwas über den weiblichen Zyklus oder die Menopause? Ich weiß nicht viel und sagte es ihr. Das war der Moment, in dem sie in Tränen ausbrach. Es stellte sich heraus, dass sie sehr gern ein Kind oder Kinder gehabt hätte. Ich war ein wenig verdutzt, denn sie war Mitte Vierzig, als wir heirateten, und sie musste gewusst haben, dass keine große Chance bestand. Es ist merkwürdig, dass sie das Thema zum ersten Mal anschnitt, obwohl wir seit drei Jahren verheiratet sind. Hatte ich nie Kinder haben wollen? fragte sie. Ich hatte dazu nicht viel zu sagen und zog es vor, das Thema nicht weiter zu verfolgen, jedoch war sie extrem bekümmert, sie tat mir leid, und ich fühlte mich gleichzeitig hilflos. Ich tröstete sie, so gut ich konnte, fühlte mich aber unzulänglich, wie gewöhnlich. Cathy ist eine großartige Frau und Kameradin, es ist nur so, dass im Schlafzimmer die Dinge nicht immer so verlaufen, wie sie es gern hätte. Es ist nicht meine Art, der dominante Mann zu sein, tatsächlich gibt es viele andere Dinge, die mindestens ebenso wichtig sind. Als ich um Cathy warb, erzählte ich ihr, dass sie bei mir völlig sicher sein könnte. Sie brauche sich um ihre Tugend keine Sorgen zu machen; ein gutes Buch oder ein Teller selbst gekochter Suppe seien für mich genau so interessant wie eine Frau. Sie war irritiert. Ich hatte es im Spaß gesagt, oder hatte es zumindest beruhigend gemeint, aber sie wusste nicht, was sie von meiner Bemerkung halten sollte. Wenn ich mir vorstelle, ich würde Mr. Livesey so etwas erzählen!

Sonntag, 9. Februar

Cathy ist wieder heiterer und sehr liebevoll. Das ist eines der nettesten Dinge an ihr - sie ist nett und liebevoll. Dennoch bringt sie mich dazu, mich richtig schuldig zu fühlen, wenn sie so nett ist, und dann hätte ich oft gern einen Drink, um mich ihr, nun, weniger verpflichtet zu fühlen.

Dienstag, 4. März

Verdammt, warum schreibe ich ein Tagebuch? In diesen Tagen hat nichts viel Sinn, wozu also irgend etwas aufschreiben?

Mittwoch, 5. März

Ein schwarzer Tag. Ich schwor, nur ein wenig an die frische Luft zu gehen, um einen klaren Kopf zu bekommen. Diese Kopfschmerzen sind ein Dauerzustand geworden. Ich habe versucht, Mr Livesey und Cathy zu erklären, wie sehr sie mich belasten, aber sie scheinen es nicht zu verstehen. So dachte ich mir, ich wollte nur einen Whisky trinken, ich weiß, dass ich die Dinge unter Kontrolle halten kann. Ehrlich, ich war absolut sicher. Das Nächste, woran ich mich erinnere, ist, dass ich über den kleinen Teppich am unteren Ende der Treppe fiel.

Donnerstag, 6. März

Ich bat Cathy, mir zu erzählen, was passiert war. Sie versuchte, es sehr sachlich zu tun, aber ihre Stimme zitterte. Einige Burschen, Freunde des Wirts, hatten mich nach Hause gebracht, dann hatte ich ein wenig randaliert, hatte den Schirmständer gegen die Flurgarderobe geworfen und den Spiegel zerbrochen. Ich war ihr, Cathy, gegenüber nicht handgreiflich geworden. Es war die Art, in der sie dieses sagte, mit einer so ruhigen Stimme, die mich wirklich schockierte. Ich wusste, dass ich in der Vergangenheit mehrfach Hand an sie gelegt hatte. Sie fragte, ob ich mit ihr beten würde. Ich gebe zu, dass ich das nicht ertragen konnte. Ich bat sie, mir noch eine Chance zu geben; es würde nicht wieder passieren, diesmal würde ich mein Versprechen halten. Und es endete damit, dass ich mich bereit erklärte, wieder in die Kirche zu gehen und mit dem Pastor zu sprechen.

Mittwoch, 2. April

Alles sieht etwas besser aus. Ich werde Außendienst machen, ein wenig umherreisen und unsere Schreib- und Papierwaren verkaufen, die besseren Sachen, die die Drucker herstellen. Als ich Cathy davon erzählte, war sie diesem Vorhaben gegenüber zuerst skeptisch, lenkte

155

dann aber allmählich ein. Die Schwierigkeit liegt natürlich beim Transport. Dafür wäre ein Auto ideal, nichts großes, nur ein Ford Prefect oder ein Morris. Cathy würde es nicht billigen, wenn ich fahre, das ist mir klar, aber ich habe wieder seit über zwei Wochen keinen Alkohol getrunken, und ich vermisse ihn nicht einmal. So gibt es keinen Grund, mir in Bezug auf das Fahren zu misstrauen. Ich habe jedoch das Geld nicht, und ich möchte Cathy nicht darum bitten. Vielleicht werde ich weiter die Eisenbahn benutzen und nach Norden und Süden reisen. Reisen quer durch das Land sind per Eisenbahn nur schlecht möglich, und wenn ich ein Auto hätte, könnte ich bis in den Westen hinunter fahren. Ich sollte es besser vergessen und mich auf die lokalen Geschäfte konzentrieren, auch wenn das alles so langweilig ist, dass ich es im Schlaf tun könnte.

Freitag, 18. April

Das Thema Kinder kam wieder zur Sprache. Was hältst du von Adoption? sagte Cathy beim Tee. Nicht viel, sagte ich (unklugerweise), wir sind zu alt. Daraufhin schwieg sie, und ich wünschte, ich wäre taktvoller gewesen. Takt schien einer meiner schwachen Punkte zu sein. Manchmal überlege ich, ob ich die Fähigkeit, taktvoll zu sein, verloren habe, weil Cathy immer so gut gelaunt ist; sie selbst ist fast immer in guter Stimmung und stets bereit, mich aufzuheitern, wenn ich schlechter Laune bin. Ich kann mich also nicht über sie beklagen. Sie bringt mich manchmal dazu, mich schuldig zu fühlen. Ich muss mich mehr anstrengen; sie hat keinen so schwierigen Ehemann wie mich verdient.

Um dem Ganzen eine neue Richtung zu geben, brachte ich das Thema Kinder selbst zur Sprache. Welche Art von Kind würde sie sich gewünscht haben? Einen Jungen, ein Mädchen, dunkelhaarig oder blond, usw. Sie sagte, es wäre ihr gleich gewesen. Sie liebte alle Kinder, das wusste ich. Und was ist mit dir? fragte sie. Sie wollte wissen, ob ich mir niemals ernsthaft eine Familie gewünscht hätte. Wie war es in deiner ersten Ehe? Ich war froh, dass ich sie an unsere Abmachung erinnern konnte: wir kamen überein, niemals über meine erste Ehe zu sprechen. Es war alles schmerzlich genug gewesen, sagte ich ihr, und ich würde es vorziehen, die Vergangenheit ruhen zu lassen. Sie akzeptierte das, weil sie sehr religiös war. Und dann fing sie wieder an. Als ich sie erinnerte, entschuldigte sie sich sofort und lenkte das Gespräch auf Adoption im allgemeinen, und wie unfair es doch war, dass man Ehepaare unseres Alters nicht einmal als Eltern in Betracht zog. Ihr zuliebe, oder war es nur, um den Frieden zu bewahren? erzählte ich ihr, dass ich mir immer gewünscht hätte, eine Tochter zu haben, ein kleines Mädchen mit großen blauen Augen und Locken, etwa wie Shirley Temple. Cathy sagte, dass sie sich keinen Shirley Temple-Film ansehen könne, ohne ein paar Tränen zu vergießen, sie war ein so süßes, kleines Ding. Ich legte den Arm um sie, und wir lachten beide, um unsere Verlegenheit zu verbergen.

Sonnabend, 19. April
Ich träumte von einem Kleinkind mit lockigem Haar und konnte das Bild nicht aus dem Kopf loswerden. Dann sah ich ein Kind, genau wie Shirley Temple, in der High Street mit einer schlanken braunhaarigen Frau. Es war jedoch niemand, den ich kannte. Während der Mittagspause ging ich in das Saracen's Head-Restaurant, um ein Sandwich zu essen, und ich traf Patrick Murphy, der eine Runde Getränke ausgab. Ich muss ein Bier und einen Whisky gehabt haben, ich bin nicht sicher, jedenfalls zog Patrick mich nach einer Weile nach draußen, und ich konnte im Park (hinter unseren Haus) umhergehen, um wieder einen klaren Kopf zu bekommen. Ich komme mit einem oder zwei Getränken zurecht, kein Problem. Cathy fing einen Streit an, weil ich nicht in die Druckerei zurück gegangen war. Sie glaubte mir nicht, als ich sagte, mir sei unwohl gewesen.

Montag, 5. Mai
Wieder ein Termin mit Dr. Livesey. Ich erzählte ihm von der Episode im Saracen's, und er warnte mich, nicht zum ersten Mal und sagte, ich solle mich von Lokalen jeder Art fernhalten. Ich hätte diesmal Glück gehabt, aber mir hätten genau so gut die Dinge aus der Hand gleiten können, wie es schon mehrfach passiert war. Hatte sich irgend etwas ereignet, das mich dazu gebracht hatte, einen Drink zu brauchen? Nein, abgesehen von dem nie endenden Thema ,Kinder'. War es für mich persönlich ein Problem, kinderlos zu sein? Er ging den Dingen nicht auf den Grund, was eine Erleichterung war. Er weiß natürlich von meiner ersten Ehe, respektiert aber die Tatsache, dass ich nicht

157

*darüber sprechen möchte. Cathy hat während der letzten Tage das
Thema Kinder nicht mehr erwähnt.*

Dienstag, 13. Mai
   *Wir fingen an, einen Sommerurlaub zu planen. Cathy denkt an
Skegness; ich würde lieber nach Devon oder Cornwall fahren. Egal
wofür wir uns entscheiden, wir werden im Mai oder Juni für zwei
Wochen wegfahren.*
   *Die Arbeit in der Druckerei ist immer noch langweilig - ich weiß, ich
könnte ihnen Gewinne verschaffen und sie veranlassen, mir eine
annehmbare Gehaltserhöhung zu geben, wenn ich nur ihre bessere
Ware in andere Gebiete bringen könnte, Kettering ist so ein enger,
begrenzter Ort. Es ist so, als ob der Chef mir nicht vertraut. Jeder
trinkt mal Alkohol, und ich habe ihn mehr als einmal verkatert gesehen...*
   *Es wäre wirklich schön, wenn wir ein Auto hätten, um damit in
Urlaub zu fahren. Catherine hat Geld auf ihrem Postsparbuch, mehr
als genug für irgendein bescheidenes Auto - sie könnte sogar ihren
Führerschein machen, sie ist nicht zu alt. Wir könnten ein Auto
wirklich gut gebrauchen: für den Urlaub, für meine Arbeit, und sie
könnte nach Northampton fahren, um einige ihrer alten Freunde zu
besuchen. Es ist wirklich sinnvoll für uns, ein Auto zu kaufen. Cathy
sagte, sie würde darüber nachdenken. Verdammt! Wenn ich das Geld
zur Verfügung hätte, würde ich keine zwei Minuten darüber nachdenken müssen! Ich hasse es, von Cathys gutem Willen abhängig zu sein.*

Freitag, 16. Mai
   *Ich habe nun seit Wochen nicht mehr getrunken, obgleich ich die
Tage oder Wochen nicht zähle, wie Dr. Livesey vorschlug. Man kann
diese Angewohnheit tatsächlich ablegen, es ist nur eine Frage der
Willenskraft. Cathy und ich gingen zu den Nachbarn zum Tee, wie ich
es nenne. Cathy nennt es Abendessen. Wie auch immer. Wir sprachen
über Wettbewerbe, Fußballtoto und solche Dinge, und Bob erwähnte,
dass er die Ausschreibung eines Wettbewerbs für Kurzgeschichten im
Leader gesehen hätte, ob ich keine Lust hätte, es zu versuchen? Nun,
Bob hatte vorher nie gewusst, dass ich Ambitionen in Bezug auf das
Schreiben habe, ich nehme daher an, dass Cathy und Mary über Dr.*

Liveseys Behandlung gesprochen haben. Ich bin nicht sicher, ob mir der Gedanke gefällt, dass sie über mich reden. Ich war jedoch an dem interessiert, was Bob sagte, deshalb beschloss ich, nichts zu sagen. Dann gab er mir die Seite der Zeitung:

Kurzgeschichten-Wettbewerb
Thema: Enttäuschung in der Liebe
nicht mehr als 3000 Wörter
Einsendungen an *The Kettering Leader* bis Sonnabend, den 31. Mai.
Die Geschichte, die gewinnt, wird in der ersten Sonnabend-Ausgabe
dieser Zeitung im nächsten Monat veröffentlicht.

Dann folgte der übliche Hinweis über ‚nur unbekannte Autoren' - in meinem Fall kein Problem - und die Preise, die man gewinnen konnte: 1. Preis: £100, 2. Preis: £50, 3. Preis: £25. Wirklich nicht zu verachten.

So setzte ich mich an dem Abend nach der Arbeit hin und plante eine Geschichte, und ich arbeite nun seit einer Woche daran, immer wieder.

Montag, 26. Mai
Ich habe sie abgeschickt! Ich brauchte den ganzen Sonnabend und den größten Teil des Sonntags, um mein Manuskript auf Cathys Schreibmaschine zu tippen. Sie hätte es gern für mich getan, aber ich möchte, dass es eine Überraschung wird, oder ich bin abergläubisch oder so. Ich habe noch nie an einem Wettbewerb teilgenommen, habe nur ab und zu ein paar Lose gekauft, wobei ich ein Waschlappen-Set und einen geräucherten Aal gewann. Ich will mir jetzt keine großen Hoffnungen machen; es wäre ein Wunder, wenn bei dieser Geschichte etwas herauskäme. Ich möchte einmal wissen, wie viele Einsendungen vorliegen!

Montag, 2. Juni
Dr. Livesey und ich hatten ein sehr gutes Gespräch. Natürlich erwähnte ich den Kurzgeschichten-Wettbewerb nicht. Auch hier hielt ich es für eine gute Idee, das Projekt für mich zu behalten. Er fragte

mich, ob ich inzwischen Tagebuch führte, und ich sah ihm direkt in die Augen und gab zu: ja. Ich hatte einige Notizen gemacht. Er grinste mich zustimmend an, was ich irgendwie unangenehm fand. Ich bin kein Kind, dem man zur Belohnung über den Kopf streichen muss, weil es etwas getan hat, was ein Erwachsener vorschlug.

Donnerstag, 26. Juni

Ich trinke immer noch keinen Alkohol, und jetzt ist es schon ein voller Monat. Cathy und ich gingen zu einem Vortrag über Bienenzucht (vielleicht denkt sie, ich würde damit anfangen - törichte Hoffnungen!) Es war überraschend interessant, und der Vortragende erinnerte mich an Onkel Fred in Newcastle, der mir, als ich sechs Jahre alt war, zeigte, wie man den Honig aus den Waben gewinnt. Mir kamen nostalgische Gedanken. Unklugerweise erzählte ich Cathy davon, und sie sprach von ihrer Kindheit und danach darüber, wie schade es doch war, dass wir keine Familie hatten, und wir waren wieder beim selben alten Thema angelangt. Als in der Pause Tee, Kaffee oder ein Glas Sherry angeboten wurde, wusste ich, was ich gern gehabt hätte. Jedoch war ich der Muster-Ehemann (und -Patient, Dr. Livesey besteht darauf, das zu sagen) und akzeptierte sanft eine Tasse Tee. Etwas muss ich über Cathy sagen; sie mag ihr Gläschen genau so gern wie jeder andere, aber sie rührt niemals etwas an, wenn sie mit mir zusammen ist. Was mir hilft, wie ich vermute.

Montag, 30. Juni

Ich schnitt wieder das Thema Auto an. Cathy will diese Investition immer noch nicht vornehmen, und ich bin wirklich sicher, es wäre eine Investition. Wozu soll es gut sein, Geld auf dem Konto zu haben? Außerdem bringt es ja noch nicht einmal viele Zinsen. Im letzten Jahr erzählte Cathy mir stolz, dass sie durch Zinsen erworbenes Geld neu investieren wollte. Und das tat sie. Ich sagte: „Warum wollen wir den Überschuss nicht für irgendeinen Luxus ausgeben, für einen Urlaub oder sogar für eine Kreuzfahrt?" Aber mit dieser Idee wollte sie nichts zu tun haben. Es ist schade, und wir können es am Ende ja nicht einmal mitnehmen. Das sagte ich jedoch nicht, weil sie sonst wieder von unserer nicht existierenden Familie angefangen hätte.

Montag, 7. Juli

Dr. Livesey war beeindruckt von den Fortschritten, die ich mache, und machte mir Komplimente wegen meiner Energie und meines Optimismus. War etwas Besonderes vorgefallen? Ich erzählte ihm dann noch von meiner Teilnahme am Wettbewerb, und er war erfreut. Würde ich ihm erlauben, die Geschichte zu lesen? Als ich es ablehnte mit der Begründung, dass ich abergläubisch war, lachte er zufrieden und sagte, er könne das verstehen. Vielleicht später einmal? Natürlich, sagte ich. Wenn er sie dann nicht schon in der Zeitung gelesen hätte! Es wäre nicht auszudenken, wenn alle unsere Sitzungen so einfach wären wie diese.

Kapitel 15

Auszug aus einer medizinischen Zeitschrift:

Bei kürzlich durchgeführten Forschungen auf dem Gebiet der Anfälligkeit gegenüber dem Alkoholismus stellte sich heraus, dass die getesteten Patienten häufig eine Gier nach Süßigkeiten und süßer Nahrung und ein gewisses Verlangen nach Neuheiten, Aufregung und dem Unbekannten haben. Außerdem stellt die Gefahr eine auffällige Attraktion für sie dar, und gleichzeitig fürchten sie sich davor. Es ist so, als ob der Alkoholiker gern einen Fallschirmsprung machen möchte, jedoch Angst davor hat, das Flugzeug zu betreten, durch das dieser erst möglich wird.

Ich musste das Lesen des Tagebuchs unterbrechen. Einerseits konnte ich es nicht ertragen, es aus der Hand zu legen, andererseits befiel mich eine ungeheure geistige Müdigkeit. Nachdem ich eine Weile bewegungslos und ohne etwas zu sehen, am Küchentisch gesessen hatte, zwang ich mich aufzustehen und entschloss mich ganz bewusst, einen Spaziergang zu machen, vermutlich um durch körperliche Anstrengung etwas von dem geistigen Stress abzubauen. Mit Bedacht zog ich meine lange Lederjacke an, schloss alle Knöpfe und den Reißverschluss und band einen warmen Schal unter der Rückseite meiner Kapuze hindurch, um den Pelzbesatz dicht an meine Ohren heranzubringen; ich stieg in ein Paar leichte Stiefel und verknotete die Schnürbänder sorgfältig. Dann zog ich warme Handschuhe an, steckte den Haustürschlüssel in die Tasche und erzählte Peppi, ich sei bald wieder da. Nach Katzenart war sie zu sehr damit beschäftigt, ihre Schulter zu lecken, um mir ihre Aufmerksamkeit zuzuwenden, und schwieg verachtungsvoll.

Ich ging, so schnell ich konnte, und brachte mich bewusst außer Atem, so dass sich meine Anspannung ein wenig verringern konnte, hielt dann für einen Augenblick am Ufer des Sees einige Kilometer von zu Hause entfernt an, um auf einer Bank zu sitzen und über das Wasser zu blicken. Ich rastete nicht lange, es gab dort nicht viel Interessantes außer einigen Blässhühnern, die im Schilf umherplätscherten, und selbst sie verschwanden, als ein junger Jogger, der viel weniger keuchte als sein Begleiter, ein Schäferhund, dicht ans Ufer kam. Es muss schön sein, einen Hund zu haben, außer wenn man mit dem Tier in den frühen Morgenstunden, wenn es kalt, nass und windig ist, hinausgehen muss. Nein, kein Hund in dieser Phase meines Lebens, und außerdem würde Peppi mir niemals verzeihen. Es war schon fast dämmerig, und es würde sehr bald dunkel sein, weil es ein trüber Tag gewesen war. Ich stand auf, streckte mich und wendete mich vom See ab.

Als ich wieder vor dem Notizbuch saß, bemerkte ich, dass die nächste Eintragung vom 11. Juli, meinem Geburtstag, stammte. Hätte dieses Datum für meinen Vater eine spezielle Bedeutung?

Freitag, 11. Juli
Unglaublich, aber wahr. Ich habe den Kurzgeschichten-Wettbewerb gewonnen! Der Brief kam heute morgen:

Sehr geehrter Herr Colbourne,
Herzliche Glückwünsche! Wir freuen uns, Ihnen mitteilen zu können, dass Sie der Gewinner des ersten Preises im Kettering Leader-*Wettbewerb sind mit Ihrer Kurzgeschichte: ,The Old Girl'.*
Von den vielen Einsendungen erhielt Ihre Geschichte die meisten Stimmen unserer Literatur-Preisrichter, deshalb wird ,The Old Girl' (,Das alte Mädchen') in der nächsten Woche am Sonnabend, dem 26. Juli, in unserer Wochenend-Ausgabe veröffentlicht. Bei der Gelegenheit möchten wir gern ein kurzes Interview mit Ihnen bringen und hoffen, dass unsere Reporterin der literarischen Abteilung, Miss Daphne Frame, Sie zu diesem Zweck zu Hause besuchen darf. Wäre Ihnen ein Treffen am Dienstag, dem 15. Juli, um 19.00 Uhr recht? Bitte bestätigen Sie diesen Termin und helfen Sie uns, so schnell wie möglich einen anderen zu finden, wenn Ihnen dieser Zeitpunkt nicht zusagt.
Ihr Gewinn in Höhe von £100 wird Ihnen bei diesem Interview überreicht. Wir gratulieren Ihnen nochmals und übermitteln Ihnen unsere besten Wünsche.
Ihr ergebener
John Smythe (Herausgeber)

Ich fühle mich richtig beschwingt, nur weil ich es jetzt noch einmal niederschreibe! Cathy war einkaufen gegangen, und so musste ich versuchen, geduldig zu sein, weil ich sonst niemanden hatte, dem ich von der guten Nachricht hätte erzählen können. Als sie hereinkam, bat ich sie, im Wohnzimmer Platz zu nehmen, nicht in der Küche, und gab ihr ihre Brille, weil sie ihre Augen sonst beim Lesen überanstrengt, wenn sie auch aus Eitelkeit ungern trägt. Dann gab ich ihr den langen braunen Umschlag. Sie dachte, es sei wieder eine Rechnung! Ich schwöre, dass sie blass wurde, als sie begriff, was in dem Brief stand. Dann stand sie auf, umarmte mich und sagte, sie hätte schon immer gewusst, dass etwas Besonderes in mir steckte. Sie sagte nicht was, aber ich weiß natürlich, dass sie mehr von mir erwartete, als wir heirateten. Und dann sagte sie, dass sie, wenn ich meine £100 zur Verfügung stellte, dieselbe Summe von der Sparkasse holen und einwilligen würde, ein Auto zu kaufen!

Um zu feiern, gingen wir zum Essen in das neue Fischrestaurant, was sehr schön war. Wir tranken Limonade und Tee, das mag nicht gerade als das richtige Getränk erscheinen, aber Cathy meinte es gut, wie immer. Mit der Limonade brachte Cathy einen Toast aus: „Heute ist ein richtiger Glückstag, John!" Sie wird nie wissen, dass der 11. Juli einmal ein wirklich wichtiges Datum für mich war. Ich weiß, dass es keinen Sinn hat, sich daran zu erinnern, und ich habe versucht zu vergessen, aber ich kann es nicht.

Ich hatte wieder aufgehört zu lesen. Ich wollte weinen, aber die Tränen wollten nicht kommen. So hatte er sich doch an meinen Geburtstag erinnert, an meine Existenz. Nun, natürlich hatte er das. Aber warum hatte er seiner Frau, Cathy, nichts gesagt und seinen Freunden, wenn er welche hatte, und - das war das Bedeutsamste - warum hatte er es vor sich selbst verleugnet? Das Übereinkommen zwischen meinen Eltern hatte eine unwiderrufliche Trennung beinhaltet, wie meine Mutter mir erklärt hatte. Der Grund? Alkohol und die Gewalttätigkeit, die er in ihm entfesselte. Und wie war John Colbourne mit dem Verlust seines Kindes fertig geworden? Sogar Dr. Livesey, mit dem er sporadisch über seine Gedanken hatte reden können, war nicht in der Lage gewesen, diese Tür in seinem Gedächtnis aufzuschließen.

Donnerstag, 15. Juli
Daphne Frame (was für ein Name!) kam mit einem Fotografen, um mich zu interviewen. Wie hoch war der Preis? £100. Sie war wie eine ältere Version von Popeye's Olivia, aber freundlich und kompetent. Sie brachte mich dazu, mich wohl zu fühlen, obgleich ich fand, dass die Fragen ein wenig weit hergeholt waren. Wollte ich meinen Lesern eine Botschaft übermitteln? Sympathisierte ich mit meiner Heldin? Heldin? Ich versuchte, passende Antworten zu geben, aber im Grunde hatte ich einfach die Geschichte zu Papier gebracht und dabei gehofft, den ersten Preis zu gewinnen. Natürlich erzählte ich das Miss Frame nicht.

Peinlich genau gefaltet, mit einer Ecke an der Seite des Notizbuches festgeklebt, lag ein vergilbtes Zeitungsblatt vor mir. Ich öffnete es vorsichtig und fand, wie erwartet, die Zeitungsversion der Kurzgeschichte meines Vaters, mit der er den Preis gewonnen hatte.

The Kettering Leader
Sonntag, 26. Juli 1958
Kulturabteilung
Kurzgeschichte am Sonnabend
‚Das alte Mädchen‘
von John D. Colbourne

„Nein, nein, ich kann es nicht," Rachel Barrington presste die geballten Fäuste in ihre Augenhöhlen und stand starr am Erkerfenster. Mark Sneddon sagte nichts. Sie konnte ihn weder sehen noch hören, aber der Blätter-Duft seines Aftershaves war fast greifbar, und Rachel wusste, dass er noch lange nach Marks Fortgehen im Zimmer sein würde. Ihre Arme fielen herab, und sie drehte sich um, um ihn anzusehen.

„Mark, frage mich nicht wieder. Ich möchte es nicht tun." Mark räusperte sich und versuchte es mit Überredung.

„Rachel, bitte, nur noch einmal, ich verspreche es!" Er war hundemüde, sein Gesicht verzerrt und grau. Er wagte nicht, sie zu berühren, aber er würde sie dazu bringen müssen, zu Tante Mary zu gehen. Wie konnte er die eisige, unsichtbare Schranke durchbrechen, die zwischen ihnen war, gerade durchlässig genug, um den Duft ihres Parfums, den er inzwischen als aufdringlich empfand, zu ihm durchzulassen?

Sie waren sich vor neun Jahren begegnet, als Rachel mit ihrem Hund am Strand entlangwandwerte, einem freundlichen Mischling, der - manchmal - kam, wenn sie ihn rief. An diesem Nachmittag hatte sie ihn gerufen.

„Buster, wie konntest du das tun?" rief sie entrüstet, nachdem er das überflüssige Wasser aus seinem zottigen Fell geschüttelt hatte, ausgerechnet über die eleganten Füße und Beine eines jüngeren, gut aussehenden Mannes.

„Es macht nichts, wirklich nicht, ich liebe Hunde, und dieser Buster ist so ein nettes Exemplar." Sie waren auf dem festen Sand spazieren gegangen, eine Unterhaltung kam leicht zustande, und so hatte Rachel Barrington die Bekanntschaft des Mark Sneddon gemacht. Die Tatsache, dass er acht Jahre jünger war, hatte sie nicht davon abgehalten, innerhalb von vierzehn Tagen ein Liebespaar zu werden. Jeder konnte sehen, wie distanziert Mark bei dieser Affäre war, Rachel in ihrer Besessenheit nicht. In weniger als einem Monat, nachdem sie ihm begegnet war, wurde er der Dreh- und Angelpunkt ihres Universums.

Es war leicht, sie zu überreden, mit ihm Mitglieder seiner Familie zu treffen. Tatsächlich betrachtete sie es als Kompliment, als Beweis seiner Gefühle für sie, in seiner Gesellschaft gesehen zu werden. Er hatte einen außergewöhnlich großen Kreis von Tanten und Onkeln, einige nur dem Namen nach, wie er erklärte, wie zum Beispiel frühere Nachbarn, ein Sonntagsschullehrer, diese Art von, nun, Freunden. Der gesellige Buster ging oft mit ihnen, was Rachel entzückte, weil sein Hundecharme sehr bewundert wurde. Die Leute waren alle viel älter als Mark, sogar älter als Rachel, wie er spielerisch kommentierte. Er bemerkte nicht, wie sie zusammenzuckte, bevor sie lächelte. Dann legte er den Arm um sie und berührte wie zufällig ihre Brust, gerade genug, um sie ein prickelndes Verlangen fühlen zu lassen, ein Verlangen, das nach jedem Besuch bei einem weiteren ‚Oldie' gestillt wurde.

Nach einer solchen Begebenheit äußerte Mark seine erste Bitte. Als er auf Rachels Couch lag und eine ihrer teuren Zigaretten rauchte, zog er an der Schnur ihres seidenen Morgenrocks - sie bekleidete sich immer sehr schnell, wenn es vorüber war, weil sie nicht wünschte, dass Mark sie betrachtete.

„Rachel, du erinnerst dich an Onkel Thomas? Den weißhaarigen, alten Burschen, den früheren Kollegen meines Vaters? Nun, er sagt, ich werde die Erstausgaben erben, die er hat; er bat dich, sie dir anzusehen." Einige Augenblicke lang sprachen sie freundlich über Onkel Thomas und seine beabsichtigte Großzügigkeit. Marks Ton wurde versonnen. „Ich wünschte, ich könnte nur eines dieser Bücher jetzt sofort haben. Ich bin in solcher

Verlegenheit. Hundert Pfund würden einen verdammt großen Unterschied machen." Ein winziges Schweigen entstand.

„Mark! Warum hast du mir nichts gesagt? Ich kann dir etwas Geld geben." Rachel küsste ihn beruhigend, jedoch er wendete sich beleidigt ab, und erklärte, dass er niemals von der Frau, die er liebte, Geld annehmen würde, nie. Sie war ein wenig enttäuscht, musste jedoch seine Integrität bewundern. Der nächste Schritt war einfach. Mark überzeugte sie davon, dass es eine gute Idee wäre, am kommenden Montag nochmals zu Onkel Thomas zu gehen, er selbst könne es zeitlich nicht einrichten, aber warum sie Buster nicht mitnehmen wolle? Und sie könne doch eins dieser Bücher mitbringen. Schließlich, wenn man es so überlegte, gehörten sie rechtmäßig Mark, und der alte Mann war praktisch blind, er konnte sie nicht mehr lesen. Mark würde ihn um ein Buch gebeten haben, aber es war ein wenig peinlich, zuzugeben, dass man knapp bei Kasse war.

Rachel willigte ein. Sie und Buster wurden von dem alten Mann mit großer Freude empfangen; er ging hinaus, um Tee zu bereiten, und während er das tat, ließ Rachel einen dieser schlanken, blauen, ledergebundenen Bände in ihre Einkaufstasche gleiten. Mark war glücklich. Er legte das Buch sorgfältig auf die Anrichte, bevor er sie triumphierend zur Couch trug.

Mehrere Wochen später bat Mark sie um einen ähnlichen Gefallen. Diesmal war es Tante Mary, eine liebe alte Dame, wenn auch ein wenig senil, die Taufbecher aus reinem Silber sammelte, antik und in Wirklichkeit schön scheußlich. Sie würde den kleinen georgianischen nicht vermissen. Sie fragte Mark immer, welchen er gern hätte, er wüsste schon, was sie meinte, wenn sie mit ihrem verstorbenen Ehemann, Francis, vereint sein würde. Wieder machte Rachel allein einen Besuch, diesmal ohne den Hund, der womöglich einen von Tante Marys Asthma-Anfällen ausgelöst hätte. Es war für Rachel kein Problem, den hübschen Becher aus dem Glasschrank in die tiefe Tasche ihres weiten Rocks zu befördern, während Tante Mary die Vorhänge zuzog. Es lag ein gewisser Nervenkitzel darin, das Kunststück innerhalb der zur Verfügung stehenden Zeit zu vollbringen. Und Mark war beeindruckt und dankte ihr für ihre Freundlichkeit, einen Nachmittag mit einer einsamen alten Dame zu verbringen, als er den Becher in ein Stück Wildleder wickelte. So war es keine Mühe, ihn sich dadurch zu verpflichten, dass sie dann und wann ähnliche Aufträge ausführte, es war sogar fast ein Vergnügen.

Mark fing an, Rachel weniger regelmäßig zu besuchen. Er war außerordentlich beschäftigt, er war so froh, dass sie nicht die Anforderungen, die zeitverschlingenden beruflichen Verantwortungen hatte wie er. Ihr ruhiger Job in der örtlichen Bücherei? Er beneidete sie. Wenn sie sich trafen, war er aufmerksam und nett. Er kaufte ihr Freesien, und erinnerte sie daran, dass es ihre Lieblingsblumen waren. Merkwürdig, ihr war nicht aufgefallen, dass sie es waren, bis er es sagte. Er war vielleicht nicht so leidenschaftlich, eher höflicher, aber das war in Ordnung, und sie war dankbar dafür, dass er keine weiteren Bitten äußerte. Bis zu jenem Sonntag.

Es war, als sie mit dem Rücken zu ihm gestanden hatte.

Als sie sich schließlich umgedreht hatte, war er älter, als sie ihn je vorher gesehen hatte; in Bezug auf die äußere Erscheinung wirkte er fast wie sie, was sie mit einem Anflug von Bitterkeit registrierte. Er sprach mit ihr, dann setzte er sich auf die Lehne eines Stuhls und verbarg das Gesicht in den Händen. Sie zeigte ihre Besorgnis, aber er befahl ihr lediglich, ihn in Ruhe zu lassen, dann entschuldigte er sich.

„Es tut mir leid, Rachel. Tatsache ist, dass ich verzweifelt bin." Sie wusste, dass es mit Geld zu tun hatte, und er nickte, als sie ihn direkt danach fragte. Jetzt hätte Mark Geld von ihr angenommen, nur war jetzt von ihren Ersparnissen nichts mehr da, weil sie sie für ein Auto für ihn ausgegeben hatte. Sie müsste wieder zu Tante Mary gehen. Es würde das letzte Mal sein. Er hatte nicht die Nerven, selbst zu gehen. Rachel kapitulierte.

Wie ein Mensch, der unter Drogen stand, läutete sie wiederholt bei Tante Mary. Sie war schon im Begriff, wegzugehen, entschloss sich dann aber, zu versuchen, ob die Tür offen war. Diese schwang zurück in die mit Eichen-Paneelen versehene Diele mit ihrem muffigen Geruch.

„Tante Mary?" rief sie, als sie in Richtung des Wohnzimmers ging. Sie wollte sie nicht erschrecken. Sie hätte sich jedoch keine Sorgen zu machen brauchen, weil Tante Mary sich nie wieder erschrecken würde. Sie saß in ihrem mit Samt gepolsterten Stuhl, lächelnd, friedlich und tot. Rachel starrte sie an, zwang sich dann, an dem faltigen Hals den Puls zu fühlen. Als sie das tat, bemerkte sie, dass der Glasschrank bis auf vier oder fünf Taufbecher leer war. Sie verließ langsam das Haus, ihre Füße wollten sich nicht schneller bewegen, bis sie das Ende der Terrasse erreichte. Dann rannte sie, bis der brennende Seitenstich sie zwang, langsamer zu gehen.

Mark wartete. Sie weinte, ohne es zu verbergen, als sie den Raum betrat, und er tröstete sie sanft. Sie wurde ruhiger und erzählte ihm, dass Tante Mary tot war, hielt jedoch instinktiv die Information über den leeren Glasschrank zurück. Es war sein Zögern, das sie dazu brachte, ihn zu hassen, schon bevor er ihr befahl, ein letztes Mal zurückzugehen, um einige der Taufbecher zu holen, oder vielleicht auch alle. Schließlich konnte Tante Mary sie nicht mitnehmen, nicht wahr? Rachel begann zu zittern. Mark hob die Augenbrauen und lächelte höhnisch.

„Und, altes Mädchen, die Polizei wird überall deine Fingerabdrücke finden, nicht wahr? Du kannst also genau so gut einige Sachen einstekken, bevor du den Beweis wegwischst! Ich werde hier auf dich warten, keine Sorge." Wie konnte es sein, dass sie ihn geliebt hatte? Und er hatte gesagt, dass sie alt sei. Sie nahm ihren Mantel und den Schlüssel und ging. Mark war zufrieden, sie tat, was er ihr befohlen hatte.

Er irrte sich. In einer Telefonzelle am Ende der Straße keuchte sie ihre Information heraus:

„Ich möchte den Tod von Frau Mary Jenkins, 51 Station Road, melden. Es könnte sich um Mord handeln." Sie fügte die Einzelheiten peinlich genau hinzu und beendete ihren Bericht damit, dass sie bat, man möge einen Polizisten zu ihrer eigenen Adresse schicken, wo Mark Sneddon, Frau Jenkins' Neffe, wartete.

Ich faltete die Zeitungspapierseite zusammen und starrte auf das spröde, zerbrechliche Viereck. Mein Vater war also ein Schriftsteller gewesen, zumindest der Verfasser einer Geschichte. Es war natürlich eine typische Sensationsgeschichte, aber nicht ohne Schwung und Fantasie. Fantasie - hatte ich meine von ihm geerbt? Oh, nein, nicht noch einmal zurück zu dieser unproduktiven Spirale des Grübelns. Der Hintergrund der Geschichte? Hatte Mark Sneddon etwas mit John C. gemeinsam? Lieber auch diesen Gedanken zur Seite schieben. Gewiss, Catherine war älter gewesen als er, aber nur zwei Jahre. Gewiss, Catherine hatte ihm schließlich ein Auto gekauft. Der Alkoholismus wurde in der Geschichte nicht erwähnt. Mark Sneddons Sünden waren nicht die meines Vaters und umgekehrt. Es war ein interessantes Thema, das John C., mit seiner besonderen Persönlichkeit und seinem Milieu, gewählt hatte. Was hatte Catherine über ‚The Old Girl' gedacht? Ich würde es nie wissen und konnte es nicht vermuten, warum also diese Veröffentlichung nicht als das akzeptieren, was sie war: ein wenig Erfolg und Anerkennung für John D. Colbourne?

Nach der Geschichte ‚schwieg' das Tagebuch fast einen Monat lang. Die nächste Eintragung war eine der Selbsterniedrigung. Ganz offensichtlich hatte die Euphorie über Johns literarischen Erfolg nicht lange angehalten.

Montag, 25. August

Cathy buchte einen Termin für mich bei Dr. Livesey und begleitete mich zu seinem Sprechzimmer, seiner Praxis, oder wie immer man es nennen will. Sie blieb draußen im Wartezimmer, bis die Sitzung vorüber war, und sie dauerte ewig.

Ich erzählte ihm alles: den Kurzgeschichten-Wettbewerb, den Preis, das Auto und den Unfall. Ich schwor ihm, wie ich es auch Cathy gegenüber getan hatte, dass die ganze Sache im Grunde eine Serie unglücklicher Zufälle war, wirklich nicht mein Fehler. Er hörte nur genau zu, nickte von Zeit zu Zeit, machte einige Notizen, und das war's. Kein Kommentar, jedenfalls nicht, bevor die Zeit fast um war.

Fürs Protokoll, also: Cathy und ich kauften das Auto, und ich hatte Pläne, ein wenig umherzureisen und Waren der Druckerei zu verkaufen. Ich hatte ihr ja vorher erzählt, dass ich es gern wollte. Ich überredete den Chef, einige Muster zusammenzustellen und packte sie in eine Kiste, die ich an dem Nachmittag ins Auto stellte - es muss am ersten Montag im August gewesen sein. Ich erinnere mich daran, weil ich normalerweise einen Termin bei Dr. Livesey gehabt hätte, aber er war im Urlaub. Bevor ich nach Hause fuhr, beschloss ich, dass ein kleiner Drink den aufgestellten Plan besiegeln würde, und ich ging ins Saracen. Ich trank einen großen Whisky, nicht mehr, und er wirkte wie Medizin, und ich wusste, dass ich zurechtkommen würde, mit dem Alkohol, dem Job, dem Auto, sogar, in gewisser Weise, mit Cathy. Es ist oft schwer, es ihr recht zu machen, was sich, wie ich weiß, undankbar anhört. Ich verließ das Lokal und fühlte mich so gut wie seit Monaten nicht mehr. Ich stieg in den Morris, und dann fuhr ich anstatt nach Hause auf der A1 nach Süden. Mir war nach einer richtigen Fahrt mit dem Auto zumute, um das Gaspedal und das Tempo auszuprobieren. Da war ich also, fuhr fröhlich durch einen wunderschönen Sommerabend, und dann hatte ich diese glorreiche Idee. Warum nicht gleich weiterfahren nach Devon oder vielleicht nach Cornwall?

Ich hätte eher irgendwo anhalten und Cathy anrufen sollen, aber ich fuhr einfach weiter. Ich würde mich später melden. Ich wollte die Fahrt nicht unterbrechen, weil sie einfach sehr schön war.

Nun ja, gerade, bevor ich nach Westen abbiegen musste, merkte ich, dass das Benzin knapp wurde, und mir fiel ein, dass ich nur noch wenig Geld hatte. Bevor ich nach Benzin fragte, erklärte ich dem

170

Tankwart sehr höflich meine Situation und sagte ihm, dass ich auf Geschäftsreise wäre und meine Brieftasche in Kettering vergessen hätte usw. Ich bot ihm meine Uhr (ein Weihnachtsgeschenk von meiner Frau) als Sicherheit an, aber er sagte, dass der Name meiner Firma und meine Privatanschrift ausreichend wären. Er tankte den Morris auf, wir schüttelten einander die Hand - tatsächlich! - und ich fuhr wieder weiter.

Einige Stunden später wurde ich hungrig und brauchte mehr Benzin, wenn ich nach Devon wollte, so wiederholte ich mehr oder weniger, was ich vorher auch gesagt hatte, und es funktionierte, außer dass ich diesmal die Uhr hinterlegen musste. Ich aß Fisch und Chips, konnte sogar bezahlen, dann - ein Wunder! Ich fand zwei Pfund in meiner Westentasche. Ich hatte vergessen, dass der Chef zugestimmt hatte, mir einen kleinen Vorschuss für das neue Projekt zu geben. So ging ich in ein Lokal in der Nähe von Salisbury.

Von dem Zeitpunkt an ist alles ein wenig unklar.

Die nächste Sache, an die ich mich erinnere, ist, dass ich in einem sehr kleinen Raum erwachte, einer Zelle, wie sich später herausstellte, weil ich zum örtlichen Gerichtsgebäude in Exeter gebracht worden war.

Dann kam Cathy am frühen Abend an. Und darüber möchte ich nicht mehr nachdenken.

Ich weiß nun, dass der Morris nur noch Schrottwert hat; Cathy wird mir nie vergeben, obgleich sie es versucht. Ich wünschte, ich wäre tot.

Mittwoch, 27. August
Dr. Livesey arrangiert für mich den Aufenthalt in einer Klinik. Es kümmert mich nicht, nur glaube ich nicht, dass sie mich heilen werden.

Seiten ohne Inhalt. John Colbourne hatte den absoluten Tiefpunkt erreicht. Es wäre gut gewesen, etwas über Cathys Gefühle lesen zu können. Leider hatte sie das Tagebuch nicht fortgesetzt, nachdem John es aufgegeben hatte. Jedoch waren fast am Ende des Notizbuchs einige traurige, nicht zusammenhängende Eintragungen.

Donnerstag, 8. Januar 1959

Fünfundvierzig Jahre alt, Ausgangserlaubnis für meinen Geburtstag und das Wochenende. Urlaub auf Ehrenwort von diesem Gefängnis von Klinik. „Vergessen Sie nicht, ihre Pillen zu nehmen, mein Lieber!" Ich hasse die verdammten Dinger. Mein Zustand wird dadurch noch miserabler, als er so schon ist.

Sonnabend, 31. Januar

Wieder draußen. Es kann sein, dass ich irgendwann am Montag Morgen nicht zurückgehe - einfach weiter spazieren gehe. Cathy würde es sowieso ohne mich besser gehen.

Montag, 16. Februar

Ich muss zu Hause ohnmächtig geworden sein oder so. Sie brachten mich gestern morgen wieder zurück, gaben mir eine kräftige Spritze. Alles, was ich möchte, ist schlafen. Ich würde gern das Tagebuch weiter führen, aber ich habe nicht die Energie dazu.

Mittwoch, 1. April

April, April! Mich hat man auch genarrt. Sie haben mich entlassen!

Montag, 4. Mai

Ein Monat zu Hause, nehme die Pillen, bin ein Muster-Patient. Dr. Livesey war zufrieden, aber auch wachsam. Er fragte mich nach dem Zurückgehen zur Arbeit, das Zurückkehren in ein normales Alltagsleben. Er weiß nicht, weil ich es ihm nicht erzählt habe, dass ich keine Arbeit mehr habe, zu der ich gehen kann, und nun nie wieder welche haben werde. Cathy beobachtet mich fortwährend. Ich frage mich sogar, ob sie vor mir Angst hat.

Das war die letzte Eintragung. Elf Tage später war er tot. Er war nicht in der Lage gewesen, eine Lösung zu finden - wofür? Für seine Krankheit, seine Anfälligkeit, seinen eigenen Charakter? Dies erschien mir nun am wahrscheinlichsten. Ich glaube, dass er eine tiefe Angst vor potentiellen Schrecken hatte, die er selbst und Cathy hätten ertragen müssen, wenn er nicht seinem Leben ein Ende gemacht hätte.

Einige Monate später, nachdem ich das Tagebuch gelesen hatte, fand ich in meinem Unterrichtsmaterial eine von Äsops Fabeln, die mich an meinen Vater erinnerte.

Eines Tages stand ein Skorpion am Ufer eines Flusses und überlegte, wie er auf die andere Seite kommen könnte. Die glatten, warmen Steine am gegenüber liegenden Ufer sahen verlockend aus, aber es gab keine Möglichkeit, sie ohne Hilfe zu erreichen, weil er nicht schwimmen konnte. Als er so nachdachte, kam plötzlich ein Frosch unter den Binsen hervor.

„Oh," sagte der Skorpion, „ich frage mich, ob du mir helfen würdest, Frosch?" Der Frosch blieb in sicherer Entfernung, jedoch reizte dieser Skorpion, der Hilfe brauchte, seine Neugier.

„Was möchtest du?"

„Würdest du mich auf deinem Rücken auf die andere Seite des Flusses bringen? Du siehst, ich kann nicht schwimmen."

„Wohl lieber nicht!" entgegnete der Frosch und war sehr mit sich zufrieden, weil er die Gefahr erkannt hatte. „Wenn ich dich auf den Rücken nehme, wirst du mich stechen, und ich werde sterben!"

„Unter anderen Umständen hättest du recht, besorgt zu sein," erklärte der Skorpion, „aber sieh mal, es wäre in diesem Fall dumm von mir, dich zu stechen, weil wir beide ertrinken würden, nicht wahr?" Der Frosch zögerte für einen Moment, dann sah er die Logik in den Worten des Skorpions.

„Richtig," stimmte er zu, „klettere herauf!"

Als sie den Weg über den Fluss zur Hälfte zurückgelegt hatten, fühlte der Frosch einen plötzlichen heftigen Schmerz in der Mitte seines Rückens. Nach Luft schnappend, fragte er:

„Warum hast du mich jetzt doch gestochen?" Bevor sie im tiefen Fluss versanken, sprach der Skorpion seine letzten Worte:

„Das ist eben meine Natur."

John Colbourne war nicht in der Lage gewesen, seine Natur zu besiegen. Ich wusste nun, dass er das herausgefunden hatte und dass er dafür gesorgt hatte, dass Cathy nicht mit ihm sterben musste.

Kapitel 16

Frohes Neues Jahr

Der Nachmittag des 31. Dezember war schön; perlmuttfarbener Himmel, filigrane, zinngraue Bäume gegen den Horizont, weite, frostige Felder mit Furchen, die die letzte Wintersonne einfingen. Da war sogar eine kleine Herde von Rehen, die sich in Richtung eines Dickichts nah an der Straße bewegten. Ich konnte diese Eindrücke in mich aufnehmen, als ich die Autobahn hinunterfuhr, nachdem ich in Schleswig, nördlich von Kiel, an diesem letzten Tag des Jahres eine alte Dame besucht hatte.

Ich hörte einem von Mozarts Horn-Konzerten zu, genoss die Klangfülle, summte die Melodie, ließ es zu, dass ich in gute Stimmung für Silvester kam. Verschiedene Leute haben mir erzählt, dass sie Silvester übergehen können, es ist eben nur ein weiterer Abend, kein Grund, Aufhebens davon zu machen oder aufgeregt oder, schlimmer noch, sentimental zu werden, aber ich war nie in der Lage, dem zuzustimmen. Das Ende des Jahres hat eine Bedeutung, die ich nur schwer bestreiten kann; vielleicht ist das auf meine keltische Abstammung zurückzuführen. Ich ziehe die Bilanz des alten Jahres und blicke vorwärts auf das neue, mehr oder weniger zitternd. Dieses Mal, beruhigt durch die Landschaft, durch die ich fuhr, und belebt durch die Musik, erwartete ich einen guten Verlauf des Abends bei Wangs mit Hans. Es würden nur wir beide sein, denn Jane und Robin, die über Weihnachten zu Hause gewesen waren, waren inzwischen wieder zu ihren jeweiligen Wohnungen und Freunden zurückgekehrt. Wir hatten verschiedene Freunde, meine Schwägerin und meinen Schwager gefragt, ob sie Lust hätten, mit uns zu kommen, aber sie gingen alle zu anderen Partys, teils zu einfachen, teils zu sorgfältig vorbereiteten. So würden wir in vertrauter Umgebung sein, feiern, aber mehr am Rande, so wie es aussah. Herr Wang hatte eine Silvester-Party versprochen, die um Mitternacht von einem kolossalen chinesischen Feuerwerk gekrönt werden sollte. Als er mir davon erzählte, leuchteten seine Augen auf wie die eines Kindes, und seine Frau lächelte nachsichtig, mit einem leichten Zucken ihrer Schultern, als sie in meine Richtung blickte, und wollte damit ausdrücken, dass Herr Wang im Grunde noch ein Junge war.

Hans und ich kleideten uns für den Abend ein wenig festlich; er wählte ein rotes Hemd, eine schwarze Hose und eine schwarzgraue Weste, während ich ein seidiges schwarzes Kleid anzog, das ein Muster von Mohn und Kornblumen hatte. Bevor wir das Haus verließen, vergewisserten wir uns, dass die Alarmanlage eingeschaltet war und dass wir sämtliche Fensterläden geschlossen hatten, um Einbrecher fernzuhalten, da für diese Silvester die Nacht des Jahres für Einbrüche war. Wir gaben Peppi einige Extra-Leckerbissen und eine Schale mit Milch und Wasser und ließen ihr Lieblingslicht an, meine Leselampe, unter der sie sich so gern zusammenrollte, damit sie sich nicht gar zu verlassen fühlte, wenn wir in die Stadt gingen.

Wir kamen etwa um 20.30 Uhr an. Das Restaurant war voll, alle Tische waren besetzt außer unserem, der ‚mein' Tisch war, gerade groß genug für zwei Personen, und in der Ecke gegenüber der Tür stand. Es gab einige Girlanden und Papierschlangen, extra Kerzen und Blumen; ansonsten herrschte eine Atmosphäre von gedämpfter Festlichkeit, nicht viel anders als an anderen Abenden. Die Gäste versuchten heiter, mit Stäbchen zu essen oder hatten kapituliert und zu Gabeln gegriffen. Sie unterhielten sich fröhlich und freuten sich vermutlich darauf, bei irgendeiner anderen großen Party ins Neue Jahr hineinzufeiern. Selbstverständlich war es geselliger als an Wochentagen zur Mittagszeit, aber es war so etwas wie eine besondere Atmosphäre im Restaurant. Inzwischen erinnerte ich mich an die zahllosen Kannen Tee, die Suppenschüsseln und Reisgerichte, die mich an eben diesem Tisch bei den verschiedenen Stationen auf der Suche nach meinem Vater gesehen hatten. Ich stieß mit Hans an, als unsere Maracuya-Cocktails kamen, trank auf unser Wohl und toastete schweigend John Colbourne zu.

Es gibt eine Grenze bei der Menge chinesischer Speisen, die man bei einer Mahlzeit essen kann, und um etwa 22.30 Uhr waren Hans und ich vollkommen gesättigt und überlegten, womit wir in dem inzwischen fast leeren Restaurant die Zeit bis Mitternacht verbringen sollten.

Plötzlich öffnete sich die Tür: eine kleinere Gestalt mit Kapuze trat ein und kam schnell an unseren Tisch. Hans und ich hatten nur Zeit, eine oder zwei Sekunden lang verwundert zu sein, bevor der schwarze Mantel zurückgeworfen wurde und - Jane enthüllte. Bevor wir irgendetwas sagen konnten, umarmte sie uns schnell, ging zurück zur Tür und öffnete sie weit. Ich hätte mir nie träumen lassen, welche Überraschung Jane und Robin mit

175

enormer Sorgfalt und unter strengster Geheimhaltung organisiert hatten. Eine Prozession, ein anderes passendes Wort gibt es dafür nicht, bewegte sich in das Restaurant, angeführt von Jane und Robin. Ihnen folgten Janes Freund Christian, Ying und ihr Mann, Xü und ein junger Chinese; zwei winzige Leute tauchten auf, mit großen Augen und vorerst schüchtern - Tim und Jenny - dicht gefolgt von Petra und Axel. Ich bin nicht mehr sicher, in welcher Reihenfolge sie kamen, aber bald waren meine Freundinnen Barbara und Christel mit ihren Ehemännern Klaus und Harry auch da. Ich war überwältigt und weinte. Es muss wenigstens so gewesen sein, denn Petra reichte mir ein Taschentuch, als ich nicht einmal in der Lage war, ein paar Worte herauszubringen, um die Kinder zu begrüßen. Maria und ihr Mann Jürgen mit ihren beiden Töchtern, Robert und seine Frau Britta und ihr Sohn, alle quetschten sich durch die enge Tür herein. Rita und ihr Mann Daniel erschienen und klatschten in die Hände. Christoph, ein enger Freund Robins, und seine Freundin Susie kamen dazu, und schnell klatschten wir alle im Rhythmus der Musik, die aus dem Hintergrund zu hören war, etwas Karibisches, nichts Chinesisches. Herr und Frau Wang und Lan standen Seite an Seite an der Bar und lächelten breiter als je zuvor. Als sich die Aufregung ein wenig gelegt hatte, nahmen wir alle Platz, ungezwungen in Gruppen, wie es sich gerade ergab, und für alle, die mochten, wurde heiße Suppe serviert, und Wein-, Bier- und Wasserflaschen und milchiggrüner, eiskalter Guava-Saft - ein weiteres Getränk, auf das Frau Wang schwor - wurden auf die Tische gestellt. Schüsseln mit salzigen Leckereien wurden eifrig arrangiert; Servietten und Stäbchen (kein Besteck) lagen bereit. Hans sah mich fragend an, zuckte dann mit einem stolzen Lächeln die Schultern und deutete dabei verstohlen in die Richtung von Jane und Robin. So hatten sie also die Party geheimgehalten, sogar vor ihrem Vater. Erstaunliche Kinder. Die kleine Jenny hielt in jeder Hand ein halbes Brötchen, völlig verwirrt darüber, dass sie zwei hatte, wo Sekunden vorher nur ein langes intaktes gewesen war. Rita, die dabei war, einen blauen Ballon aufzublasen, machte Petra Komplimente wegen ihrer süßen Kinder, und Petra dankte ihr und fragte nach Ritas Familie.

„Oh, das sind inzwischen große Kinder, sogar größer als ihr Vater! Weißt du, wenn sie klein sind...." Ich konnte den Rest ihrer Unterhaltung nicht verstehen, die mich auch nichts anging. Ich wendete mich Ying zu, die neben mir stand.

„Ich möchte dir dieses gern als ‚Silvester-Gruß' geben." Sie hielt mir eine flache seidenbedeckte Schachtel entgegen. „Es ist nur ein Spaß, und es ist nicht eingepackt, so kannst du es also jetzt gleich öffnen, wenn du magst!"

„Aber heute ist weder mein Geburtstag noch etwas Ähnliches."

„Das macht nichts!" Ich öffnete den Deckel und fand Essstäbchen, aber nicht die einfachen für den täglichen Gebrauch. Diese hier waren schlanke, zarte Instrumente, die aus kräftigem, undurchsichtigem, weißem Glas hergestellt und mit winzigen Cloisonnéblättern und -blüten geschmückt waren.

„Für dich zum Üben!" Ying machte eine abwertende Handbewegung, als ich ihr dankte.

Alle unterhielten sich: Hans und Herr Wang; Maria und Rita, Robert und Daniel, Christoph und Frau Wang und weitere Gruppen, so dass es in dem jetzt fast vollen Restaurant sehr laut war. Nur Jane und Robin waren ziemlich ruhig; sie waren doch wohl nicht nervös? Inzwischen war es 23.30 Uhr. Es schien, als wenn sie die Tür beobachteten, die plötzlich aufgestoßen wurde. Begleitet von einem eisigen Luftzug, kam Dr. Blue-Eyes herein und zog eine außerordentlich schöne blonde Dame mit sich in den Raum. Sie sahen sich um, wie man es tut, wenn man in eine lebhafte Gesellschaft kommt, orientierten sich und kamen zu mir, um mich zu begrüßen. Dabei entschuldigten sie sich, weil sie später kamen, als es geplant war.

Es war ein reines, ungetrübtes Vergnügen. Jane und Robin hielten eine Rede, eine Art von Duett, sprachen über den Spaß und den Stress während der Wochen der Organisation, und alles gipfelte in der Entdeckung von Robins erstem grauen Haar.

Kurz vor Mitternacht kam Herr Wang hinter der Bar hervor und trug einen riesigen Pappkarton, der mit chinesischen Symbolen versehen war. Er wurde mit Fragen bombardiert und musste ihn öffnen, so dass er uns das größte Feuerwerk zeigen konnte, das wir je gesehen hatten - einen Superkracher - einen Drachenschwanz. Angeführt von Herrn Wang, der uns ernst ermahnte, unsere Mäntel anzuziehen, gingen wir alle hinaus. Frau Wang fürchtete, dass der zu erwartende Lärm für die kleinen Kinder zuviel sein könnte, und ich ‚übersetzte' es für Petra und Axel, die sich daraufhin entschlossen, drinnen am Fenster zu bleiben, in einiger Entfernung vom Ort des Geschehens. Draußen war Herr Wang in voller Aktion. Er wand den Drachenschwanz um ein dickes Tau, das zwischen einem

Laternenpfahl und einem Parkverbots-Schild gespannt war, und befestigte ihn sorgfältig mit Schlingen.

„Jedes Jahr dasselbe!" Er trat zurück und überblickte sein Meisterwerk; er erlaubte den älteren Kindern und den Männern, es von allen Seiten zu inspizieren. „Wenn zwölf Uhr, jeder geht zurück!" Zustimmung in Form von weisem Nicken und Warnungen von Vätern, und dann begann die Uhrenkontrolle. Wie üblich, wiesen die Uhren unterschiedliche Zeiten auf, keiner konnte für die Richtigkeit garantieren, deshalb ging Lan, um das batteriebetrieben Radio aus der Küche zu holen und hielt es ans Ohr. Es war acht Minuten vor Mitternacht. Robin und Dr. Blue-Eyes trugen einen kleinen Tisch (meinen) auf den Bürgersteig; Frau Wang arrangierte tulpenförmige Gläser in Reihen und begann dann, sie flink mit kaltem Champagner zu füllen.

Beim zwölften Schlag nach Mitternacht, als das allgemeine Küssen, Umarmen, Händeschütteln und Rückenklopfen in vollem Gange war, zündete Herr Wang sein Feuerwerk an. Es war das lauteste, hellste, schönste und dramatischste Stück von Pyrotechnik, das wir je gesehen hatten. Vom Bürgersteig aus konnte ich Petra und Axel sehen, die die Ohren ihrer Kinder zuhielten und selbst ganz tapfer immer wieder zusammenzuckten.

Als der Drachenschwanz nach einem letzten spektakulären Knall verschwunden war, wurden Füße kalt, und Finger fingen an, an den Champagnergläsern festzufrieren; nichtsdestoweniger beobachteten wir die römischen Kerzen, Raketen und Funken- sprühenden Feuerwerkskörper, die überall rund um den Platz knallten und zu lauter Licht zerbarsten. Hans half Herrn Wang, das Tau wieder loszuknoten, das seltsamerweise noch intakt war, und Jane trat hinter mich.

„Wer ist denn das da drüben?" Sie deutete auf jemanden, der an einem geöffneten Fenster im ersten Stock eines Hauses auf der anderen Straßenseite stand. Er winkte uns zu, hob dann beide Arme, um die Umrisse der Äste eines Baumes anzudeuten, und in dem plötzlichen Aufflackern des weißen Lichts von einem benachbarten Feuerwerk erkannte ich die kanariengelbe Jacke. Ich winkte Will zu, er verschwand von seinem Fenster, erschien dann wieder auf der Straße und bahnte sich einen Weg zu mir.

Frau Wang kam und stand neben mir im Eingang. Auf der Stufe standen wir ein wenig höher als die anderen, die auf dem Gehweg waren. Sie umarmte mich sanft und hielt dann meine rechte Hand in ihrer linken.

„Glückliches Neues Jahr. Sie glücklich." Ich hätte nicht sagen können, ob die letzten zwei Worte lediglich eine Aussage für die Gegenwart waren, oder ob ich sie als einen freundlichen Wunsch für die Zukunft deuten sollte.

„Ja, Frau Wang, ich glücklich."